Olaf Nägele

Das Flädle-Orakel

Olaf Nägele

Das Flädle-Orakel

Roman

Silberburg-Verlag

Olaf Nägele ist 1963 in Esslingen geboren und hat nach langjährigen Aufenthalten in München, Stuttgart und Hamburg den Weg in seine Heimatstadt zurückgefunden. Seit dem Jahr 2000 lebt und arbeitet er hier als Autor, Texter und Journalist. Neben Veröffentlichungen in Anthologien und als Verfasser von Hörspielen für den SWR hat er sich vor allem durch seine satirisch angehauchten Lesungen beim Publikum einen Namen gemacht.

1. Auflage 2012

Umschlaggestaltung:
Christoph Wöhler, Tübingen.
Coverfoto: © Nikada – iStockphoto.
Druck: Gulde-Druck, Tübingen.
Printed in Germany.

ISBN 978-3-842-1211-5

Besuchen Sie uns im Internet
und entdecken Sie die Vielfalt
unseres Verlagsprogramms:
www.silberburg.de

Prolog

»Angeklagter! Schwören Sie die Wahrheit zu sagen und nichts als die Wahrheit?«

»Mir wird nichts anderes übrig bleiben, Herr Richter. Ich bin Wahrsager.«

Wahrheit

Wenn sie das Maß aller Dinge wäre, stünde es um die Menschheit nicht zum Besten. Was heute wahr ist, muss es morgen längst nicht mehr sein. Nicht, solange Veränderung die neue Beständigkeit ist.

Wer wüsste dies besser als Arndt Peterson, in bestimmten Kreisen als Erasmus, der Seher bekannt. Ein Wahrsager, der bis vor kurzem auf einem Mittelaltermarkt sein Brot verdiente und der es jetzt ziemlich eilig hat, von dem kleinen, beschaulichen, schwäbischen Städtchen Trollingen wegzukommen. Viel ist geschehen, und es ist absehbar, dass noch sehr viel mehr geschieht, wenn er seinen Zug nicht erreicht, der ihn in die Freiheit bringen soll.

Ein älterer Herr, offenbar nicht mit der modernen Technik vertraut, blockiert jedoch den Zugang zum einzigen Fahrkartenautomaten. Er ist sehr erregt, es scheint zu einer Eskalation kommen zu wollen, denn der Alte stößt immer wieder mit dem Gummipfropfen seines Krückstocks gegen das Display des Geräts.

»Kreizkrabbesack! Des isch vielleicht ein Gruschd. Backnang hab i gsagt, nach Backnang will i.«

Arndt legt dem Grantelnden eine Hand auf die Schulter. »Entschuldigung, könnten Sie mich bitte kurz vorlassen. Mein Zug fährt gleich.«

Dieser Einwand ist keine Übertreibung, denn tatsächlich fährt der ICE, der ihn nach München bringen soll, in diesem Moment ein. Der Seher ist überrascht, wendet sich an eine Dame hinter ihm.

»Ist das der Zug nach München? Der ist doch fünf Minuten zu früh dran.«

»Ja, aber die haben im Dezember den Fahrplan geändert«, erklärt ihm die Frau. Arndt versucht, sich an dem alten Herrn vorbeizuschieben, doch der zetert und brüllt, als werde er ausgeraubt. Mit seiner schwarzen Pumphose, dem grünen Schnürhemd, das auch mal wieder eine Wäsche vertragen könnte, und der Lederweste wirkt Arndt auch nicht gerade Vertrauen erweckend. Die ungewaschenen langen Haare hängen in Strähnen vom Kopf und rasiert hat er sich auch einige Tage nicht mehr. Er muss also die Taktik ändern, zumal sich in der Reihe der Wartenden Unmut regt. Arndt seufzt und unternimmt einen letzten Versuch, den Vorgang zu beschleunigen.

»Gut, ich helfe Ihnen. Wo wollen Sie denn hin?«

»Nach Backnang. Zu meinem Bäsle Annegret. Die hot heit Geburtstag.«

Der Seher gibt die Buchstaben »B« und »a« ein und drückt die Entertaste. Der Apparat reagiert und zeigt den zu zahlenden Betrag an.

»Vier Euro sechzig macht das.«

»Was? So wenig? Des kann net sei. Sonst isch des teurer.«

»Dann hat die Bahn heute halt Seniorentage oder Winterschlussverkauf.«

Arndt versucht seinen Ärger hinunterzuwürgen, er wird nervös. Er sieht Menschen in seinen Zug einsteigen und ahnt, dass in nur wenigen Sekunden das Signal zur Abfahrt gegeben wird.

»Des isch doch au falsch. Da stoht Baach und net Backnang.«

»Das ist doch egal. Backnang, Baach. Die Rückreise erleben Sie doch eh nicht mehr.«

»Unverschämtheit.« Der Krückstock trifft Arndt hart am Arm. Er reibt sich die schmerzende Stelle und versucht noch einmal den Alten wegzudrängen. Doch der weicht nicht von der Stelle.

»Hen ihr's na bald da vorne?«, raunt eine dunkle Stimme vom hinteren Teil der Schlange. Der Greis dreht sich zu den Wartenden um.

»Der hot Baach eigeba, der Bachel. Aber i will nach Backnang. Zu mei'm Bäsle Annegret. Die hat doch heut Geburtstag«, bringt er zu seiner Entschuldigung hervor. Arndt hebt die Hände in die Höhe.

»Okay, wir stornieren und geben neu ein. B-a-c-k-n-a-n-g. So, hier steht's. Fünf Euro neunzig. Wenn Sie bitte bezahlen wollen.«

»I hab bloß an Fuffz'ger.«

Die Menschen in der Schlange stöhnen, Arndt stöhnt auch. Er sieht, wie der Schaffner das Zeichen gibt, er hört das Pfeifen der sich schließenden Türen, es klingt fast wie Hohngelächter. Sein Zug rollt langsam davon.

Er sinkt in sich zusammen, sieht dem Alten dabei zu, wie er in der Geldbörse nach Kleingeld fahndet, dann reißt er ihm den Fünfzig-Euro-Schein aus der Hand und stopft ihn in den Schlitz des Automaten.

Das Gerät rattert, spuckt den Fahrschein in das Ausgabefach und dann fällt das Wechselgeld in Münzen hinterher.

»Ah, da wär no an Fünfer gwesa«, sagt der Greis verdutzt und erfährt, dass manche Wahrheit besser unausgesprochen bleibt. Die Menge hinter ihm reagiert gereizt.

»Sapperlott, hättet Sie net früher gucka könne.«

»I sag's doch scho emmer. Die Renta sen viel zu hoch.«

Arndt bekommt davon schon nichts mehr mit. Er hechtet die Treppe zum Ausgang hinauf.

Auf dem Bahnhofsvorplatz herrscht beschäftigtes Treiben. Reisende strömen in die Unterführung zu den Gleisen, schieben sich an den Ankommenden vorbei, die sich in den Vorweihnachtstrubel des kleinen Städtchens stürzen, um mit Geschenken bepackt nach Hause zu fahren. Busfahrer schließen die Türen ihrer Gefährte und brausen davon, bevor heraneilende Fahrgäste zusteigen können. Taxifahrer drängeln sich in den Berufsverkehr, ergötzen sich an dem Hupkonzert, das sie mit ihrem impertinenten Tun auslösen.

Arndt betrachtet die Szenerie. Die Massen, die in das Trolli-Land strömen, ein Einkaufzentrum, das sich vor allem durch eine hohe Dichte an Optikern, Friseuren und Bäckerfilialen definiert. Rechts von ihm der Fahrradständer, in dem die

Speichen-Leichen von Generationen endlagern. Ein Schild vor dem Bier-Express preist das Angebot des Tages an: ein Bier und zwei Kurze für drei Euro. Vor der Leuchtreklame für den TV-Film »Die Rückkehr der Wanderhure« steht ein Mädchen und mustert die abgebildete Hauptperson, die in ihrer martialischen Gewandung den Eindruck hinterlässt, als sei Schneewittchen in einem Dominastudio tätig.

»Mama, was isch eine Wanderhure?«, fragt die Kleine.

Ihre Mutter zuckt mit den Schultern. »Koi Ahnung. Frag dein Vadder. Der isch im Albverei.«

Arndt schmunzelt, obwohl ihm wirklich nicht danach ist. Die Gebäude, die Menschen, die Weinberge, der grüne Gürtel um die Stadt – es kommt ihm vor, als sei alles Staffage zu einem Einpersonenstück, in dem er die Hauptrolle spielt. Alles wirkt bedrohlich, Trollingen hat seine Tarnkraft verloren, kann keinen Schutz mehr bieten. Pjotr und seine Jungs sind hier und sie sind sicher nicht gekommen, um sich von Arndt die Zukunft vorhersagen zu lassen. Es ist sogar nicht auszuschließen, dass sie gekommen sind, um die Zukunft des Sehers zu besiegeln.

Der Zug nach München hätte ihm die Möglichkeit verschafft, erneut abzutauchen. Aber die Flucht hätte auch bedeutet, dass er sich wieder einmal aus einer Verantwortung stiehlt. Und dass er Menschen zurücklässt, die ihm etwas bedeuten. Madame Geraldine, Nicole, Thorsten und ja, sogar Gideon, diesen Halunken.

Er dreht einen Brief in seinen Händen, den er eigentlich nicht hatte lesen wollen, weil er geahnt hat, was in dem Schreiben steht. Den er schließlich doch geöffnet hat und sich mit all den Vorwürfen und Anklagen konfrontiert sah, die der Verfasser zu einer Wortlanze geformt hat, die sich tief ins Herz des Empfängers bohren sollte.

Schönes Leben noch. T Punkt. T Punkt wie Thorsten.

Dieser hat seiner Enttäuschung, die ausschließlich Arndt gilt, gehörig Luft gemacht, hat dafür deutliche Worte gefunden und der Seher fühlt sich in allen Anklagepunkten schuldig. Er hat Menschen vorgeführt, betrogen, er hat geschwindelt und getrickst. Und wollte, als es ganz schwierig wurde, fliehen.

Aber er ist nicht der schlechte Kerl, für den ihn Thorsten hält. Er hat ein Herz, auch wenn es ihm derzeit in der Hose pocht. Und er ist bereit, den Beweis anzutreten, dass er ein Guter ist. Arndt weiß, was es bedeutet, dass der Brief mit einem schicksalsschweren »Lebewohl« unterschrieben ist und nicht mit einem Hoffnung spendenden »Auf Wiedersehen«. Und er weiß auch ganz genau, wo er Thorsten finden wird. An der gleichen Stelle, an der sich die beiden kennen gelernt haben: Geländer Eisenbahnüberführung, zu Thorstens Füßen 15 Meter Tiefe, dann die Gleise. Müsste ausreichen für einen Genickbruch. Wobei man das bei Thorsten nicht unbedingt voraussetzen kann. Der Typ scheint, wie eine Katze, sieben Leben zu besitzen und außerdem ist er ein so komplizierter Charakter, dass anzunehmen ist, dass er sich auf dem Weg nach unten mindestens dreimal verfliegt.

Arndt setzt sich in Bewegung, gewinnt an Tempo. Er biegt links ab, folgt der großen Hauptstraße, am Kiosk vorbei, der »Maultaschen to go« anbietet, hält den Brief wie einen Kompass vor sich, als könne er den Weg zu seinem Verfasser weisen. Er fällt in einen leichten Laufschritt, wird schneller und schneller. Er rennt. Und keucht. Und stockt.

Vor ihm lösen sich drei Gestalten aus dem Schatten eines Gebäudes.

Da sind sie: Pjotr und seine Jungs, schießt es Arndt durch den Kopf. *Jetzt ist alles vorbei.*

Eine Sekunde lang fällt er in Schockstarre, rührt sich nicht. Im letzten Moment, noch bevor ihn das Trio entdecken kann, löst er sich aus der Lähmung und verschwindet in einem Hauseingang. Atemlos verfolgt er jede Bewegung der drei, die sich langsam in seine Richtung schieben. Trotz der niedrigen Temperaturen beginnt er zu schwitzen.

Gefährlich langsam pirschen sich die Silhouetten an, schieben sich durch die Dunkelheit wie durch einen Vorhang, der sich hinter ihnen wieder schließt. Arndt presst sich dicht an die Hauswand. Leise Stimmen flüstern Verschwörerisches. Gelächter.

»Du ticksch doch net ganz sauber. In am vegetarische Döner isch doch koi Floisch!«, ruft eine glockenhelle Stimme aus. Arndt riskiert einen Blick und erkennt eine junge Frau in Begleitung zweier Herren, die auf groteske Weise ineinander verschlungen durch den Abend treiben. Er wischt sich den Schweiß von der Stirn, atmet tief durch und wartet, bis sich sein Pulsschlag beruhigt hat. Er sondiert noch einmal die Lage, die Luft ist rein.

Er hastet weiter, die Sohlen seiner Fellstiefel berühren kaum den Boden. Seine Muskeln brennen vor Schmerz, seine Lungen pfeifen. Er war schon wesentlich besser in Form, das Leben als Wahrsager hat ihn bequem werden lassen. Aber Angst scheint ein guter Treibstoff zu sein. Arndt ächzt und keucht, biegt von der Hauptstraße ab, den Weg zur Fußgängerbrücke hoch.

Im Gebüsch neben ihm knackt es, er macht einen Satz zur Seite, bleibt stehen, versucht die Geräuschquelle zu orten, die jedoch im lautlosen Fluss der Nacht versiegt, hechtet weiter, schnaubt sich die Anhöhe hinauf.

Atemlos kommt er oben an, blinzelt gegen das diffuse Licht zweier Laternen an. Dann, endlich, entdeckt er ihn. Thorsten steht, wie Arndt richtig vermutete, auf der Brüstung. Wie damals, als er ihn kennen gelernt hat. Vier Wochen müsste das nun her sein.

Er schleicht sich an, will nicht zu früh entdeckt werden.

In Gedanken legt sich Arndt die richtigen Worte zurecht. *Tut mir leid* wird wohl nicht genügen. Ebenso wenig wie: *Das wollte ich nicht.* Auf den schmalen Grat der Notlüge auszuweichen, könnte sich ebenfalls als schwierig erweisen.

Thorsten balanciert auf dem Geländer, an einen Laternenpfahl gelehnt, den Kopf gesenkt. Wie eine Galionsfigur am Bug eines alten Schiffes steht er da, mit dem Unterschied, dass seine Haltung wenig Majestätisches hat. Er hat seine schwarze Kutte an, die seinen stattlichen Bauch nicht kaschieren kann. Mit der lilafarbenen Filzkappe auf dem Kopf sieht er aus wie eine Spargelstange, die zu früh Sonne abbekommen hat.

Arndt nähert sich langsam und hört Thorstens kehliges Röcheln. Es sind die Laute eines Verzweifelten, der keine Worte mehr findet für das, was ihm widerfahren ist. Dabei ist Thorsten eher einer, der das Herz auf der Zunge trägt. Stimmt die Regel »Ein Mann, ein Wort«, dann ist Thorsten die berühmte Ausnahme. Er ist der Duden, die Enzyklopädie und Wikipedia des Besserwissertums in Personalunion. Seine Kenntnisse und seine Erfahrungen sind fast so unerschöpflich wie sein Mitteilungsbedürfnis.

Arndt schiebt sich auf wenige Meter heran, Thorsten hat ihn noch nicht bemerkt. Auf die richtige Ansprache kommt es nun an. Nicht zu laut, nicht zu leise, beschwichtigend. Oder auch forsch. Bei Thorsten kann man nie so recht wissen, welcher Ton Wirkung zeigt.

»Thorsten, komm da runter«, sagt Arndt vorsichtig. »Wenn du auf die Gleise fällst, verletzt du dich am Ende noch.«

Es soll witzig klingen, doch irgendwie will sich die Stimmung nicht aufhellen. Arndt legt nach. »Außerdem ist es ganz schön windig. Nicht, dass du noch Zug bekommst.«

Der Angesprochene sieht sich um, blickt seinem Widersacher oder Retter, so ganz ist die Sache ja noch nicht entschieden, direkt ins Gesicht. Thorstens Mundwinkel zuckt, ein dünner Speichelfaden läuft ihm über das Kinn. Er fährt sich mit dem Ärmel seiner Jacke über die Nase und grunzt. Er dreht sich ab und starrt erneut in die Tiefe.

»Thorsten, hör auf mit dem Quatsch. Wie oft sollen wir dieses Spielchen denn noch spielen? Wir können doch über alles reden.«

Auch dieser Versuch klingt wenig überzeugend. Nach Reden scheint ihm nicht der Sinn zu stehen, die Worte zeigen keine Wirkung.

»Ich habe einen Fehler gemacht. Nein, nicht einen, viele Fehler. Vielleicht bin ich sogar ein einziger Fehler. Das alles hat nichts mit dir persönlich zu tun. Das schwöre ich.«

Arndt hebt eine Hand mit drei ausgestreckten Fingern zum Schwur. Er meint es ernst, keine gekreuzten Finger hinter dem Rücken, aber Thorsten bleibt regungslos in seiner Pose.

Erasmus-Arndt wühlt mit einer Hand in seiner Hosentasche, zieht ein Kartenspiel hervor und hält es in die Höhe.

»Okay. Werfen wir einen Blick in die Zukunft. Lassen wir noch einmal die Karten über dein Schicksal entscheiden«, sagt er und fängt an zu mischen. »Gib mir ein Stopp.«

Es ist die pure Provokation und einen Augenblick lang sieht es so aus, als würde Thorsten darauf eingehen. Er dreht sich zu Arndt hin, seine Augenlider flattern. Es könnte ein Zeichen der Unsicherheit sein, vielleicht ist er auch nur verblüfft, dass sich der Typ, den er noch vor kurzer Zeit als seinen Freund bezeichnet hätte, sich erdreistet, windige Spielchen anzubieten. Thorsten geht ein wenig in die Knie, es sieht so aus, als wolle er zum Sprung ansetzen, geradewegs an Arndts Hals. Er löst eine Hand von dem Laternenpfahl, in Zeitlupe bringt er den Arm nach vorn, nicht jedoch, um sich herunterhelfen zu lassen, sondern um dem Seher durch den ausgestreckten Mittelfinger zu zeigen, was er von seinem Vorschlag hält.

»Verschwend! Mir dir schwätz i nemme. Du bisch so ein ..., ein ...«, keucht er.

»Granadeseggl, ich weiß«, ergänzt Arndt.

Es steht in dem Brief. Für Thorsten ist es das schlimmste Schimpfwort überhaupt und er kennt wirklich so einige. Aber Granadeseggl hat er für ganz besondere Fälle reserviert. Für Menschen wie Arndt, die Leute für dumm verkaufen, sie betrügen und sich über sie lustig machen.

Ein Güterzug nähert sich rumpelnd, für einen Moment wird die Stille von metallenem Schienengeschrei zerrissen. Der Zug entfernt sich, aus dem Gekreisch wird Geflüster, das sich mit zunehmendem Abstand gänzlich verliert.

Arndt sieht ein, dass er Thorsten so nicht erreicht. Er zieht den Brief aus seiner Hosentasche, entfaltet ihn, gibt vor, sich in den Inhalt zu vertiefen, und hält ihn Thorsten dann hin.

»Du hast mit allem Recht. Ich bin ein Granadeseggl. Aber es gibt einen Grund für das alles und ich möchte, dass du mich verstehst. Ich kann dir das erklären, aber nur, wenn du da runterkommst.«

Thorstens Miene verzieht sich zur Fratze, er löst sich vom Laternenpfahl, ringt um Gleichgewicht. Ein Windstoß würde genügen, um ihn von der Brüstung herunterzuwehen. Arndt macht einen Schritt auf ihn zu, doch Thorsten fängt sich und brüllt ihn an.

»Lass mir mei Ruah! Es gibt nix zom erklära. Und jetzt hau ab, i muss mi konzentriera, damit i den nächschde Zug verwisch.«

»Die haben den Fahrplan am ersten Dezember geändert, wusstest du das?«

Ablenkung heißt die Maxime. Und die Überrumpelungstaktik scheint zu funktionieren.

»Wie jetzt, Fahrplan geändert?«, fragt Thorsten.

»Nicht so wichtig. Erklär mir lieber, was Granadeseggl bedeutet«, hakt Arndt nach. »In Hamburg gibt es einen ähnlichen Begriff. Spacken sagt man da. Vielleicht ist Spacken die Übersetzung von Granadeseggl? Könnte doch sein, dass ...«

Der Seher wird vom Klingeln seines Mobiltelefons unterbrochen. Unpassend, wie fast immer, wenn sich das moderne Kommunikationsmittel bemerkbar macht. Und der Erklärung, wie es zu der misslichen Lage kommen konnte, in der die beiden stecken, nicht zuträglich. Ganz und gar nicht. Darauf müssen wir jetzt schon beharren. Also bitte ...

Spacken

So hat mich mein Vater genannt, als ich noch ganz klein war. Er sah mich dann immer an, als käme ich aus einer anderen Welt, nur weil ich mir beispielsweise den Löffel mit Brei nicht in den Mund, sondern ihm aufs Batikhemd befördert hatte. Oder weil ich vom Kinderspielplatz nicht mit blütenweißem T-Shirt zurückkam, sondern in einer Rundum-Sandpanade.

»Mannmannmann, Arndt, was bissu bloß für ein Spacken«, sagte er dann. Er rollte mit seinen verwässerten Äuglein, atmete hörbar ein und aus, drehte sich einen Joint und begann mit der jeweiligen Reinigungsprozedur. Mal säuberte er sich, mal mich.

Dabei war er eigentlich der Spacken von uns beiden. Ein Spinner, ein Träumer, einer, der den Schuss nicht gehört hat. Ein ewig Pubertierender, der bis ins hohe Alter daran glaubte, dass er irgendwann als Rockmusiker entdeckt werden würde. Nicht, dass er besondere Fähigkeiten vorweisen konnte. Oder Ideen. Er war der Meinung, es genüge, in einer speckigen Lederhose und einer verwaschenen Jeansjacke auf der Straße herumzulungern und »The times they are a-changing« auf der Akustik-Gitarre herunterzustümpern. Für eine Handvoll Pfennige ließ er andere an seiner absoluten Talentlosigkeit teilhaben und kam sich dabei ziemlich großartig vor. Die Einzige, die ihn entdeckt hatte, war meine Mutter gewesen. Sie, eine 22-jährige Studentin der Neogräzistik/Byzantinistik, ein Studienfach, von dem ich heute noch nicht weiß, was genau dahintersteckt, lernte ihn, Altonas Antwort auf Keith Richards, in einer Kneipe auf St. Pauli kennen. Sie verliebte sich, Sex wird bestimmt auch dabei gewesen sein und schon war ich auf dem Weg in eine ungewisse Zukunft. Meine Mutter schmiss ihr Studium, umschiffte auf diese Weise mit an Sicherheit grenzender Wahrscheinlichkeit die Langzeitarbeitslosigkeit, jobbte als Kellnerin weiter, mein Vater soff sich das Resthirn weg und träumte weiter von Touren im Vorprogramm der Rolling Stones. Weit gekommen ist er nicht: Er schaffte es mit einer drittklassigen Coverband auf das Stadtfest nach Elmshorn, das war aber auch schon alles. Und ich? Ich wuchs in verrauchten Kneipen auf, in deren Gardinen der Nikotingilb von Millionen Zigaretten wohnte, sah meiner Mutter dabei zu, wie sie die Tabletts mit Gläsern an den Grabschern und Popotätschlern vorbeibalancierte, oder hing zwischen den Verstärkern meines alten Herrn rum, hörte ihm dabei zu, wie er sich durch Jimi-Hendrix-Riffs quälte und immer wieder scheiterte. Ich bin sicher, dass er zeitlebens keinen Song seines Gitarren-Gottes richtig hinbekam. Kapitän Wurstfinger lässt grüßen.

Eine behütete Kindheit sieht wohl anders aus, aber die Nichterziehung meiner Erzeuger hatte auch etwas Gutes. Während meine Altersgenossen im Kindergarten alberne Figuren aus Kastanien oder Knetmasse bastelten, Papier mit unsäglichen Schmierereien verunstalteten, konnte ich bereits die Waschmaschine bedienen und stellte mich auch bei der Zubereitung einfacher Speisen nicht halb so blöd an wie mein Vater.

Mein Heringssalat galt als der beste auf dem Kiez, aber das nur nebenbei.

Selbst das Rechnen wurde mir schon früh beigebracht. Meine Lehrerinnen waren die Damen in der Herbertstraße, für die ich als Botenjunge arbeitete und mir das Taschengeld verdiente, das ich von meinen Eltern nicht bekam. Der Dreisatz d'amour lautete: Wenn eine Packung mit fünf Kondomen drei Mark kostet, dann kann mit dem Zwanzigerpack für fünf Mark irgendetwas nicht stimmen. Da konnte man mir nichts vormachen. Ebenso wenig wie im Biologieunterricht. Durch das Anschauungsmaterial »in echt« konnte ich meinen Klassenkameradinnen, die noch vor der Ausbildung einer eigenen weiblichen Anatomie standen, einen Ausblick auf das geben, was ihnen noch bevorstand. Und meinen Klassenkameraden natürlich auch.

Über den Job als »Einkäufer« kam ich durch Zufall auch an die wesentlich lukrativeren Angebote. Mein Kapital war, dass ich noch nicht strafmündig und grundsätzlich nicht neugierig war. Meine Aufgaben bestanden darin, Päckchen von A nach B zu bringen. Ein ganz normaler Beförderungsvorgang. Ein Postbote macht den ganzen Tag nichts anderes und weiß auch nicht, was in den Paketen drin ist, die er transportiert. Und von der Höhe der Gage einen Rückschluss auf den Brisantheitsgrad des Inhalts zu ziehen, erschien mir als unprofessionell. Nur einmal wurde ich mit einer Lieferung Ecstasy-Pillen erwischt. Dabei förderte ich eine weitere Eigenschaft von mir zu Tage, die von meinen Auftraggebern sehr geschätzt wurde: Ich konnte mich absolut nicht mehr erinnern, wer mir das Päckchen übergeben hatte und wohin ich es bringen sollte.

»Pass nur auf, dass wir dich nicht irgendwann zertreten, du kleine Ratte«, sagte einer der Polizisten, als sie mich zuhause abgesetzt hatten. Was für ein Aufstieg. In wenigen Jahren hatte ich es also von einem »Spacken« zu einer »kleinen Ratte« gebracht.

Andere Jungs in meinem Alter hätte diese Bezeichnung vielleicht stolz gemacht. Es gab einige in meinem direkten Umfeld, die mit ihren »coolen Aktionen« prahlten. Wenn sie zum Beispiel Besoffenen die Geldbörse stahlen oder ein Autoradio klauten. Jede Nacht, die sie auf der Davidswache verbringen mussten, wurde zum persönlichen Triumph erklärt. Dabei war jeder Eintrag in die Akte doch nur ein weiteres Treppchen hinab in die Unterwelt, in der die kleinen Ratten zu großen wurden.

Das war nicht mein Ziel. Im Gegenteil. Ich wollte weg aus dem Stadtteil, der abends, wenn das künstliche Licht zugeschaltet wurde, eine schillernd-bunt-verruchte Kulisse für die Spaß-Guerilla bildete und am Morgen im trüben Dämmergrau nach Urin und Erbrochenem stank.

Ich träumte mich weg in eine andere Welt und immer, wenn es meine Zeit zuließ, saß ich an der Elbe und sah den

Schiffen zu, die von kleinen Schleppern gen Horizont gezogen wurden. Ich sah mich an der Reling eines noblen Passagierdampfers stehen, der stolz und erhaben dahinglitt und seinen sonoren Abschiedsgruß in den rosafarbenen Abendhimmel hupte. Irgendwo, an einem Ort, an dem immer die Sonne schien, wollte ich an Land gehen und mich niederlassen. In einem Fischerdörfchen, das keine Kneipen mit gelben Gardinen kennt. Keinen Schmutz, keine Drogen, keine Popotätschler. Von mir aus musste es noch nicht einmal elektrischen Strom geben. In diesem Paradies spazierte ich mit einer schönen jungen Frau Hand in Hand über den schneeweißen Strand, die nackten Füße von den Ausläufern der Wellen umspült. Wir ließen uns in den warmen Sand fallen und liebten uns im Rhythmus des murmelnden Meeres, angefeuert vom Geschrei der Möwen.

Der Traum hatte einen Haken. Er lenkte mich zu sehr von der Realität ab und so vergaß ich, mein Geld, das ich für meine Überfahrt in ein anderes Leben sparte, an einem Ort aufzubewahren, der vor dem Zugriff meines alten Herrn sicher war. Als meine Mutter uns verließ, weil sie in Indien die Erleuchtung suchen wollte, kam auch ihm die Erleuchtung und zwar vor einem Second-Hand Musikgeschäft. Er kaufte sich eine der unzähligen Originalgitarren, die George Harrison von den Beatles gespielt haben soll. Natürlich benötigte er dazu mein Erspartes und er zögerte keine Sekunde, es einzusetzen.

»Was will so ein kleiner Spacken wie du mit so viel Kohle«, sagte er, als ich ihn auf seinen Diebstahl ansprach, und ließ einen schrägen Akkord erklingen. »Das Geld ist gut angelegt. Ich gehe auf Tour und wenn ich irgendwann tot bin, kannst du das Teil für ein Vielfaches verkaufen.«

Daraus wurde natürlich nichts. Irgendeiner, vermutlich ein Mensch mit Musikgeschmack, hat ihm die Klampfe nach seinem Auftritt beim Pinneberger Stadtfest über die Rübe gezogen. Mein Vater überlebte, George Harrisons Originalgitarre nicht. Mit ihr gingen meine Auswanderungsgedanken, mitsamt dem Fischerdörfchen und der Liebesnacht mit dem schönen Mädchen am Strand, zu Bruch.

Nur das Gekreisch der Möwen blieb. So ungefähr hörte es sich nämlich an, wenn meine neue Stiefmutter den Mund aufmachte. Die vermeintlich wiedergewonnene Freiheit durch den Abgang meiner Mutter und die Depression über die Zerstörung der Klampfe gaben meinem Vater einen derartigen Hormonschub, dass er ihn in die kräftigen Arme einer thailändischen Masseurin trieb. Offensichtlich litt darunter auch sein Wahrnehmungsvermögen, denn der Statur, der Stimmlage und dem Händedruck nach zu urteilen, war meine neue Mutter eindeutig ein Mann. Mir war es egal, ich sah die beiden eh nicht oft, aber eines musste man Mister Mum lassen: Kochen konnte er. Also sie.

Die Schule erledigte ich mit links. Das Lernen fiel mir nicht schwer, das Schwänzen noch viel leichter. Meine Stiefmutter unterschrieb so gut wie alles, was ich ihr unter die Nase hielt. Hätte sie nur ein Quäntchen von dem verstanden, was sie abzeichnete, hätte sie mich wahrscheinlich zur Uni-Klinik in Eppendorf geschleppt und mich dort endgelagert. Mein 15-jähriger Körper war so von Krankheit durchdrungen, dass es ein Wunder war, dass ich mich auf zwei Beinen halten konnte. Mit dem Attest, das mich nachhaltig vom Mathematik-Unterricht befreien sollte, hatte ich es dann leider übertrieben. ›Reagiert allergisch auf binomische Formeln‹, hatte ich auf einen Zettel geschrieben und Mr. Mum abzeichnen lassen. Keine gute Idee, obwohl es durchaus der Wahrheit entsprach. Algebra war mir so fremd wie die Gedankenwelt meines Alten. Die Briefe von der Schulleitung fing ich ab und als sich das Jugendamt einschaltete, gab ich den Unschuldigen. Konnte ich ja nicht wissen, dass die Aufenthaltsgenehmigung der Lebensgefährtin meines Vaters kurz vor dem Ablauf stand. Papierkram, Behördengänge folgten und eigentlich gab es für die beiden nur eine Lösung: Mein Vater musste Mr. Mum heiraten, was sich wiederum schwierig gestaltete, weil er ja von meiner Mutter noch nicht geschieden war. Noch mehr Papierkram folgte.

Mr. Mum musste zweimal das Land verlassen, bevor die Prozedur ausgestanden war.

Um mein schlechtes Gewissen zu beruhigen, habe ich die Hochzeitsfeier der beiden arrangiert. Eine sehr stilvolle Angelegenheit. Erst haben wir uns ein Fußballspiel vom FC St. Pauli angesehen, dann haben wir in der *Großen Freiheit* eine Currywurst gegessen und anschließend waren wir im *Grünspan* tanzen. Da kenn ich aber langweiligere Hochzeiten.

Für eine Ausbildung, die mich in ein normales Leben hätte führen können, hatte ich keine Zeit. Was ich wissen musste, brachten mir die Menschen bei, denen ich auf meinen Streifzügen durch den Kiez begegnete. An den Theken der Amüsiermeile traf ich Künstler, Literaten, Wissenschaftler, Wirtschaftsexperten und Politiker, die in mir einen geduldigen Zuhörer fanden und mir Einblicke in ihre Universen boten.

Und dann gab es noch Natascha, eine Russin, die am Hans-Albers-Platz ein Domina-Studio unterhielt, in dem sie nur sehr betuchte Männer empfing. »Eins hinten drauf, damit sich vorn was regt«, lautete ihr Leitspruch, der in bestimmten Kreisen gut ankam.

Sie war wesentlich älter als ich, ich schätzte sie auf Ende vierzig, hatte jedoch einen Narren an mir gefressen. Vielleicht weckte ich bei ihr mütterliche Gefühle oder eine weiche Seite, die sie nur selten ausleben durfte. Einige Monate lang war ich so etwas wie ihr persönlicher Assistent, eine Mischung aus Laufbursche, Buchhalter, Modeberater, Seelentröster, Unterhalter und Liebhaber. In jeder dieser Funktionen duldete sie keine halben Sachen und so zwang sie mich, unter Androhung des Entzugs ihrer Zärtlichkeiten, mich systematisch durch ihre beträchtliche Bibliothek zu arbeiten.

»Lies, sonst bleibst bled. Und wer bled ist, wird nicht geliebt«, sagte sie. Dies schien für sie nicht zu gelten, viele Bücher waren in einem bemerkenswert guten, ich würde sogar fast behaupten, ungelesenen Zustand. Natascha legte sich allein durch den Besitz von Klassikern der Weltliteratur, philosophischen Schriften, Lyrikbänden und durch das Tragen einer riesigen Hornbrille den Ruf einer Intellektuellen zu und flößte nicht nur dadurch Respekt ein. Auf ihre rechte Brust hatte sie sich einen mit den Flügeln schlagenden Raben tätowieren lassen, der mit strengem Blick aus ihrem Dekolleté heraus ihre Arbeit zu überwachen schien. »Der Rabe ist Überlebenskünstler. Wie ich. Und schlau. Wie ich. Und einfühlsam. Wie ich«, erläuterte sie.

All das stimmte. Niemand konnte sich so schnell auf neue Lebenssituationen einstellen wie Natascha, niemand kettete die Kunden liebevoller ans Andreaskreuz, niemand setzte Klemmen so zärtlich, niemand stieß Nadeln so gefühlvoll ins Fleisch. Wie schlau sie war, eröffnete sie mir nach ein paar Wochen. Ein Stammfreier, ein Universitätsprofessor aus Münster, hatte ihr einen Heiratsantrag gemacht und sie hatte zugestimmt, mit ihm in die westfälische Stadt zu ziehen. Meine Überraschung über ihren Entschluss war kleiner als die Enttäuschung, nicht mehr an ihrer Seite sein zu können. Aber ganz ehrlich: Ihren Büchern trauerte ich weit weniger hinterher als ihrem fantastischen Körper.

Wissen, Menschenkenntnis, Fingerspitzengefühl, Beobachtungsgabe, die Fähigkeit, komplexe Zusammenhänge und Polizisten in Zivil schnell zu erkennen, brachte mir das Leben bei. Wie ich schnell zu Geld kommen konnte, möglichst ohne die Entwicklung zur großen Ratte zu durchlaufen, erklärte mir niemand. Erst als mir ein Bekannter ein todsicheres System, das mich an allen Roulette- und Pokertischen, auf den Pferderennbahnen, im Lotto, bei allen Preisausschreiben und Kreuzworträtselwettbewerben als Sieger hervorgehen lassen konnte, verkaufte, wähnte ich mich auf der Siegerstraße. Ich habe ihm geglaubt, weil ich ihm glauben wollte, und ließ mich zudem von seinem lässigen Anzug, dem Seidensticker-Hemd, den handgefertigten Schuhen und der protzigen Rolex an seinem Handgelenk blenden. Aus seiner Corvette winkte mir eine Dame zu, die meiner Strandgespielin verdächtig ähnlich sah, sie hatte nur deutlich mehr an. Ich war der Überzeugung, in ihm einen vor mir zu haben, der es geschafft hat, bezahlte einen irrsinnig hohen Preis für sein System und kam in der Folgezeit zwar nicht zu dem zugesicherten Gewinn, aber zu wichtigen Erkenntnissen, die mein Leben nachhaltig prägten:

1. Du musst nicht sein, wer du bist, um glaubwürdig zu erscheinen. Manchmal reicht es, gut auszusehen.

2. Es gibt unglaublich viele Esel auf der Welt, die nur darauf warten, von dir geleimt zu werden. Um das zu erkennen, musst du jedoch selbst ein Esel gewesen sein.

Dies wäre der Punkt gewesen, an dem ich eine Karriere an der Börse oder in einer Bank hätte beginnen können. Habe ich aber nicht getan. Stattdessen lieh ich mir von meinem Stiefwesen Geld, kleidete mich neu ein, lungerte in Spielcasinos und auf der Rennbahn herum und entwickelte mein eigenes System: Ich sprach Frauen an, die ich allein wähnte und mimte den Berater in Sachen Glücksspiel. Wenn mir Fortuna an einem Abend besonders hold war, dann bescherte sie mir nicht nur ein großzügiges Trinkgeld, sondern zudem eine aufregende Nacht.

So stolperte ich 35 Jahre durchs Leben, mit dem Fernweh im Herzen und einem großen Loch in der Tasche, durch das meine Mittel immer wieder abflossen.

Aber irgendwann, das habe ich immer gewusst, kommt er: Der große Moment, der alles ändern kann. Hopp oder topp, alles oder nichts, glorreicher Sieger oder auf ewig ein Verlierer. Das Schicksal zerrt dich vor diese Tür, verabschiedet sich und lässt dich allein. Und dann bist du an der Reihe, du musst dich entscheiden: Drückst du die Klinke und wagst den Schritt ins Ungewisse oder bleibst du draußen stehen. Wenn du den Schritt über diese Schwelle nicht wagst, hast du schon verloren. Ansonsten stehen die Chancen fifty-fifty. Normalerweise.

Ich hatte einen Tipp bekommen, dass in einem Hinterzimmer der *Blue Rose Bar* regelmäßig Pokerpartien stattfanden, bei denen es nicht nur Klimpergeld zu gewinnen gab. Allein die 3000 Euro, die jeder Spieler vorweisen musste, um in den »Glückstempel« hineinzugelangen, waren Indiz dafür, dass es sich nicht um Mau-Mau bei einem Kindergeburtstag handelte, auf den man sich einließ.

Für Albernheiten oder gar Humor war der Ausrichter eh nicht bekannt: Pjotr Kradilic war einer der prominentesten Kiez-Größen. Er unterhielt mehrere »Entspannungs-Etablissements«, wie er seine Bordelle und Spielhallen nannte, steckte tief in Schiebereigeschäften von Waren aller Art und hatte durch Immobilien-Sanierungen erheblich an Einfluss und Reichtum gewonnen. Pjotr war berühmt für seine Entschlossenheit, mit der er seine Projekte umsetzte, und ebenso berühmt für die Kaltblütigkeit, mit der er Gegner aus dem Weg räumen ließ. Er war in Wirtschaftskreisen ebenso gefürchtet wie in der Politik und offenbar hatte er auch eine Art Stillhalteabkommen mit der Polizei geschlossen. Keine seiner Missetaten, an denen er oder seine Leute angeblich beteiligt waren, konnte nachgewiesen werden. Das wäre auch erstaunlich gewesen, denn die Ermittlungsarbeit in diesen Fällen war an Halbherzigkeit kaum zu übertreffen.

Mir war klar: Wenn ich es irgendwo schaffen konnte, dann im Nebenraum der *Blue Rose Bar*. Ich kratzte alles, was ich hatte, zusammen, versetzte die Klangschalen meiner Stiefmutter und die Plattensammlung meines Alten, gab die Bierflaschen ab, die sich meterhoch in der Küche meiner Eltern stapelten, lieh mir von einer Rennbahngespielin den Rest und brachte schließlich das erforderliche Antrittsgeld zusammen.

Am Pokertisch der *Blue Rose Bar* saßen ungefähr 200 Jahre Knast auf engstem Raum zusammen. Links von mir der »Einäugige Karl«, der einst als Informant für die Bullen gearbeitet hatte, bis ihm einer seiner Widersacher schmerzlich beigebracht hatte, für immer »ein Auge zuzudrücken«. Seitdem hielt er sein gesundes Sehorgan für Pjotr offen. Neben ihm saß »Pillen-Joe«, für den ich schon einige Botengänge unternommen hatte. Er sah so aus, als hätte er die Hälfte seiner Vorräte bereits intus, und verhielt sich auch so. Er rutschte unruhig auf dem Stuhl hin und her, knetete seine Finger, strich sich durch die verwuselten, roten Haare, wackelte mit den Beinen und trommelte einen nervösen Rhythmus auf die Schenkel. Er beruhigte sich erst ein wenig, als ihm Gregor seine enorme Pranke auf die rechte Schulter legte.

Gregor war Geldeintreiber für verschiedene Kiez-Größen und für seine Überzeugungskraft, die ganz ohne Worte auskam, bekannt.

Und dann war da noch Pjotr. Elegant gekleidet, das schwarze, kurze Haar zurückgegelt, lange, schlanke und perfekt manikürte Finger, wortkarg, düster dreinblickend.

»Auf dass der Beste gewinne.« Mit diesen Worten eröffnete er die Partie.

Am Anfang ging ich vorsichtig zu Werke, gewann ein wenig, verlor auch schon mal. »Pillen-Joe« wurde bereits nach einer halben Stunde des Tisches verwiesen.

»Du machs mich verruckt mit deine Zappelei!«, schrie Pjotr und gab Gregor ein Zeichen. Der packte den wimmernden Dealer am Kragen und beförderte ihn vor die Tür.

Cool bleiben, sprach ich mir Mut zu, *denk an deinen Traum*.

Und dann mischte mir das Schicksal, das ich längst im Urlaub wähnte, gleich dreimal hintereinander ein super Blatt in die Hände. Erst ein As-Dreier, dann ein Royal Flash und als Zugabe eine kleine Straße. Der Geldscheinstapel vor mir wuchs, das Blut rauschte in meinen Ohren und in der Ferne vernahm ich Möwengeschrei.

Eine offenherzige Schöne hatte sich auch schon eingefunden. Sie stand hinter mir, strich mir durch das Haar und massierte mir den Nacken. Vielleicht war ich dadurch abgelenkt, vielleicht war es jedoch auch nur die Gier nach diesem neuen Leben, dass ich den Ausstieg aus dem Spiel verpasste.

Das Blatt wendete sich. Karl und Gregor waren längst ausgeschieden, am Tisch saßen nur noch Pjotr und ich. Mit jedem Einsatz schwand mein Stapel, er wanderte direkt auf die Seite des Kiez-Königs und mit den Geldscheinen bewegte sich auch die Schöne in seine Richtung, kraulte ihn hinter den Ohren und betrachtete verächtlich, wie ich schweißgebadet um meine Existenz kämpfte.

In dieser Nacht war dieser Kampf nicht mehr zu gewinnen. Am Ende unterschrieb ich einen Schuldschein über 50 000 Euro, die ich innerhalb von zehn Tagen zurückzuzahlen hatte.

»Kein Problem«, sagte ich und versuchte mich an einem selbstsicheren Lächeln. Pjotr musterte mich schweigend, nickte Gregor zu, der an der Bar stand und kurz den Zeigefinger hob, um zu signalisieren, dass er verstanden hatte. Er sah mich an, als speichere er meine Körpermaße ab, um gegebenenfalls den passenden Sarg aussuchen zu können.

»Verarsch mich nicht. Das ist noch niemand gut bekommen«, lautete Pjotrs Rat, bevor er sich vom Spieltisch erhob und mit der unbekannten Schönen im Arm die Bar verließ.

50 000 Euro. Wie sollte ich die aufbringen? Ersparnisse gab es nicht, ich besaß auch nichts, was ich hätte verkaufen können. Ich hatte keine Freunde, die ich bitten konnte, mir diese Summe zu leihen. Selbst wenn meine Rennbahn-Gespielinnen zusammengelegt hätten, wäre ich nicht auf diesen Betrag gekommen, ganz zu schweigen, dass die Gegenleistungen meine Libido nachhaltig gefährdet hätten.

Als ich gegen fünf Uhr morgens durch die Straßen schlich und der Glanzfassade der Bars und Kneipen zusah, wie sie zu Boden bröckelte, um sich dort mit dem Dreck der Nachtschwärmer zu vermischen, reifte in mir der Entschluss: Ich musste fliehen, wenn ich nicht mit Betonschuhen auf dem Elbgrund enden wollte.

Ich eilte nach Hause. Vom Rahmen der Tür herunter baumelte eine tote Ratte. Eine sehr eindringliche und anschauliche Warnung des Kiez-Bosses, wie er mit Gestalten wie mir umzugehen pflegte, sollte ich meinen Pflichten nicht nachkommen.

Eiligst packte ich ein paar Klamotten in eine Reisetasche, entnahm der Haushaltskasse von Mr. Mum zwei Hunderter, legte ihr einen Zettel mit der Aufschrift »Auf unbestimmte Zeit geliehen« hinein, sah mich noch einmal um und schloss die Tür zu meiner Vergangenheit.

In eine Emotionswolke aus Furcht und Schwermut gehüllt, wankte ich zum Bahnhof Altona. Ich hatte keine Ahnung, wohin meine Reise führen sollte, und so ließ ich mich auf eine Bank fallen.

Das Geschehen um mich herum verlor an Kontur, die Bilder der Nacht wallten heran: Pjotr, Gregor, die wandernden Geldscheine. Mein Vater gesellte sich hinzu. Mit hängenden Schultern stand er vor den traurigen, unverkäuflichen Überresten seiner Plattensammlung, legte Mr. Mum tröstend den Arm um die breite Schulter, die den verlassenen Klangschalen-Klöppel anklagend in die Höhe hielt. Nie zuvor hatte ich mich schlechter gefühlt: Mittellos, ausweglos und ziellos saß ich auf der Bank an einem Bahnhof und schluchzte mein Selbstmitleid auf die Gleise.

Irgendwann bin ich wohl eingeschlafen. Als mich ein Bahnhofsaufseher unsanft weckte, war es bereits drei Uhr nachmittags.

»Wo wollen Sie denn hin?«, fragte mich der Rüpel in Uniform und verpasste mir einen Stoß gegen die Schulter. Panisch blickte ich auf die Anzeigetafel, auf der die Abfahrten angezeigt wurden. »Hamburg – Stuttgart« war dort in der ersten Zeile zu lesen.

»Nach Stuttgart«, antwortete ich.

Der Beamte zog die Stirn kraus und musterte mich. »Kann ich Ihre Fahrkarte mal sehen?«, fragte er in einem Ton, aus dem das reine Misstrauen troff.

»Fahrkarte, richtig. Ich wusste, dass ich noch etwas vergessen habe«, erwiderte ich und dann war ich weg. Ich begab mich zum nächsten Schalter und löste mein Ticket. Gen Süden. Nach Stuttgart. Warum auch nicht. Dort würde mich Pjotr ganz bestimmt nicht finden. Und plötzlich war da dieses Gefühl der Unverletzbarkeit, das mich zu einem entscheidenden Schritt antrieb. Okay, ich musste meine Heimat verlassen. Okay, ich startete in eine ungewisse Zukunft. Aber ich wollte nicht der einzige Verlierer in diesem Spiel sein. Kurz bevor ich in den Zug einstieg, informierte ich anonym die Polizei über das illegale Treiben im Hinterzimmer der *Blue Rose Bar*. Dann schaltete ich mein Mobiltelefon ab, versenkte es in einem Abfallkorb und begab mich mit gestilltem Rachedurst auf die Reise.

Verstörung

»Magdalena ruft an«, steht auf dem Display des Mobiltelefons. Arndt betrachtet die Nachricht, die ihm so fremd erscheint wie eine Botschaft aus einer anderen Welt. Er überlegt einen Moment lang, dann drückt er sie weg. Mit Magdalena will er auf gar keinen Fall sprechen. Arndt fühlt sich von ihr verraten, an den Pranger gestellt.

Miststück, denkt Arndt. Doch er spricht diesen Gedanken nicht aus. Er weiß, dass es Thorsten verletzen würde, wenn er sich in dieser Art und Weise über Magdalena äußern würde.

»Oh, ich habe fantastische Neuigkeiten für dich«, sagt er und blickt in das Kartenbild, das er vor sich ausgebreitet hat. »Du solltest dir deine Entscheidung gründlich überlegen. Hier: Karo-As in deiner Nähe. Eine neue Beziehung. Und so, wie sich dieses Karo-As an dich ranschmiegt, wird das eine ganz innige Nummer. Die klebt ja richtig an dir.«

Es liegt wohl eher an dem Kartenspiel, über das unlängst ein Humpen Met geflossen ist, dass Karo-As so anhänglich ist. Aber das kann Thorsten ja nicht wissen und der Zweck heiligt schließlich die Mittel. Doch der kennt Arndts Prophezeiungen ganz genau und weiß, was er davon zu halten hat.

»Halt doch dei blede Gosch.« Thorstens Stimme klingt so rau, als habe er mit Rasierklingen gegurgelt. »Dir glaub i koi Wort meh. Du ..., du ...«

»Granadeseggl«, ergänzt Arndt leise, lässt es klingen wie das Eingeständnis seines Scheiterns. Er fühlt, wie ihm eine lähmende Erschöpfung bleiern in die Glieder fährt. Er ist müde, ausgelaugt, unfähig, Thorsten zu überzeugen.

Er greift in die Tasche und zieht die Münze hervor, die er für »Kopf-oder-Zahl-Fälle« präpariert hat. Er dreht sie in den Fingern, dann lässt er sie wieder verschwinden. Thorsten weiß längst, was es mit dieser Münze auf sich hat, und Arndt ist sich darüber im Klaren, dass die Zeit, in der er mit Taschenspielereien seine Lage retten konnte, vorbei ist. Wenn es einen Knopf gäbe, mit dem man die Zeit zurückstellen könnte, dies wäre wohl der Moment, in dem Arndt Peterson ihn betätigen würde. Er wünscht sich in sein altes Leben zurück, das ihm angesichts der neuen Lage gar nicht mehr so schlecht erscheint. St. Pauli, der Hafen, die Schiffe, die Lichter und Geräusche der Großstadt, der Duft von billigem Parfum und scharf Gebratenem, die Sprüche der Werber vor den Striptease-Bars, die Mädchen, die Musik, die Große und die kleine Freiheit.

Arndt denkt an seine Ankunft in Stuttgart und wie alles hätte laufen können, wenn ... ja, wenn es nicht eine Eigenart des Konjunktivs wäre, sich nur in den seltensten Fällen zu konkretisieren.

Dabei fühlte es sich für ihn zunächst gar nicht so falsch an, in die Schwabenmetropole gereist zu sein. Denn er hatte gespürt, dass sich die Unauffälligkeit dieses Ortes wie ein Tarnmantel über ihn legte. Hier würde ihn Pjotr niemals suchen, geschweige denn finden, hatte er gedacht. Hier würde Pjotr ihn noch nicht einmal vermuten. Hier war er in ...

Sicherheit

Je näher ich meinem Ziel kam, desto mehr legte sich meine Nervosität. Ich war unterwegs, entfernte mich von meiner Vergangenheit, und auch wenn ich nichts über Stuttgart wusste, so war mir doch klar, dass sich dieser Ort bestens eignete, um ein neues Leben zu beginnen. Als ich nach fünf Stunden Fahrt am Hauptbahnhof der Schwabenmetropole ausstieg und durch eine fast menschenleere Fußgängerzone schlenderte, fühlte ich mich Pjotr so fern, als würden uns Welten trennen.

Verlassen gähnten die großen Kaufhäuser das Tagesende heran. Einige verlorene Seelen saßen auf Sitzbänken unter den-Platanen, rafften ihre Mäntel zusammen, um den nasskalten Oktober abzuwehren. Vereinzelte Flaneure schlenderten an den Schaufenstern vorbei, sahen sich gelangweilt die Auslagen der Geschäfte an. Und ich stand da in der Stille und wartete auf ein Zeichen. Das Neonröhren-Flackern einer Spielhalle oder das aufgeregte Geschrei aus einer Kneipe hätten mir vorerst genügt. Selbst mit dem Geklimper eines Straßenmusikers hätte ich mich anfreunden können. Doch diese Stadt schien nichts davon zu besitzen.

Stattdessen kam eine Horde kichernder Frauen auf mich zugewankt. Sie hatten rotblinkende Plastikhörner auf den Köpfen und waren offensichtlich stark angetrunken, was mich mit meiner Situation versöhnte. Gott sei Dank. Wenigstens die Menschen hier machten einen normalen Eindruck.

Eine der Teufelinnen trug ein weißes T-Shirt mit der Aufschrift »Ab morgen ein Engel ...«

Die Mädels umkreisten mich, gackerten und kreischten »Junggesellinnenabschied!«, umrandeten meinen Mund mit einem Lippenstift und forderten mich auf, das Hemd der Oberteufelin zu küssen. Um den Busen herum war kein Plätzchen mehr frei, so drückte ich meine Lippen im Bereich des

Bauchnabels auf den Stoff, was mit gellendem Geschrei begrüßt wurde. Danach bekam ich ein Fläschchen an die Lippen gedrückt und ließ mir einen süßlichen Likör einflößen.

Bevor die Meute weiterziehen konnte, rief ich ihnen hinterher: »He, wo geht denn hier noch was ab? Wo kann man in dieser Stadt noch etwas unternehmen?«

Eine antwortete in einer Sprache, die nur in Auszügen etwas mit Deutsch zu tun haben konnte: »Ha, gang doch zur Theo. Do isch was los.«

»Und wo wohnt dieser Theo? Hat er auch einen Nachnamen?«, fragte ich.

Die Ladies brachen in unbeherrschte Heiterkeit aus.

»Du bisch guat«, ächzte eine und wischte sich die Augen trocken. »Die Theo isch a Stroß. Da sind ganz viele Clubs. Aber du bisch no a bissle früh dran. Die hen no net offa.«

Sie scannte mich mit ihren grünen, funkelnden Augen, ein verschmitztes Lächeln stahl sich in ihr Gesicht. Ich lächelte zurück, in der Hoffnung, mir somit eine vorübergehende Schlafstätte sichern zu können.

»Was macht ihr denn noch so?«, erkundigte ich mich und zwinkerte meiner vermeintlichen Herbergsmutter zu.

»Mir ganget uff dr Wase. Kommsch mit?«, sprudelte es aus ihr heraus. Ihr Vorschlag wurde von den anderen Damen mit mäßiger Begeisterung aufgenommen. Um genau zu sein, spaltete sie die Gruppe in zwei Lager. Während mein Flirt, die Engelsanwärterin und zwei weitere Damen aus ihrer Gefolgschaft von der Idee angetan waren, scharte eine große Blonde die Widerständler um sich.

»Das ist ein Weiberabend und soll es auch bleiben«, grummelte sie.

Ich zog alle Charme-Register, setzte meinen unwiderstehlichen Dackelblick auf, jammerte etwas von »neu in der Stadt« und »kenne mich nicht aus« und beteuerte, dass ich nicht zur Last fallen wolle und auf dem »Wase«, was immer das auch sein sollte, sofort eigene Wege einschlagen würde. Die Mürrische wollte sich so leicht nicht umstimmen lassen, also schlug ich ihr ein Spiel vor.

»Werfen wir eine Münze. Wenn Zahl oben liegt, darf ich mitkommen. Wenn Wappen oben liegt, lasse ich euch sofort in Ruhe.«

Sie konnte nicht gewinnen. Die Münze, die ich warf, war eine Spezialanfertigung, die ich für solche Situationen immer bei mir trug. Sie besaß keine Wappenseite.

Der »Wase« entpuppte sich als ein Jahrmarkt, dem Hamburger Dom nicht unähnlich. Im Gegensatz zu der beschaulichen Atmosphäre der Stuttgarter Innenstadt fand hier ein Großangriff auf die Sinne statt. Flirrendes Licht, laute Musik, die sonoren Animationssalven der Fahrgeschäftebetreiber, das Glücksgeschrei ihrer Kunden, die sich in den Abendhimmel tragen ließen, beißender Bratfettgeruch, die aufdringliche Süße gebratener Mandeln. Dicht gedrängt drückten sich die Unternehmungslustigen durch die Gassen, scherten aus, um das Angebot der Stände in Augenschein zu nehmen oder den Mut der Tollkühnen zu bewundern, die in wahren Höllengefährten den besonderen Kick suchten. Hier verlor ich meine Begleiterinnen im Gewühl, wahrscheinlich nutzte meine Widersacherin einen günstigen Moment, während ich in ein Bierzelt hineinsah, wie gebannt dem Getöse lauschte und auf das Schauspiel starrte, das sich mir dort bot. Frauen und Männer gerieten hier zu Blasmusik in Ekstase, ließen sich von drittklassigen Unterhaltern Frohsinn verordnen und leerten aus großen Gefäßen Bier in sich hinein.

Mit den Junggesellinnen entschwand die Aussicht auf eine feste Bleibe, die ich schon so gut wie in der Tasche gehabt hatte. Im Laufe der S-Bahnfahrt hatte ich das Gedränge im Waggon genutzt und war meinem Flirt, die Lissy hieß, ein wenig auf die Pelle gerückt. Wie unbeabsichtigt drückte ich mich in Kurven an sie, berührte ihren Arm und machte ihr unverbindliche Komplimente. »Dein Haar riecht so gut«, »Ist das Grün deiner

Augen echt oder trägst du gefärbte Kontaktlinsen?«, »Du bist schon 35? Ich hätte dich auf Ende 20 geschätzt«, und »Du hast keinen Freund? Sind die Typen in dieser Stadt blind?«

Das Standardprogramm. Bei jedem dieser Sprüche wurde sie rot und senkte den Blick. Allerdings weckte ich durch mein Gebalze auch den Argwohn der blonden Frau. Vielleicht war sie frustriert, dass meine Bemühungen nicht ihr galten, Eifersucht kann Frauen zu Bestien machen. Nicole, so hieß die Blonde, hatte die Krallen noch nicht ganz ausgefahren, doch sie ließ keinen Zweifel daran, dass wir an diesem Abend keine Freunde mehr werden konnten. Immer wieder tuschelte sie mit ihren Freundinnen, wies mit dem Kopf in meine Richtung und verzog mürrisch das Gesicht. Wie sie es geschafft hat, mich und Lissy zu entzweien, weiß ich nicht. Irgendwann stand ich allein im Eingang des Bierzeltes und konnte meine Begleiterinnen nicht mehr entdecken. Stattdessen umringten mich junge Männer mit Filzhüten auf dem Kopf, bliesen mir ihre Bierfahnen ins Gesicht und brüllten mir ihre Interpretation des Songs »Hey, Baby« ins Ohr.

Missmutig schlich ich durch die Gassen dieses Vergnügungsparks, wurde immer wieder angerempelt, zog eine Bahn wie eine Stahlkugel in einem Flipperautomat. Und geriet irgendwie aus dem Spielfeld. Die Geräusche wurden leiser, die Lichter verblassten zusehends, wurden zu bunten Flecken, die in den Pfützen auf dem Weg vor mir ineinanderflossen. Ich irrte durch ein Labyrinth aus Wohnwagen, die kreuz und quer standen, stolperte über Schnüre von Vorzelten, stieß an Kisten, die mir den Weg versperrten.

Ein kleines, weißes Schild beorderte mich in die Welt zurück. Es hing an einer kleinen nostalgischen Behausung, einem Holzschindelwagen, wie ich später erfahren durfte, der nicht so recht zu den mobilen Luxusvillen, die in seiner Nachbarschaft standen, passen wollte.

»Junger Mann zum Mitreisen gesucht« war auf dem weißen Schild zu lesen, daneben hing ein Zeitungsartikel, der sich mit den Fähigkeiten der Wahrsagerin Madame Geraldine beschäftigte. Auf einem Foto war eine ältere Dame vor einer blitzdurchzuckten Glaskugel abgebildet. Sie hatte die Augen geschlossen, als befände sie sich in Trance. Die Hände schwebten über dem magischen Hilfsmittel und auch wenn es nur ein Bild war, spürte ich, wie mich diese Frau mit ihrer Geste in den Bann zog.

Junger Mann zum Mitreisen gesucht. Diese Nachricht richtete sich an mich. Ich war jung, ich war ein Mann und ich hatte keinen sehnlicheren Wunsch als mitzureisen. Destination irgendwo.

Vorsichtig legte ich meine Hand auf die Türklinke und drückte sie sacht hinunter. Die Tür sprang wie von selbst auf. Im Inneren des Wagens war es dunkel, in einer Ecke flackerte eine Kerze und warf ein unruhiges Schattenspiel an die Decke. Der gesamte Raum war mit Tüchern verhängt, die orientalische Muster aufwiesen. Von einer inneren Macht getrieben, bewegte ich mich auf einen Holztisch zu, auf dem die Glaskugel stand, die ich schon auf dem Bild des Zeitungsausschnitts gesehen hatte. Als ich mich näherte, wurde sie von einem blauen Blitz durchzuckt. Ich erschrak, wollte schon wieder umkehren, doch da lüftete sich der Vorhang am Ende des Raumes.

Madame Geraldine erschien. »Da bist du ja«, sagte sie und wies mir einen Platz an dem Tisch zu. »Ich habe schon auf dich gewartet.«

Mir wurde heiß und kalt zugleich. *Flieh*, befahl mir eine innere Stimme, doch meine Beine wollten nicht gehorchen. *Die spinnt. Nein, du spinnst. Verbeuge dich, entschuldige dich für die Störung, wünsche einen schönen Abend und dann nichts wie raus hier. Mitreisen, gut und schön. Aber doch nicht mit einer in die Jahre gekommenen Schamanin.*

Die Wahrsagerin lächelte milde, als könnte sie meinen inneren Kampf spüren. »Komm erst einmal an. Setz dich«, sagte sie leise und deutete erneut auf einen Stuhl. »Hast du Hunger?«

Ich schüttelte den Kopf, doch das Knurren meines Magens verriet mich. Sie verschwand hinter dem Vorhang und kam mit einem Tablett mit Brot, Wurst und Käse zurück, das sie vor mir abstellte. Ich dachte gar nicht daran, etwas von ihren Speisen anzurühren, diese Frau war mir unheimlich. Ihr Alter war schlecht zu schätzen, sie konnte Anfang sechzig, vielleicht aber auch schon siebzig Jahre alt sein. Um den Hals trug sie ein Amulett, zwei ineinander verschlungene Pentagramme, überhaupt schien sie Schmuck sehr zu schätzen, die beringten Finger und die breiten Armreifen um ihr Handgelenk ließen keinen anderen Rückschluss zu. Das Unheimlichste an ihr war jedoch das Leuchten, das sie umgab. Von ihr ging ein bläuliches Glimmen aus.

Wie unbeteiligt sah ich zu, wie meine Hand nach einer Scheibe Salami griff und sie mir in den Mund führte. Diese Frau hatte mich in ihrer Gewalt, machte mich gefügig. Kann aber auch sein, dass es der bohrende Hunger war, der mich leitete.

Madame Geraldine lächelte. »Iss nur tüchtig«, sagte sie. »Du brauchst Energie. Wir werden morgen weiterziehen.«

Es klang bedrohlich, aber auch nach weiter Welt und Abenteuer. Und nach genügend Abstand zu Pjotr. Solange ich mit der verschrobenen Alten umherreiste, hatte er keine Chance, sich auf meine Spur zu setzen. Und ich konnte ja jederzeit aussteigen. Meine Furcht wich, ein Hauch von Zuversicht regte sich in mir. Dies war kein Strand in der Karibik und Madame Geraldine war keine willige Schöne. Aber dies war ein sicherer Platz und mehr konnte ich an diesem Abend wirklich nicht erwarten.

Später, in einem stillen Moment, habe ich Geraldine gefragt, ob sie meine Ankunft wirklich vorausgesehen hatte. Sie lächelte geheimnisvoll, wie immer, wenn sie auf ihre Fähigkeiten angesprochen wurde, dann schüttelte sie den Kopf.

»Nein, ich habe dich nicht gesehen. Hans Albers hat mir von dir erzählt. Er hat mich an diesem Abend besucht«, sagte sie.

Ich lachte. Damals wusste ich noch nicht, dass Madame Geraldine nie Scherze machte und ständig mit prominenten Geistern kommunizierte. Mit einem Geist schien sie, dem Geruch nach, besonders verbunden gewesen zu sein. Mit dem von Jack Daniels.

Spiritualismus

»Glaubst du eigentlich an Geister?«

Thorsten sieht Arndt verdattert an und hätte er eine Hand frei, würde er wahrscheinlich vor seinem Gesicht hin- und herwischen, um seinem Gegenüber anzudeuten, dass der Gesprächsverlauf suboptimale Züge annimmt.

»Geraldine spricht mit ihnen. Und es sind immer Prominente. Die scheinen sich mächtig zu langweilen im Jenseits. Würden sie sich sonst immer wieder ins Diesseits holen lassen, um an ihren Seancen teilzunehmen? Also, komm lieber runter, bevor dir das gleiche Schicksal blüht.«

Der Seher versucht, Zeit zu gewinnen. Gar nicht schlecht für einen, der von Psychologie keinen blassen Schimmer hat.

Thorsten sieht ihn an. In seinen Mundwinkeln zuckt es. Noch vor ein paar Stunden hätte er sicher etwas erwidert, hätte sein gesamtes Wissen ausgebreitet über Lichtgestalten, transzendente Erfahrungen, Wunder und Übersinnliches. Ihm ist schließlich kein Thema fremd.

»Dein Schuhbändel isch offe«, sagt er stattdessen und zeigt auf Arndts rechten Fuß. Auch das ist typisch für ihn. Hilfsbereit bis an die Schmerzgrenze. Immer einen Tick zu freundlich. Thorstens Zuvorkommen, sein Kümmern klebt wie Baumharz.

Arndt blickt an sich hinunter, zieht eine Grimasse, schluckt die bissige Bemerkung, die ihm auf der Zunge liegt, hinunter.

»Danke«, quält er verhalten hervor und bückt sich, um den Schuh zu binden.

Von der Brüstung heult es auf. »Ouhh, des geht ins Kreuz. Du musch mehr in d' Knie ganga.«

Arndt verdreht die Augen. Das ist Thorsten, wie er leibt und lebt. Um keinen Ratschlag verlegen. Ein guter Tipp kennt keinen falschen Zeitpunkt.

Erneut klingelt das Handy.

»Geh halt ran. Wer isch's denn?«

»Hm, sieht so aus, als wäre es eine Person, die dich sprechen will.« Arndt hält ihm das Telefon hin. Um es zu erreichen, müsste Thorsten von der Brüstung steigen. Doch der denkt gar nicht daran. Er verengt die Augen zu Schlitzen, das Misstrauen ist ihm ins Gesicht geschrieben.

»Und wieso ruft die Person auf dei'm Handy an?«

»Keine Ahnung, frag sie.«

Thorsten wendet sich ab und starrt in den dunklen Abgrund vor ihm. »Sie? Dann weiß i, wer des isch. Magdalena. Aber die kann mi au kreuzweis. Die isch genauso verloga wie du.«

Arndt drückt eine Taste und weist den Anruf ab. Ihm will nichts mehr einfallen, er ist mit seinem Latein am Ende. *Das hier passiert nicht wirklich*, denkt er. *Das ist alles nur ein ...*

Traum

Magdalena lernte ich auf einem Mittelaltermarkt in einer kleinen Stadt namens Renningen kennen. Sie war Tänzerin und gehörte zu einer Truppe von Schauspielern, die von Ort zu Ort zogen, um diese in eine andere Zeit zu versetzen. Sie trugen eigenartige, sackähnliche Gewänder und seltsame Kopfbedeckungen, redeten schwülstig daher, spielten Musik auf quäkenden und jaulenden Instrumenten, jonglierten mit Fackeln, lieferten sich Schwertkämpfe, spien Feuer oder tanzten verwegene Tänze. Auf den Plätzen ihrer Gastspielorte erstellten Händler kleine Holzhütten und Zelte, tapezierten sie mit Tüchern und Fellen und boten selbst gefertigte Waren feil. Gegenstände aus Holz, Eisen, Ton, Leder, Filz. Zierrat für diejenigen, die schon alles haben, es aber nicht lassen können, ihre Wohnungen noch weiter vollzurümpeln. Klamotten, die maximal für den nächsten Faschingsball geeignet waren, Schmuckstücke, die angesichts ihres Wertes leicht in den Kaugummiautomat gepasst hätten und Lebensmittel, denen sie aufgrund der schlichten Zubereitung ausgefallene Namen geben mussten: Ein Baguette mit entsprechendem Aufstrich wurde zum Kümmellümmel, feuriges Gulasch war die Henkersmahlzeit und ein Gebäckstück, in das Schinken eingearbeitet und mit einer kleinen cremigen Haube versehen wurde, nannten sie die Schmandgeige. Wein hieß Rebenblut, das Bier Hopfenglück und die unsägliche Plörre, die als Obstbrand verkauft wurde, bekam den sehr zutreffenden Namen Schlangengift.

Die verschrobene Meute bot ihren Besuchern einen Ausstieg aus dem Alltag an, für ein paar Stunden konnte man hier der Wirklichkeit entfliehen. Und das für eine Handvoll Euro, die passend zur Kulisse Silberlinge hießen.

Ich versuchte, in diesem Ambiente meinen Platz zu finden. Das war nicht so einfach, denn ich bewegte mich auf zwei schlingernden Planken. Auf der einen Seite war ich mit der schwäbischen Seele konfrontiert, die im harten Kontrast zum Wesen der Freidenker stand. Hier ernteten die Darbietungen der Künstler nicht automatisch enthusiastischen Applaus, hier mussten jeder Lacher, jede Gefühlsregung, jede Anerkennung hart erarbeitet werden. Und Fehler wurden sofort aufgedeckt.

»Sie, i hab grad in meiner Gulaschsupp' a Stück Paprika gfonda. Also, die hot's im Mittelalter bei ons aber no net geba.«

»Da henta verkauft ein Chines Glühwein. Authentisch isch des ja net.«

Es schien, als würde der Markt nur von Experten besucht. Manche kamen sogar selbst in einer Art Gewandung: Männer in langen, schwarzen Kutten, Frauen in aufwändig gearbeiteten Gewändern, Käuze mit komischen Kappen und ganz Abartige in Ritterrüstungen. Ganz Baden-Württemberg schien in einem Mittelalterfetisch zu schwelgen.

Demnach war auch ich gezwungen, meine nachgemachte Designerjeans und meine Billiglederjacke gegen eine Wollhose und einen Filzumhang zu tauschen. Immerhin durfte ich meine Lederstiefel anbehalten, musste nicht diese seltsamen Schnabelschuhe tragen und mir auch keine Holzklötze unter die Sohlen binden, wie es einige taten. Ich behängte mich auch nicht mit Fellen toter Tiere, die meist so aussahen, als wären sie Opfer eines Verkehrsunfalls geworden.

Als ich mich komplett gewandet zum ersten Mal in einem Schaufenster entdeckte, starrte mich ein fremdartiges Wesen an, um das ich einen weiten Bogen gemacht hätte, wenn ich ihm auf der Straße begegnet wäre. Vielleicht hätte ich auch in der Psychiatrie angerufen und gefragt, ob einer der Insassen abgängig sei. Im Umfeld des Marktes jedoch nahm niemand Notiz von mir. Eine bessere Tarnung hätte ich mir kaum wünschen können.

Es dauerte einige Wochen, bis ich mich eingewöhnte. Ich lernte, dass bei den meisten Leuten, die einen Mittelaltermarkt belebten, die Gewandung mehr war als eine Kostümierung. Die Bekleidung, die Sprache, die Beherrschung alter Handwerkskünste wie das Schmieden, das Filzen, das Töpfern waren Ausdrucksformen der Andersartigkeit. Durch die Gassen des Marktes wehte der Geist von Freiheit und das Zusammengehörigkeitsgefühl, das unter den Schaustellern und Händlern herrschte, hatte ich so noch nicht erlebt. Sie unterstützten sich gegenseitig beim Auf- und Abbau ihrer Stände, tauschten Dinge aus, die sie benötigten, auch war eine gewisse Herzlichkeit im Umgang miteinander zu spüren.

Wenn sie Publikum hatten, verhielten sie sich, wie sich ihrer Auslegung nach Menschen im Mittelalter verhielten.

Sie redeten geschwollen daher, sprachen die Besucher mit »edler Recke«, »wackerer Ritter« oder »schöne Maid« an, boten lautstark ihre Waren feil, fassten Mädchen um die Hüften, forderten Männer zum Schwertkampf. Abends soffen sie zusammen mit den Besuchern in der Taverne Met, Glühwein und Schnaps oder fielen in einer Kneipe des Städtchens ein, um deren Alkoholvorräte zu vernichten. Danach zogen sie Schmählieder grölend durch die Gassen, reiherten auch schon mal in einen Hauseingang und lieferten sich verbale Scharmützel der derbsten Sorte. Demnach hätte ich mich eigentlich heimisch fühlen müssen, dieses Verhalten kannte ich nur zu gut von den Touristenhorden auf der Reeperbahn.

Madame Geraldine bemühte sich redlich um meine Integration. Sie spürte wohl, dass meine Anwesenheit nicht nur mit Wohlwollen aufgenommen wurde. Ich fühlte mich wie ein Fremdkörper in einer eingeschworenen Gesellschaft, die mich nur allzu gern wieder losgeworden wäre. Sie misstrauten mir und eigentlich war das nur allzu verständlich: Ich lebte bei einer alten Frau in einem Holzschindelwagen, ließ mich von ihr aushalten, sah aus wie Kaspar Hausers Zwillingsbruder und ging Gesprächen aus dem Weg. Nicht auszuschließen, dass sie mich für einen Spitzel der Polizei hielten. Und einige der Schausteller hatten offenbar gute Gründe, sich vor einem V-Mann zu fürchten. Nach einem Führungszeugnis schien hier keiner zu fragen, bevor jemand angestellt wurde.

Mein Glück war, dass Geraldine unter den Ausstellern und auch beim Publikum sehr beliebt war, demnach blieb ich von offenen Anfeindungen verschont. Sie hatte eine eigene Show, und fester Bestandteil des Programms war, dass sie Zuschauer auf die Bühne holte, ihnen aus der Hand las oder die Karten legte. Durch ein geschicktes Frage- und Antwortspielchen erfuhr sie etwas über die jeweilige Lebenssituation ihrer Opfer und gab ihnen unverbindliche Ratschläge. Dabei blitzte es immer wieder in der Glaskugel.

Das war mein Part. Hinter einem Vorhang steuerte ich die Lichteffekte und auch, wenn die heraufbeschworenen Geister aus Geraldine sprachen, stand ich am Mischpult und betätigte die Regler. Niemand hätte sonst die Stimmen von Marilyn Monroe, Friedrich Schiller oder Ludwig van Beethoven unterscheiden können. Meine Handlangerdienste wurden von den anderen Schaustellern milde belächelt und brachten mir den Kosenamen »Erasmus das wortlose Orakel« ein.

Tagsüber bot Geraldine ihre Dienste in dem kleinen Holzschindelwagen an, der neben dem Badezelt stand. Dort konnten sich ganz Mutige in einen Zuber mit heißem Wasser setzen und herumplanschen, während die Besucher versuchten, einen Blick auf die nackten Leiber zu erhaschen. Das Bad wurde meist nur von den Schaustellern selbst, von Angetrunkenen oder Personen mit Hang zum Exhibitionismus genutzt, aber es erfreute sich bei Zuschauern großer Beliebtheit. Und die räumliche Nähe zu diesem Ort brachte der Wahrsagerin einigen Zulauf.

Wenn Madame nichts zu tun hatte, führte sie mich in die Kunst des Kartenlegens ein. Ich stellte mich nicht dumm an, mit Spielkarten kannte ich mich schließlich aus, und so lernte ich Charakterzüge der Farben, die Bedeutung der einzelnen

Bilder, Legeformen, mögliche Deutungen. Dennoch blieben Zweifel. Wie konnte ich aus willkürlich gemischten Karten etwas über die Zukunft des Einzelnen herauslesen, ohne mich komplett zum Idioten zu machen? Genauso gut hätte ich mir die Fussel aus meinem Bauchnabel pulen, sie über den Tisch pusten und aus den Formationen bedeutungsschwangere Konstellationen herbeischwafeln können. Für mich war das, was Madame Geraldine mir beibrachte, Hokuspokus und genau das teilte ich ihr am Ende meiner letzten Lektion mit.

Sie sah mir tief in die Augen, das Glimmen um sie herum verstärkte sich und hüllte das Innere des Wohnwagens in bläuliches Licht.

»Mein lieber Erasmus«, sagte sie mit tiefer Stimme und ich bemerkte an ihrem Atem, dass auch der Geist von William Birne zu mir sprach, »eines musst du wissen: In den Augen der Menschen erkennst du, was dir die Karten zu sagen haben.«

»Und was heißt das?«

»In ihren Augen siehst du ihre Hoffnungen und ihre Sehnsüchte. An ihren Stimmen erkennst du, wie wahrhaftig ihre Fragen sind. Du hast die Gabe, den Menschen Zuversicht zu geben.«

»Und was ist, wenn in den Karten nichts Zuversichtliches steht? Soll ich die Leute anlügen?«

Madame Geraldine lächelte ihr übersinnliches Lächeln und sagte: »Die Karten lügen nicht.«

So sehr ich meine Lehrerin auch schätzte, manchmal erinnerte sie mich in ihrer Selbsteinschätzung sehr an meinen Vater, mit dem Unterschied, dass sie sich nicht für ein unbekannt gebliebenes Mitglied der Rolling Stones, sondern für Nostradamus hielt.

»Das ist doch alles Zufall. Die Menschen kommen zu Ihnen, um etwas über sich und ihr Leben zu erfahren. Sie wollen Wahrheit. Deshalb gehen sie zu einem Wahrsager. Und wir bieten ihnen faulen Zauber und vage Versprechungen«, hakte ich nach.

Meine Lehrmeisterin hörte für einen Moment auf zu leuchten und sah mich nachdenklich an. »Die Menschen, die zu uns kommen«, setzte sie mit leiser Stimme an, »kaufen sich etwas, was sie sonst auf dem Markt nicht bekommen. Bei uns, mein lieber Erasmus, bekommen sie Hoffnung.«

Dass man für Hoffnung Geld ausgeben kann, war mir bestens bekannt. Wie oft hatte ich auf Pferde gewettet, die meine Träume von einem Leben unter Palmen mit zum Schlachter trugen. Aber wie verzweifelt musste man sein, wenn man seine Hoffnungen aus einer Täuschung zog?

»Und was ist, wenn nichts von unseren Prophezeiungen eintrifft? Dann haben wir die Menschen doch betrogen.«

Geraldine schüttelte vehement den Kopf und verschloss mir mit ihrem Zeigefinger den Mund. »Es ist eine Eigenheit der Hoffnung, dass sie ganz allein über den Zeitpunkt bestimmt, wann sie sich materialisiert. Die Zeit, mein lieber Arndt, muss dafür reif sein.«

Allmählich begriff ich. Mit der Wahrheit verhielt es sich wie mit dem richtigen Blatt beim Pokern. Wenn du lang genug darauf wartest, kommt es auch. Das Problem konnte nur sein, dass dir kurz zuvor die Puste ausgeht.

Ich lernte schnell und machte wohl meine Sache recht gut, denn irgendwann rief mich Geraldine während einer Sitzung zu sich. Am Tisch saß Magdalena. Als ich den Vorhang beiseiteschob und den »Arbeitsraum« betrat, blitzte es in den Augen der Tänzerin. Dieses Funkeln war mir schon während ihrer Auftritte aufgefallen, sie zog damit das Publikum in ihren Bann. Magdalena war nicht unbedingt das, was man eine Schönheit nennen konnte. Sie war groß, breitschultrig, ihre kantigen Gesichtszüge verliehen ihr eine gewisse Härte und wäre sie nicht mit einem enormen Busen und wunderbaren schwarzen Locken ausgestattet gewesen, wäre sie unter entsprechenden Lichtverhältnissen als Kerl durchgegangen. Wenn sie sich jedoch zu den arabisch anmutenden Klängen in ihrem bauchfreien Kostüm bewegte, das sie trotz der klirrenden Winterkälte immer trug, blieb einem fast der Atem stehen. Sie schwebte über die Bühne, als könnte sie die Schwerkraft außer Kraft setzen. Jede Drehung, jede Biegung ihres Körpers wirkte anmutig und grazil. Mit temperamentvollen Tambourin-Stößen setzte sie rhythmische Akzente, sie balancierte einen Krummsäbel auf ihrem Kopf, ließ ihn bedrohlich durch die Luft schwirren, um sich im nächsten Moment wieder schlangenhaft zu winden und mit kleinen Klangschalen, Zimbeln genannt, neckisch zu dingdöngeln. Wenn sie dann noch ihren Glitzerblick und das sanft-entrückte Lächeln aufsetzte, bildeten sich bei den meisten Herren Schweißtröpfchen auf der Stirn.

»Hör auf zu glotzen und setz dich«, unterbrach Madame Geraldine meinen Tagtraum, in dem ich Magdalena und ihren Zimbeln eine Hauptrolle zugedacht hatte. »Magdalena hat eine Frage an die Karten. Und mein Freund Siegmund, mit dem ich mich heute Nachmittag lange über dich unterhalten habe, hat mir geraten, dass es an der Zeit wäre, dass du deine Fähigkeiten einsetzt.«

»Welcher Siegmund?«, fragte ich.

»Siegmund Freud.«

Du lieber Himmel, jetzt sprachen schon die Geister von Nervenärzten zu ihr. Das war kein gutes Zeichen. Ich beschloss im Stillen, den Schlüssel zu ihrem Arzneischränkchen, wie sie ihre gut bestückte Minibar nannte, zu verstecken.

Magdalena runzelte die Stirn und blickte erst Geraldine, dann mich an.

»Siegmund? Des isch aber koiner von uns.«

»Nicht so wichtig«, antwortete ich und sah zu, wie sich meine Lehrmeisterin langsam aus ihrem Sessel erhob und mir ihren Platz zuwies. Mit kleinen trippelnden Schritten schlich sie zum Vorhang. Als sie an mir vorbeiging, konnte ich riechen, dass sie wohl ein Gespräch in Dreierrunde geführt hatte: Siegmund, Geraldine und Maria Cron.

Ich wartete, bis sie verschwunden war, dann setzte ich mich, griff zu den Karten und begann zu mischen.

»Isch des dei erstes Mal?«, fragte mich Magdalena und warf mir ihre Funkelblicke zu. Ich schluckte trocken, nickte und versuchte mich auf die Karten zu konzentrieren, die mir prompt aus der Hand fielen. Ungeschickt raffte ich sie zu einem Stoß zusammen. An einem Spieltisch hätte das zur Disqualifikation geführt, doch mein Gegenüber war gnädig. Sie warf den Kopf zurück und schmetterte ein glockenhelles Lachen gegen den Himmel des Wohnwagens.

»Du wirsch ja rot. Des isch ja süß.«

Die magische Stimmung, die mein Tun eigentlich begleiten sollte, schien sich nicht so recht einstellen zu wollen. Mit einem Zischlaut gebot ich ihr zu schweigen und hob mit verschwörerischer Geste die Hände über meinen Kopf. »Setz dich ganz gerade hin. Die Hände liegen locker auf den Oberschenkeln.«

Ich versuchte der Situation den nötigen Ernst zurückzugeben, doch Magdalena war offenbar in semierotischer Stimmung: »Soll i meine Händ auf deine Oberschenkel oder auf meine lega?«, fragte sie und gluckste.

Ich ging nicht darauf ein. »Die Beine nicht überkreuzen. Wenn du dann so weit bist, gib mir ein Stopp.«

»I wär so weit«, gurrte sie. Ich gab vor, diese Anspielung zu überhören und mischte weiter.

»Gib mir ein Stopp«, forderte ich sie nochmals auf.

»I würd dir aber lieber ein Go geba.« Sie lehnte sich zurück und fächerte sich spielerisch mit einer Hand Luft zu. »Hier isch es so warm, gell?«

Sprach es und streifte ihr Paillettenjäckchen ab. Darunter trug sie ein schwarzes Top, das sich hauteng über die Topographie ihres enormen Vorbaus spannte. Ganz ihrer Wirkung bewusst, lächelte sie mich an.

Ich hielt inne.

»Magdalena, du bist hier, um etwas über deine Zukunft zu erfahren. Aber ich kann nur etwas sehen ..., äh, also in den Karten, wenn du ein bisschen mitarbeitest. Tu mir den Gefallen: Gib mir ein Stopp, bevor ich mir einen Krampf in die Hand mische.«

Sie lachte. »Also gut. Stopp.«

Ich legte den Kartenstapel vor sie auf den Tisch. Sie griff danach und berührte dabei leicht meine Hand. Ich zog sie zurück. Sie hob ab und ließ sich schmollend gegen die Stuhllehne fallen.

»Gut, formuliere deine Frage!«

Magdalena beugte sich wieder nach vorn und flüsterte: »I will wissa, wie es bei mir um die Liebe steht. I bin so hungrig, wenn du verstehsch, was i moin.«

Theatralisch ließ sie ihre Finger über ihre Formen gleiten. Es war klar, dass es als Geldverschwendung angesehen werden konnte, sie zum Essen auszuführen. Dieser Hunger war spezieller Natur.

Ich legte einen Halbkreis aus 13 Karten und erkannte sofort die ungünstige Konstellation. Pik-Bube bei der Kreuz-Dame deutete einen Verräter in ihrer Nähe an, und auch die Karo-Sieben verriet, dass sie mit einem Konflikt rechnen musste. Am Rand lag Karo-König, ein Reisender, ein Fremder. Unklar, ob er auf das Liebesleben der Tänzerin einen Einfluss nehmen konnte, aber zumindest ließ er die Vermutung zu.

»Das sieht nicht schlecht aus«, log ich und zog mein Pokerface auf. »Der Karo-König hier am Rand. Das ist jemand, den du noch nicht kennst. Und hier Pik-Neun. Das könnte eine Überraschung sein.«

Ich starrte noch eine Weile auf das Blatt und suchte nach anderen positiven Konstellationen. Es gab jedoch keine. Zum Glück war Magdalena zu mir gekommen. Ein anderer Hellseher hätte ihr vielleicht schonungslos die Wahrheit gesagt und sie damit frustriert. Mit meiner Interpretation konnte sie sicher leben.

Als ich sie ansah, nickte sie und schob mir einen Zettel zu.

»Alles auf Karo-König. 23 Uhr hinter der Taverne«, lautete ihre eindeutige Botschaft.

Wäre ich nicht in einer Gegend groß geworden, die einem Menschen sämtliche Verlockungen des Lebens versprach, von denen sich kaum eine einlöste, hätte ich mich wahrscheinlich nicht auf dieses Spiel eingelassen. Aber die Lehre, die ich aus meinen bisherigen Erfahrungen gezogen hatte, lautete: Wenn dir etwas geschenkt wird, dann nimm es. Auch wenn es nicht genau das ist, was du im Moment haben willst.

Ich schlüpfte also in die Rolle des Karo-Königs, der ich ja irgendwie auch war: Ich war ein Reisender und ein Fremder zugleich. Das genügte, um von Magdalena lustvoll entlohnt zu werden. Und während sie ihren Hunger stillte und mir beibrachte, zu welchen Biegungen ein menschlicher Körper fähig war, wurde mir klar, welche Macht ich als Erasmus besaß. Durch meine Auslegungen der Kartenbilder konnte ich Menschen dazu bringen, Dinge zu tun oder zu unterlassen. Ich konnte ihr Denken beeinflussen. Ich konnte, wenn ich wollte, sogar selbst Schicksal spielen, indem ich eine Rolle in meiner Vorhersage übernahm. Ich hielt ein Blatt in der Hand, auf das ich mein Leben lang gewartet hatte. Mit einer klug eingesetzten Taktik konnte es mir vielleicht gelingen, den größtmöglichen Gewinn daraus zu erzielen.

Meine Liaison mit der Tänzerin blieb nicht ohne Neider. Offensichtlich hatten auch andere Schausteller ein Auge auf Magdalena geworfen. Allen voran Siegfried Grothe, ein Typ mit Tendenz zur Kleinwüchsigkeit, der mit seinen ihn um etliche Köpfe überragenden Zwillingsbrüdern Hagen und Gunter einen recht ruppigen Bühnenauftritt inszenierte. Das Treiben bestand aus kettenrasselnder Kraftmeierei und einer Art Wrestling-Show. Und als Höhepunkt warfen sich die muskelbepackten Riesen-Twins ihren Bruder durch einen brennenden Reifen zu. Das war moralisch mit Sicherheit nicht einwandfrei, aber dem Publikum gefiel das.

Abseits der Bühne allerdings hatte Siegfried das Sagen. Hagen und Gunter bewachten das streitlustige Männlein wie

Bodyguards, jeder, der ihm zu nahe kam, wurde sofort abgedrängt. Kein Wunder also, dass sich der grantelnde Zwerg wie der Herrscher des Marktes fühlte und sich Frauen gegenüber benahm, als ziere er die Titelblätter einschlägiger Gazetten.

Seine Verehrung für Magdalena war mindestens genauso groß wie ihre Abneigung gegen ihn. »Was willsch denn mit so nem Männle, des sich durch d' Gegend schmeißa lässt«, erklärte sie und sprach damit wohl auch anderen Vertreterinnen ihres Geschlechts aus der Seele. Diese Global-Abfuhr hielt Siggy nicht von seinem Werben ab. Er überhäufte Magdalena mit Blumen und Geschenken, die sie großzügig weiterverteilte. Auf diese Weise kam ich zu einem brandneuen, unfassbar teuren Smartphone. Die ebenso kostspielige Unterwäsche, die er ihr gekauft hatte, wollte jedoch nicht zu meinem Teint passen.

Siegfried schrieb ihr glühende Liebesgedichte, die wir zur Belustigung aller abends in der Kneipe verlasen, und ließ keinen Moment aus, mir seine gesamte Verachtung entgegenzubringen. Einmal lauerten mir sogar die Monsterzwillinge auf, um mich davon zu überzeugen, dass ich nicht der Richtige für Magdalena war. Ich sah mich schon wie ihren Bruder durch die Lüfte fliegen, da fiel mir der Trick mit meiner präparierten Münze ein. Zahl gewann, sie mussten mich unversehrt weiterziehen lassen und ich hatte mir auch das Recht erspielt, mit Magdalena zusammen zu sein.

Eigentlich hätten sich die beiden den Aufwand ihrer Überzeugungsarbeit sparen können. Der Reiz, den Karo-König zu spielen, war schon nach ein paar Tagen verloren gegangen. Magdalena war eine wahre Klette und wenn es nicht nach ihrem Willen ging, war sie unausstehlich. Sie folgte mir auf Schritt und Tritt, ließ mich keinen Moment aus den Augen. Selbst wenn ich mich ab und zu davonstahl, um mit den Jungs von der Band, die sich den bescheuerten Namen *Die leisen Lauten* gegeben hatten, ein bisschen zu pokern, tauchte sie mit verheulten Augen und verzweifelter Miene plötzlich auf und wich den Rest des Abends nicht von meiner Seite. Sobald sie neben mir saß, konnte ich kein Spiel mehr gewinnen. Andauernd schubberte sie ihren Schenkel an meinem oder wühlte mit einer Hand verstohlen zwischen meinen Beinen herum.

Wenn wir allein waren und sie nicht gerade neue Varianten ihres Magda-Sutras an mir vollzog, erzählte sie mir aus ihrem Leben. Aufgewachsen war sie in einem kleinen Dorf im Oberschwäbischen, in dem es außer einem Sportverein und einem Kirchenchor so gut wie kein Freizeitangebot für junge Menschen gab. Magdalena entschied sich für Rhythmische Sportgymnastik, entdeckte für sich das Tanzen und wie man sinnlich mit Bändern, Bällen und Keulen umgehen konnte. Letzteres überzeugte wohl auch die männliche Dorfjugend, die ihr gesammelt Avancen machte. Mit ihr zusammenbleiben wollte jedoch keiner. Vielleicht genügte auch keiner der Liebhaber ihren Ansprüchen oder sie konnten ihre grundlosen und tränenreichen Eifersuchtsattacken nicht aushalten.

Fragen wie »Liebsch mi überhaupt no?« oder »An was denksch du?« und, falsche Antwort vorausgesetzt, »Warum denksch du net au mol an mi?« gehörten bei ihr zum täglichen Repertoire. Selbst die poetischsten Antworten, die ihre Schönheit, ihre Klugheit und ihre Güte priesen, konnten sie nicht vom Wahn befreien, minderwertig zu sein.

»Ihr Männer wollet doch immer bloß des Oine«, lautete ihr Fazit, das sich fest eingebrannt hatte. Sie entwickelte im Laufe der Jahre ein großes Talent in der Erfüllung dieser Männerwünsche und holte sich so die Bestätigung, die ihr sonst versagt blieb.

Eine Gruppe von Gauklern, die in ihrem Dorf gastierten, versprachen ihr als Gegenleistung ein Stück vom Glück. Sie schloss sich der Truppe an und tingelte mit ihnen durch die Lande. Diese Gemeinsamkeit, die Flucht aus der eigenen Vergangenheit, hätte uns eigentlich zusammenschweißen müssen. Doch während für mich der Ausflug ins Mittelalter maximal eine Zwischenstation war, sah sich Magdalena bereits am Ziel.

»Jetzt wird alles guat, jetzt hab i ja di«, hieß ihre Glückformel, die mir regelmäßig einen dicken Kloß im Hals bescherte. Niemand ist gern eine Enttäuschung für andere, und es war unvermeidlich, dass ich für sie eine werden musste. Meine Hoffnung war, dass es so etwas wie einen günstigen Zeitpunkt gab, ihr dies beizubringen.

Geständnis

»Weißt du eigentlich, dass ich nur wegen dir zurückgekommen bin? Ich war mit einem Fuß schon im Zug.« Arndt hüstelt. Die Sache mit dem Fahrkartenautomat spielt nun wirklich keine Rolle.

»Aber dann ist mir klar geworden, dass man nicht immer weglaufen kann. Vor allem, wenn eine Geschichte noch nicht zu Ende ist.«

Er geht einen kleinen Schritt auf Thorsten zu.

»Diese Geschichte ist noch nicht zu Ende, Thorsten. Für mich nicht, für dich nicht und für Trollingen schon gar nicht. Die Leute hier brauchen uns.«

»Mich net«, knurrt Thorsten.

Arndt schüttelt den Kopf, streift seinen Rucksack vom Rücken und lässt ihn klirrend zu Boden fallen. Er öffnet die Schnalle, kramt darin herum und zieht einen Stapel Papiere daraus hervor.

»Doch, Trollingen braucht dich«, verkündet er und hält die Dokumente in die Höhe. »Damit können wir beweisen, dass hier einiges im Argen liegt. Mit diesen Akten können wir die gesamte Bande dingfest machen.«

Thorsten dreht sich zu Arndt und betrachtet die Papiere. Seine Neugier ist geweckt.

»Was isch des?«

»Eine Kalkulation zu einem sehr großen Projekt. Zahlen, die mir nicht viel sagen. Aber ein Spezialist ...«, Arndt setzt eine dramatische Pause, rollt die Papiere zu einer Röhre, hält sie sich wie ein Fernrohr ans Auge und betrachtet Thorsten, »... einer wie du, kann bestimmt die richtigen Rückschlüsse ziehen.«

In Thorstens Gesicht tobt ein Kampf. Er weiß nicht, ob er diesem Typen noch trauen kann. Zu tief sitzt die Enttäuschung. Andererseits scheint in ihm doch ein guter Kern zu stecken, wie seine Rede am Marktplatz bewiesen hat. Und vielleicht ist die gezeigte Reue sogar echt.

»Wo hasch du die Papiere denn her?«

Arndt setzt sein Fernrohr ab, hüstelt nochmals verlegen. »Sagen wir mal so: Sie wurden mir zugespielt. Im übertragenen Sinne.«

Arndt richtet die Papierrolle auf Thorsten, als wolle er ihm einen Staffelstab übergeben. Thorsten verengt erneut die Augen zu Schlitzen und ihm ist, als verschärfe dies seinen Blick für die Lüge, die ihm schon wieder aufgetischt wird.

»I glaub dir koi Wort. Zugespielt hoißt wohl, die sen geklaut.«

Arndt lässt den ausgestreckten Arm sinken. »Du hältst mich für einen Lügner. Das verstehe ich. Aber dieses Mal sag ich die Wahrheit. Schau dir die Papiere an. Und wenn du es nicht für mich tust, dann tu es für Trollingen.«

Sekundenlang stehen sich die beiden gegenüber und starren sich an. In der Ferne kündigt ein Pfeifen den nächsten Güterzug an. Thorsten sieht sich nach dem heranrumpelnden Gefährt um und weiß, dass es so weit ist. Es ist an der Zeit, er muss etwas tun. In wenigen Sekunden entscheidet er über sein ...

Schicksal

Manche Begegnungen mögen dem Zufall geschuldet sein, doch bei einigen bin ich mir sicher, dass es eine Fügung geben muss. Magdalena war nicht die einzige Glücksuchende, die auf dem Markt gestrandet war. Mit einem anderen, dem ehemaligen TV-Moderator Wolfram Strickle, traf ich mich oft und hätte er sich ein bisschen mehr Mühe gegeben, seine ausgeprägte dialektische Färbung zu unterdrücken, wären wir vielleicht Freunde geworden. Große Teile seiner Geschichte konnte ich nur schwer verstehen, sie ging in dem Genuschel und Gerassel unter, das er Sprache nannte. Dass er bei einem Sender gekündigt wurde, weil er in einer Talkshow einen Politiker geohrfeigt hatte, nötigte mir jedoch einen gewissen Respekt ab.

»Der hot gloga, wenn er 's Maul uffgmacht hot. No han i denkt, dann kriegt der halt mal oine«, begründete Wolfram seine beherzte Art der Gesprächsführung.

Laut ihm war »im Fernsäh eh älles Beschiss«. Seine Beispiele, die er anführte, waren haarsträubend. Von fingierten Interviews erzählte er, von Dokumentationen, die von Konzernen gesponsert wurden, um die Meinung der Geldgeber in den Köpfen der Zuschauer zu platzieren. Vertuschungen, Schönungen, Maulkörbe für die Redakteure waren an der Tagesordnung, wer aus dem Medienkarussell ausstieg, wurde bespitzelt und bedroht. Ein besonders heikler Bericht über einen Sportfunktionär, der mehrere Fußballspiele eines lokalen Vereins verschachert hatte, brachte Wolfram den Ärger ein, der ihn endgültig zum Ausstieg aus seinem Beruf zwang. Zweimal wurde in seine Wohnung eingebrochen, sämtliches Mobiliar zerschlagen. In beiden Fällen hatte er Glück, dass er nicht zuhause war, sonst hätte er sich wahrscheinlich mit den Trümmern aus dem Haus tragen lassen können. Er beschloss zu verschwinden.

Er ließ sich einen Vollbart stehen, nahm zwanzig Kilo zu, heuerte beim fahrenden Volk an und nannte sich fortan Gideon der Bärtige. Zunächst übernahm er die Aufgabe des Märchenerzählers, doch seine rüde Art des Vortrags kam bei Kindern und Eltern gar nicht gut an. Einmal nur habe ich ihn als »Teufel von Byzanz« erlebt, eine Figur, die er sich auf den üppigen Leib erdichtet hatte und durch die er alles daransetzte, den Kindern nachhaltig Alpträume zu bescheren. Mit Wurzelbürsten fuhr er über ihre zarten Wangen, er pikste sie mit Holzspießen, er fuchtelte, brüllte und spielte sich derartig in Rage, dass ihm die Kräuterfrau eine Tinktur aus Johanniskraut und Melisse ansetzen musste, um ihn und die Kinder zu beruhigen.

Erfolgreicher war er in der Rolle des Conférenciers, der das Bühnenprogramm ansagen sollte. Auch dabei setzte Gideon auf Interaktion und wiegelte mit seinen Ansagen die Zuschauer gegen die Schausteller auf.

»Dafür hen ihr Zeit. Romstanda ond denne Tagdieb zu gucka«, lautete seine wenig herzliche Begrüßung, und dennoch konnten die Besucher froh sein, wenn er es dabei beließ. Wenn ihm nämlich eine Nase überhaupt nicht passte, dann musste sich die betreffende Person einiges mehr gefallen lassen.

»He, du, mit derra blede Kapp. Isch des dei Frau neba dir? Schämsch du di net, mit so 'nem Reddich auf d' Gass zom ganga? Mir sen hier auf einem Mittelaltermarkt. Die sieht aus, als hätt se scho in der Steinzeit glebt.«

Alle, bis auf diejenigen, die seinen Hohn ertragen mussten, bogen sich vor Lachen. Ich habe lange gebraucht, um zu verstehen, warum Gideons deftige Moderation so gut ankam. Offenbar erkannten die Menschen die dunkle Seite ihrer selbst in ihm wieder. Er verkörperte diesen kleinen, gehässigen Schatten, den auch der beste aller Gutmenschen warf. Er durfte aussprechen, was viele niemals gewagt hätten. Er belohnte das Volk mit dem Vergnügen der Schadenfreude.

»Also, jetzt kommt Musik. Wer dabei an eine Kuh denkt, die sich in einem Stacheldrahtzaun verfanga hat, liegt gar net so falsch.«

Gideon schaffte es, die Anwesenden so aufzuheizen, dass einige Künstler von Glück sprechen konnten, die Bühne ohne Blessuren verlassen zu können. Allerdings konnte auch er sich glücklich schätzen, dass er weitestgehend von Verletzungen verschont blieb. Beliebt war er bei seinen Kollegen nicht.

Madame Geraldine kündigte er meist mit blumigen Ausschmückungen an, was keineswegs eine respektvolle Verbeugung vor ihrem Alter war. Er fürchtete sich vor ihr.

»Die hot ebbes Oheimlichs«, erklärte er mir. Überhaupt sei es besser, sich mit Übersinnlichen nicht anzulegen, führte er weiter aus.

»Du woisch wohl net, was mit Alexis, der Frau von Konrad, dem Feuerschlucker, passiert isch?«

Ich verneinte. Er sah mich ungläubig an, dann begann er zu erzählen.

Alexis war mit Geraldine in einen Streit geraten. Wahrscheinlich war es um Geld gegangen, vielleicht auch um einen Mann, so genau konnte sich Wolfram nicht mehr erinnern. Beendet wurde der Disput mit einer magischen Formel der Wahrsagerin. »Mehr Schwein als du kann man nicht sein. Drum werde, was du schon bist.«

Alexis war noch in derselben Nacht verschwunden, statt seiner Frau hatte Konrad am nächsten Morgen ein Meerschweinchen in seinem Zelt vorgefunden.

Ich lachte, bis mir die Tränen über die Wangen liefen, fest im Glauben, dass er mir eine wunderbare, aber frei erfundene Anekdote erzählt hatte. Gideon sah mich wütend an. »Du kannsch ja Konrad froga, wenn du mir net glaubsch.«

Ich wischte mir die Augen trocken. »Ich kenne keinen Feuerspucker namens Konrad«, ächzte ich.

»Noi, der hot ja jetzt au des Spiel, bei dem die Leute auf a Häusle setzat. Dann kommt des Meerschweinle in die

Mitte und sucht sich a Häusle aus. Wer darauf gwettet hot, gewinnt.«

»Und?«

»Das Meerschweinle, Mann. Des isch die Alexis.«

»Du spinnst komplett«, erwiderte ich.

Er schüttelte den Kopf und versenkte seinen Blick in einem Glas Rum.

»Mach den Test. Sprich mit Alexis. Sag ihr, wo se hinlaufa soll. Sie wird sich immer für dei Häusle entscheida.«

Ich weiß nicht, was mich mehr antrieb: die Neugier oder die Lust am Spiel. Schon am nächsten Tag stand ich am Meerschweinchen-Roulette und suchte nach dem Beweis für Wolframs abstruse Geschichte. Ich setzte einen Euro auf das Häuschen vor mir, wartete, bis das Nagetier in die Mitte gesetzt wurde, flüsterte: »Alexis, hierher«, und deutete auf die Öffnung. Der Typ, der das Spiel betreute, Konrad?, sah mich missmutig an, während mir das Tier zublinzelte, die Nase schnüffelnd in die Luft streckte und direkt auf mich zutapperte.

Ich gewann eine Kunststoffperle, blieb jedoch misstrauisch. Ich wiederholte das Spiel. Und gewann. Als ungefähr ein Dutzend Perlen in meiner Tasche aneinanderklackerten, hörte ich auf. Es gab nur zwei Gründe für dieses Phänomen. Entweder hatte ich eine ungeheure Anziehungskraft auf Meerschweinchen oder Alexis, die verwandelte Frau von Konrad, hatte sich in mich verliebt.

Das war sie also, meine neue Welt. Eine Ansammlung von Glückssuchern und Querdenkern, die in ihrer neuen Identität aufgingen, um ein Leben außerhalb der Norm zu führen. So sehr ich die Tarnung schätzte, die sie mir boten, musste ich Acht geben, dass ich mich darin nicht verlor. Ich war Arndt der Spieler. Nicht Erasmus das Orakel. Das musste ich mir immer wieder vor Augen führen, um nicht jeglichen Realitätssinn zu verlieren.

Manchmal, wenn ich nicht schlafen konnte, wandelte ich stundenlang an dem kleinen Fluss entlang, der das kleine

Städtchen streifte, sah dem Spiel der Wellen zu und schickte einen Gruß in Richtung Trauminsel, an den Sandstrand, an dem sich die schöne unbekannte Geliebte ohne mich räkelte. Und der Fluss antwortete mir. »Hab Geduld«, gluckste er. »Deine Zeit wird kommen.«

In einem schwachen Moment hatte ich Magdalena von meinem Leben auf der Insel erzählt. Sie machte den Traum sofort zu ihrem.

»Au ja. Mir zwoi. Auf einer Insel.« Weiter sprach sie nicht, sondern führte mich direkt in ihre Vorstellung ein, wie dort ihrer Ansicht nach der Tag zu verlaufen habe. Eines war klar: Einen Koffer mit Kleidung würden wir dort nicht brauchen. Und noch klarer war: Dieses Leben konnte ich keine drei Wochen durchhalten.

Meine Lage war ausweglos. Ich saß fest. Ohne Geld, ohne Plan und mit der Überzeugung, dass ich Magdalena loswerden musste. Aus Verzweiflung legte ich mir selbst die Karten. Herz-Zehn und Pik-As lagen ganz in meiner Nähe: Ein interessantes Zusammentreffen mit spannendem Ausgang stand mir bevor.

Hochspannung

Das Mobiltelefon in Arndts Tasche gibt keine Ruhe. Aufdringlich und schrill zerrt der Klingelton an den Nerven der beiden Kontrahenten.

»Herrgott nochmol. Kammer sich denn net in Ruhe ombringa?«, schreit Thorsten. »Immer des blöde Gebimmle.«

Arndt antwortet mit einer verlegenen Geste. Fast hätte er ihn so weit gehabt, dass er sich das Dokument ansieht. Er überlegt einen Moment, ob er den Apparat ausschalten soll, dann jedoch entscheidet er sich dagegen. Er drückt die Annahmetaste und hält sich das Telefon an das Ohr.

»Was willst du?«, schnauzt er ins Mikrofon, noch bevor Magdalena etwas sagen kann. »Du störst.«

Arndt stutzt. Er hört Knistern, Röcheln, ein Schnaufen, Schluchzen, Stimmengewirr im Hintergrund. Schreie.

»Hallo, wer ist denn da?«, ruft er in einem Ton, der verärgert klingen soll, bei dem jedoch auch ein Hauch von Sorge mitschwingt.

»Wer isch denn des?«, echot Thorsten von der Brüstung.

Arndt zuckt die Schultern.

»Hallo, Magdalena?«, versucht er es nochmals, doch er bekommt keine Antwort. Eine Männerstimme stößt einen Befehl aus, andere antworten ihr. Wieder das Schluchzen, ein Poltern, ein Reißen. Es hört sich an, als ob irgendetwas zusammenbricht. Die Schreie im Hintergrund werden lauter. Arndt schluckt trocken.

»Magdalena? Sag doch etwas!« Seine Stimme bröckelt, fällt zusammen. Man muss nicht Erasmus das Orakel sein, um zu merken, dass am anderen Ende der Leitung irgendetwas nicht stimmt. Die Geräusche lassen sich jedoch nur schwer einordnen. Das Schluchzen, das Poltern, das Reißen. Alles klingt verzerrt, wie durch einen Filter gedämpft, eine laufende Tonspur, die keine Bilder erzeugen kann.

Arndt versucht, seine aufsteigende Panik zu unterdrücken, ringt um Worte, die sich jedoch nicht zu einem Satz formen wollen, sieht zu Thorsten, der ihn unablässig beobachtet und darauf zu warten scheint, dass sein Gegenüber die Situation auflöst.

Endlich meldet sich Magdalena: »Es isch was passiert. Hier …«

Ein Hustenanfall beendet ihren Satz. Es ist mehr ein Bellen als ein Husten, so als müsse sie sich von etwas befreien, das sich in ihren Bronchien festgebissen hat. Sie kämpft mit diesem Etwas, es ist ein verzweifelter Kampf, der ihr alles abfordert. Arndt hält das Telefon vom Ohr, um von dem kehligen Röhren keinen Hörschaden zu erleiden. Er wirft einen flüchtigen Blick zu Thorsten, der sich inzwischen auf die Brüstung gesetzt hat.

»Was isch denn?«, fragt er, erhält jedoch keine Antwort. Er traut dem Wahrsager nicht. Es könnte wieder ein Trick sein, um ihn von der Brüstung herunterzulocken. Erst diese fragwürdigen Dokumente, nun der ominöse Anruf.

»Was ist bei euch los? Was sind das für Geräusche?«, fragt Arndt und in diesem Moment finden die Töne und Bilder in seinem Kopf zueinander. Dieses Zischen, Poltern, Knistern, Knacken. Das konnte nur bedeuten …

»Es brennt«, krächzt Magdalena. »Dein Wage brennt. Die Männer …« Wieder werden ihre Worte von Husten zerhackt, werden zu unverständlichen Silbenscheiten. Mehr muss Magdalena auch nicht sagen. Feuer. Schreie. Männer. Pjotr ist auf dem Mittelaltermarkt angelangt und hinterlässt bei der Suche nach Arndt seine Spuren. *Geraldine,* schießt es dem Seher durch den Kopf. Der Gedanke versetzt ihm einen Stromschlag, seine Knie werden weich, geben nach, langsam sinkt er zu Boden.

»Was ist mit Geraldine?«, brüllt er in das Telefon. Die Antwort lässt eine Ewigkeit auf sich warten. Zäh zerfließen die Sekunden, die Umgebung löst sich auf wie die schmelzenden Uhren in dem berühmten Gemälde von Dalí. Die Stille schmerzt.

»Was isch mit Geraldine?«, hallt es von der Brüstung nach. Thorsten steht davor, hat sich einen Schritt auf Arndt zubewegt.

Eine Sorge weniger für den Hellseher, auch wenn dieser keine Erleichterung spürt. Seine Gedanken sind auf dem Markt.

»Magdalena! Was ist mit Geraldine?« Arndts Stimme überschlägt sich.

»Die trifft sich ... im *Ochsa* ... mit 'nem alde Schneider ... hot se gsagt«, röchelt die Bauchtänzerin. Arndt atmet aus, ein kleines Lächeln stiehlt sich in sein Gesicht. Geraldine in Gesellschaft eines 38-prozentigen Korns zu wissen, erleichtert ihn.

»Geraldine ist in Sicherheit«, übersetzt er für Thorsten, der inzwischen neben ihn getreten ist und dennoch nichts versteht.

»Wieso in Sicherheit? Was isch denn los?«

Auf Thorstens Stirn vertieft sich die Stressfurche, wie immer, wenn er sich Gedanken macht. Arndt setzt zu einer Erklärung an, doch er wird von Magdalena unterbrochen.

»Du musch verschwenda«, krächzt es aus dem Hörer. »Die suchat dich.«

Arndt nickt. Er weiß, dass er nun endgültig vor der Entscheidung steht. Verschwinden und damit riskieren, dass Pjotr seine Wut an anderen auslässt. Oder sich stellen und alle Konsequenzen tragen, die es zu ertragen gilt. Leicht ist das nicht. Erstaunlich schnell fasst Arndt seinen Entschluss.

»Ich bin gleich bei euch«, sagt er, dann klopft er Thorsten auf die Schulter. »Und wir beide sprechen uns noch, klar?«

Scheint so, als habe er alles im Griff. Aber nur ganz kurz.

»Die suchat dich«, wimmert Magdalena am anderen Ende der Leitung.

»I hab denne gsagt, du bisch bei Nicole ...«

Wie in Zeitlupe lässt Arndt den Arm mit dem Mobiltelefon sinken, die Finger lösen sich von dem kleinen Gerät, es fällt zu Boden, direkt neben den Stapel mit den Papieren. Mit offenem Mund steht er da, wortlos, regungslos, so als habe man einem Ferngesteuerten die Batterien entnommen.

Plötzlich zuckt er zusammen und stürzt davon.

Auf der Brücke bleibt ein verdutzter Thorsten zurück, der so gar nicht mehr weiß, was er tun soll. Ein Sturz auf die Schienen kommt für ihn nicht mehr in Frage. Er bückt sich nach dem kleinen Telefongerät und hält es sich ans Ohr. Die Verbindung zu Magdalena ist unterbrochen. Er rafft die Dokumente zusammen, überfliegt die Zahlenkolonnen, die für ihn keinen Sinn ergeben. Er blickt ein letztes Mal über die Brüstung, als könnte er dort Antworten auf seine Fragen finden. Doch dort unten gibt es nichts zu entdecken außer dem grimmigen grauen Glimmen der Schienen, das nur eine Lösung kennt. Thorsten wendet sich ab und setzt sich in Bewegung.

»I woiß zwar net, was los isch, aber i glaub, die brauchat mi«, flüstert er. Dann beginnt er zu rennen.

Bewegung

Das interessante Zusammentreffen mit wem oder was auch immer ließ ziemlich auf sich warten. Meine Begegnungen beschränkten sich in erster Linie auf die Kontakte mit den Beschickern und den Besuchern des Marktes. Meine Kollegen und ich lebten in einer mehr oder weniger friedlichen Koexistenz, eng aneinander geschmiegt in einer künstlichen Zeitblase, die uns von der Realität abschottete. Wir zogen umher, verwandelten Straßen und Plätze in eine Märchenwelt, nahmen die Bewohner und Besucher gefangen und gaben für ein paar Tage den Lebensrhythmus vor.

Irgendwann begann ich sogar, genauso schwurbelig wie die anderen zu reden.

»Wie geht es Euch, Euer Wohlgestalt?«

»Wem? Mir?«

»Ey freilich, Euch, Euer Lieblichkeit.«

»Also mir … äh … uns geht's gut. Und dir? Also Euch?«

»Euch gut. Ich meine auch gut.«

Gut, der Umgang mit dem Pluralis Majestatis war gewohnheitsbedürftig und auch mein Outfit war kaum tauglich, mir einen Auftritt in einem angesagten Männermagazin zu verschaffen. Meine langen Haare und der Vierzehntagebart gaben mir ein abgerissenes Aussehen. Bei Hannes und Maurizio, die nicht nur aufgrund der Namensähnlichkeit mit einer Textil-Großhandelskette einen Kleidungsstand betrieben, versorgte ich mich mit Schnürhemden, einer Wildlederhose und einem Filzhut, damit ich nicht ständig als hellsichtige Tucke, mit freiem Oberkörper, Pumphose und Turban durch die Gegend rennen musste. So nämlich sah ein Wahrsager laut meiner Stilberaterin Magdalena aus. Inzwischen konnte ich es mir zwar leisten, in diesem Aufzug meinem Beruf nachzukommen – durch meine täglichen Körperübungen mit der Bauchtänzerin hatte ich beträchtlich an Gewicht verloren – doch wohl fühlte ich mich nicht. Es passierte inzwischen sogar, dass mir Passanten auf der Straße unaufgefordert heiße Maronen oder Bratäpfel in die Hand drückten oder mich auf einen Glühtrunk einluden, so ausgezehrt sah ich aus. Fehlte nur noch, dass die Vögel anfingen, mich zu füttern.

Um mir die Zeit nach Dienstschluss sinnvoll zu vertreiben, organisierte ich kleine Poker-Turniere und richtete im Hinterzimmer der Gaststätte *Ochsen* ein Büro ein, in dem ich Wetten ersann, auf die man setzen konnte: tägliche Anzahl der Zuschauer vor dem Badezuber, Anzahl der Einsätze des Roten Kreuzes wegen zu großer Trunkenheit der Besucher, Anzahl der Einsätze des Roten Kreuzes wegen zu großer Trunkenheit der Schausteller, tagesaktuelle Flughöhe von Siegfried Grothe, Anzahl der Tonverfehlungen der *Leisen Lauten* und wenn mir so gar nichts einfallen wollte, nahm ich Wetten auf die Temperaturen an.

Große Beträge waren nicht zu gewinnen: Die Einsätze, von denen ich mir als Büroleiter 15 Prozent Provision einbehielt, waren viel zu niedrig. Aber ich blieb in Form.

Madame Geraldine zog sich mehr und mehr aus dem Geschäft mit der vermeintlichen Wahrheit zurück und überließ mir den Hauptteil ihrer täglichen Arbeit. Sie zog es vor, in Seancen und geheimen Sitzungen prominente und unbekannte Geister zu empfangen. Und die, die sie rief, kamen auch. Der Ablauf dieser eigenwilligen Treffen hing immer von dem jeweiligen Stargast ab, den Geraldine täglich neu am Tisch begrüßte. Waren es Jim Beam oder Johnny Walker, wartete sie mit einem launigen Potpourri aus Stimmungsliedern und Heinz-Erhardt-Gedichten auf, während sie in Anwesenheit der Grünen Fee, die aus einer Flasche mit 75-prozentigem Absinth waberte, in esoterischen Lauten schwelgte und Oskar Wilde zitierte.

Und ich legte Karten für all die Verzweifelten, die mir immer wieder die gleichen Fragen stellten: Kommt er zu mir zurück? Kommt überhaupt noch mal einer? Werde ich die neue

Stelle bekommen? Werde ich überhaupt noch einmal eine Stelle bekommen? Wie lange hält meine finanzielle Misere noch an? Soll ich umziehen oder nicht und wenn ja, wohin soll ich ziehen?

Mit nervösem Lächeln und Händen, die ständig in Bewegung waren, saßen mir die vom Schicksal Geprüften gegenüber und kauften sich für 20 Euro Hoffnung. Ich entließ sie mit der Zuversicht, dass sich alles zum Besten wenden konnte, formulierte es jedoch so bildreich und letztlich ungenau, dass mir das Hintertürchen zur Wahrheit nicht zufiel. Den meisten genügte das, zumindest kam niemand zurück, um das vorhergesehene, aber nicht eingetroffene Glück einzufordern. Vielleicht war ich doch besser, als ich dachte.

Doch dann überschlugen sich die Zusammentreffen, die ich mir selbst prophezeit hatte, und zogen mich in einen Strudel der Ereignisse. Eines Abends, es war in einer kleinen Stadt namens Trollingen, überquerte ich die Schwelle der Zeit, verließ den Markt, trat ein in das Jetzt der anderen Menschen, schlenderte gedankenverloren durch die Straßen des Ortes, der sich darauf vorbereitete, die Bordsteine hochzuklappen. An Wochentagen war das gegen 20 Uhr der Fall, an Sonn- und Feiertagen machte man sich gar nicht die Mühe, sie hinunterzuklappen. Schwer vorstellbar, dass es hier möglich war zu leben, ohne an Narkolepsie zu erkranken. Die einzige Möglichkeit, sich mit der drögen Wirklichkeit zu arrangieren, war, sich bis zum Verlust der Muttersprache zu betrinken. Was von vielen Jugendlichen auch praktiziert wurde. Wie Schafe an einer Tränke verbrachten sie ihre Abende vor dem Lebensmittelladen inmitten des Orts, um sich jederzeit mit Hochprozentigem versorgen zu können, und spätestens ab der zweiten Flasche Wodka blökten sie auch viehähnlich.

Ich sah mir die Angebote im Schaufenster eines Reisebüros an. Auf dem Plakat, das für einen 14-tägigen Aufenthalt auf den Malediven warb, war eine Bikini-Schönheit abgebildet.

Sie hatte einen Trinkhalm im Mund, der in einer Kokosnuss steckte. Sie blinzelte mir zu, als wollte sie mir deuten: »Worauf wartest du? Komm her, deine Kokosnuss habe ich schon auf Eis gelegt.«

Ich ließ den Blick an ihrer Figur entlangschweifen bis hin zu der vierstelligen Zahl, die knapp unterhalb ihres Bauchnabels alarmrot den Preis anzeigte. Ich rechnete hoch, wie lange ich für das Vergnügen, mit dieser Schönen eine Kokosnuss zu leeren, wahrsagen musste, kam auf ungefähr 17 Jahre und fühlte mich elend. Wenn nicht bald etwas geschah, würde ich noch zu einem mürrischen Sauertopf werden. Ein Träumer wie mein Vater, das nicht erfüllbare Ziel vor Augen, sich mit Notlösungen begnügend. Ich wollte auf diese Insel und wenn es nicht diese Insel war, dann eben eine andere, und ich würde dort auch hingelangen.

In den Wirrungen meiner Grübelei gefangen, hatte ich gar nicht bemerkt, dass ich die Ortsgrenze von Trollingen bereits passiert hatte. Ich ging den Waldweg zur Eisenbahnüberführung hinauf. Der Kies knirschte unter den Sohlen meiner Stiefel und ich stellte mir vor, es sei feinster Sand. Die Büsche am Wegesrand wuchsen sich aus zu Palmen und der Wind, der sich in den Blättern verfing, roch nach Meer.

»He Sie. Versuchat Se bloß net, mi zom retta.«

Diese seltsame Aufforderung, diese Anweisung zur Unterlassung einer Tat, die ich gar nicht vorhatte zu begehen, zerrte mich aus meinem Wunschbild heraus: Der Sand wurde wieder zu Kies, die Palmen zu Sträuchern und der Wind trieb die Abgase der Umgehungsstraße vor sich her. Missmutig hob ich den Kopf und sah einen Typen, der auf der Brüstung der Überführung stand. Er trug einen ausgeleierten braunen Anzug, den selbst sein Großvater in die Altkleidersammlung hätte geben müssen, das schüttere Haar stand ihm in ungeordneten Strähnen vom Kopf. Er war ein wenig übergewichtig, offensichtlich jedoch gelenkig genug, um den Vorsprung von etwa einem Meter Höhe zu erklimmen.

Ich verlangsamte meinen Schritt. Es bedurfte nicht viel Fantasie, um sich einen Reim darauf zu machen, warum dieser Kauz dort oben stand: Er wollte auf die Gleise springen. Der Anblick von zerschmetterten Gliedmaßen, die Befragung durch die Polizei, Interviews mit der Presse waren Aussichten, auf die ich getrost verzichten konnte. Mein sorgsam gewebter Tarnmantel war in Gefahr, sich aufzulösen. Das durfte nicht geschehen. Ich musste den Typen von seinem Vorhaben abbringen.

Obwohl mein Herz raste, zwang ich mich zur Ruhe.

»Langsam, langsam«, begann ich und machte kleine Schritte auf ihn zu. »Nur nichts überstürzen. Das Leben kann doch wundervoll sein.«

Ich hörte mich an wie einer dieser TV-Kommissare, mit dem es der Drehbuchschreiber nicht gut gemeint hatte, aber was sagt man in solchen Momenten?

Er sah mich kurz an, dann schnaubte er verächtlich. »Ja freilich, wundervoll. Für Sie vielleicht. Für mi net.«

Ich schob mich weiter vor. Mein Plan war, ihm so nah zu kommen, bis ich ihn am Arm oder am Bein packen konnte, um ihn herunterzuziehen. So simpel ich mir das vorstellte, so durchschaubar war es für ihn. Er richtete sich ein wenig auf, machte eine abwehrende Geste.

»Bleibet Se, wo Se sen. Oder i spreng. I bin fast … äh … fest entschlossa.«

An der Art, wie er sich an den Laternenmast in seinem Rücken klammerte, merkte ich, dass er sich noch nicht endgültig entschieden hatte, da war noch etwas zu machen. Ich zog einen Stapel Spielkarten aus meiner Hosentasche und hielt sie hoch. Er warf mir einen flüchtigen Blick zu, zog die Augenbrauen in die Höhe, ließ sie sinken und maulte: »Was soll des jetzt? Wollet Se mit mir a Partie Mau-Mau spiela oder was?«

Ich lächelte schief. Seinen Humor schien er noch nicht ganz verloren zu haben. Mit großer Geste schlang ich meinen Umhang um mich.

»Darf ich mich vorstellen? Erasmus das Orakel. Ich bin Wahrsager. Wie wäre es? Riskieren wir einen Blick in Ihre Zukunft. Vielleicht hält sie einige Überraschungen parat, für die es sich lohnt weiterzuleben?«

Ich begann den Stapel zu mischen. »Überkreuzen Sie bitte nicht die Beine, formulieren Sie Ihre Frage und geben Sie mir ein Stopp.«

Er sah mich an wie einen, dem plötzlich Blumen aus den Ohren wachsen und behauptet, das sei jetzt Mode.

»Wie soll i denn hier oba meine Beine überkreuza? Ach egal, lass mir mei Ruah. I hab koi Zukunft mehr.«

Dass er mich duzte, wertete ich als Vertrauensbeweis. Ich war auf dem richtigen Weg, das spürte ich. Ich mischte weiter. Unter uns schoss ein ICE auf seinen Bestimmungsort zu, erzeugte einen Sog, der ihn fast von der Brüstung gerissen hätte. Mir stockte der Atem, als ich ihn, um Gleichgewicht bemüht, herumwackeln sah. Ich war bereit zum Sprung, griff jedoch nicht ein, denn der vermeintlich Lebensmüde eroberte den festen Stand zurück. Ich sammelte mich, bis sich mein Herzschlag wieder beruhigt hatte, und fuhr fort.

»Kommen Sie. Was haben Sie zu verlieren? Geben Sie mir ein Stopp und lassen Sie die Karten zu sich sprechen. Die Karten lügen nicht.«

»Hosch du nix Besseres zum doe? Aber gut, bevor i mi schlage lass: Stopp.«

Bestens. Er ließ sich auf mein Spielchen ein. Ich verteilte wahllos ein paar Karten auf dem Boden, mit den Legebildern kannte er sich bestimmt nicht aus, und gab vor, was ich sah, zu studieren. Zeit gewinnen, Vertrauen stärken, ihn überzeugen.

»Was isch denn jetzt?«, bellte es von der Brüstung. »I han mei Zeit net gstohla.«

Ich wies auf die eine oder andere Karte, ließ einige nachdenkliche Laute folgen, während ich darüber nachdachte, was ihn wohl in diese Lage getrieben hatte. Warum wollte ein Mensch aus dem Leben scheiden? Aus Liebeskummer? Aus finanzieller Not? Aus Angst? Angst wovor? Ich musste ihn ein wenig aus der Reserve locken.

»Sieht im Moment nicht so gut für Sie aus, oder? Irgendetwas scheint in Ihrer Beziehung nicht zu stimmen.«

Ein bitteres Lachen entfuhr seiner Kehle. »Noi, da stemmt gar nix mehr. Abghaua isch se. Mitsamt de Kender. Weil i so an Versager ben. Ond an Spießer, hot se gsagt.«

Volltreffer. Also ein Verlassener. Aber war dies der einzige Grund für seine Verzweiflung? Ich bohrte nach.

»Versager? Das ist ein hartes Urteil. Ist es wegen der beruflichen Probleme? Ich sehe da Schwierigkeiten liegen. Kann das sein?«

Er wandte sich mir zu. In seinem Gesicht spiegelte sich Verwunderung und Wut. »Schwierigkeita, des isch nett ausgedrückt. Pleite ben i. Weil i koine Aufträg mehr krieg. Weil die Rothfuaß, die blede Kuah, mir's Wasser abgrabe hot. Mei Haus muss i verkaufa, um meine Schulde zu zahle. So sieht's aus.«

Ich jubelte innerlich, das lief ja wie am Schnürchen. Jetzt konnte ich schon eine erste Prognose wagen. Ich fuhr mit dem Finger im Kartenbild herum, nickte und legte los.

»Aber Sie haben keinen Grund, so schwarzzusehen. Es geht aufwärts. Hier: Pik-As und Herz-As, ganz nah beieinander. Ihre Schwierigkeiten werden sich in Luft auflösen. Und da liegt auch die Kreuz-Dame. Sieht aus, als würden Sie schon bald eine neue Verbindung eingehen. Und Kreuz-Neun und Karo-Zehn zeigen einen Beruf an, bei dem man viel reist. Ehrlich gesagt: Das ist das beste Blatt, das ich in letzter Zeit gesehen habe.«

Er schien noch nicht ganz überzeugt. »Ond was isch mit meine Hautirritatione ond meinem Herzrase? Des steht da wohl net in deine Karte?«

Oha, das war ein schwieriges Terrain. Menschen mit einer angeschlagenen Gesundheit waren die heikelsten Fälle in der Wahrsagerpraxis. Was konnte ein erfundener Hoffnungsschimmer schon gegen die Diagnose eines Arztes ausrichten?

Mit purer Augenwischerei war es hier nicht getan, hier half nur ein Allgemeinplatz.

»Da liegt ein Schreiben. Eine Nachricht, die eine Veränderung mit sich bringt. Ob positiv oder negativ, kann ich nicht sagen. Aber in der Konstellation mit den anderen Bildern kann sich alles nur zum Guten wenden. Ich finde, Sie sollten Ihre Zukunft wagen. Sie haben nichts zu verlieren.«

Ich sah ihm dabei zu, wie er mit sich rang. Von der Entschlossenheit zu springen, sollte es sie je gegeben haben, war bei ihm nichts mehr zu spüren. Er blickte in die Tiefe, dann zu mir, lockerte den Griff am Laternenpfahl, zeigte auf meine Karten.

»Ond der Pik-Bua, der do rechts liegt, was isch mit dem?«

Ich lächelte. »Das ist ein Freund, der Ihnen ein Ohr für Ihre Probleme schenkt. Allerdings müssten Sie mit ihm sofort eine Gaststätte aufsuchen, denn Pik-Bube hat großen Hunger.«

Wenig später saßen wir in einer Eckkneipe und bereits nach wenigen Minuten bereute ich meinen Anfall von Nächstenliebe. Thorsten Schlienz, so hieß der von mir ins Leben Zurückbeorderte, nahm mein Angebot, ihm und seinen Nöten Gehör zu leihen, nur allzu gern an. Während er an einem Glas Trollinger nippte und mir über den schleichenden Zerfall seiner Geschäfte, seiner Ehe und seines Körpers berichtete, gewann ich immer mehr den Eindruck, dass er eigentlich nur auf der Brüstung gestanden hatte, um abzuwarten, bis jemand vorbeikam, den er volljammern konnte. Nur ein Herzloser hätte sich von seiner dramatisch inszenierten Gesprächseinforderung unbeeindruckt gezeigt und wäre weitergegangen. Ich verfluchte mich insgeheim dafür, dass ich das nicht durchschaut hatte.

Dieser Schlienz war ein Langweiler, wie er im Buche stand, obwohl er immer wieder versicherte, dass er ein »Pfondskerle« sei. Einer, der Tag und Nacht in seinem kleinen Bauunternehmen arbeitete, der in jedem Baggerbiss, jeder Kelle Mörtel, die seine Arbeiter zwischen die Ziegelsteine klatschten, seine

Berufung sah. Wenn jemand das oft zitierte Schwabenmotto »Schaffe, schaffe, Häusle baue« ernst nahm, dann war er das. Er brüstete sich damit, dass er als Erster innerhalb der Branche eine Werbestrategie für seine Firma entworfen hatte, die unter dem Slogan »Bei uns gehört Anbaggern und Aufreißen zum Geschäft« weitflächig gestreut wurde. »Mr muss des Baua a bissle sexy verpacka«, meinte der Chef strahlend und ließ mich weiter an der Ereignislosigkeit seines Lebens teilhaben. Er berichtete über seinen kleinen Teich im Garten, um den er sich ebenso intensiv kümmerte wie um seine Spielzeugeisenbahn auf dem Speicher. Ich erfuhr alles über das Liebesleben seiner Molche, wurde umfassend über die Vorteile einer gut funktionierenden Umwälzpumpe informiert und durfte ein wenig an dem Zauber, der von einer Märklin Ho ausging, teilhaben.

»Mit der hot scho mei Großvater g'spielt«, erklärte Thorsten mit glänzenden Augen, bevor er sich weiter über Trafos, Weichen und der erotischen Anziehungskraft von verschiedenen Loktypen ausließ. Kein Wunder hatte seine Frau das Weite gesucht. Sie kam in seinen Erzählungen so gut wie gar nicht vor, woraus zu schließen war, dass sie auch in seinem Leben keine große Rolle gespielt hatte.

Mit einer anderen Frau namens Barbara Rothfuß, die im Nachbarort Krapfertingen ein Konkurrenzunternehmen führte, musste er sich intensiver auseinandersetzen. Sie machte er für seine berufliche Misere verantwortlich. »Koi Ahnung, wie die des macht. Aber die isch bei alle Ausschreibunga immer die Billigste. Die macht uns no alle he.«

Drei Angestellte musste Thorsten entlassen, was für ihn, in dessen Adern konzentrierte Harmoniesucht floss, die Höchststrafe zu sein schien. »Seitdem grüßt mi koiner mehr auf der Stroß«, sagte er und glotzte leer in sein Trollingerglas.

Womöglich erwartete er von mir tröstende Worte oder einen Freundschaftsschwur, aber ich flüchtete mich in Floskeln wie »Das wird schon wieder« und »Kopf hoch«.

Ich wollte ihn nicht ermutigen, sich weiter in Selbstmitleid zu suhlen, zumal mir von den beiden streng riechenden Frikadellen, die ich mir mehr aus Zeitvertreib als aus Appetit einverleibt hatte, und den drei Humpen Bier, die ich den Fleischklöpsen hinterhergeleert hatte, so hundeelend war, dass mein größter Freundschaftsdienst darin bestand, ihm nicht meinen Mageninhalt vor die Schuhe zu reihern. Und das verdankte er nur meiner fast schon übermenschlichen Körperbeherrschung.

Der Aufreihung seines Desasters auf menschlicher Ebene folgte eine Reise durch seinen ruinösen Körper. Die detaillierte Schilderung seiner vereiterten Blinddarmentzündung, an der er fast verschieden wäre, hatte alles, was zu einer vorzeitigen Entleerung meines Magens hätte führen können. Die Lebensmittelvergiftung, die er von verdorbenen Fleischbällchen davongetragen hatte – »des sind Schmerza, die wünscht mr seinem ärgsten Feind net« – ließ mich kurz aufhorchen, zumal sich in meinem Inneren ein unheilvolles Grummeln regte, dann verließ ich gedanklich die Tour der Gebrechen und ließ ihn schwafeln. Der Typ war ein hochgradiger Hypochonder, der jeden Leberfleck als Bedrohung empfand, in jedem Stechen und Drücken eine unheilbare Krankheit sah und sich über ein Kratzen im Hals so aufregen konnte, dass er Herzrasen bekam. Ein bisschen erinnerte mich das an meine erfundenen Leiden, mit denen ich mich einst vor dem Schulunterricht gedrückt hatte. Blieb die Frage: Wovor wollte sich dieser Schlienz drücken?

»Woisch, Erasmus, irgendwie bin i froh, dass du vorbeikomma bisch ond mi vor dem Schlimmsten bewahrt hosch. Glei morga gang i in a Spezialklinik und lass mi mol richtig durchchecka.«

Im Stillen beglückwünschte ich die Ärzteschaft dieser Einrichtung dafür. Sie konnten nach dieser Rundumuntersuchung getrost einige Wochen in Urlaub fahren. Den hatten sie dann nicht nur nötig, sondern auch wahrhaftig verdient.

Auch sein Frauenproblem schien Thorsten noch vor Ort lösen zu wollen. »Guck mol, die Kellnerin. Die guckt scho die ganze Zeit rüber. I glaub, die mog mi. Des isch aber au a Prachtweib, oder?«

Nun ja, wenn man auf aufgequollene Blondinen in zu engen Glitzertops und zu kurzen Miniröcken, auf Frauen mit erheblichen Zahnverlusten, verschmiertem Make-up und langen falschen, schlecht lackierten Nägeln stand, konnte man seine Einschätzung so stehen lassen. Normal veranlagte Männer ohne Testosteron-Stau wären ihr noch nicht einmal in der Geisterbahn gern begegnet.

Ich wünschte ihm Glück, stand auf und ging. Einerseits wollte ich ihm beim Buhlen um die Gunst der Blondierten nicht im Wege sein, andererseits hatte ich bemerkt, dass ihre lüsternen Blicke keinesfalls Thorsten Schlienz, sondern mir gegolten hatten.

Ich bin kein Mensch, der sich mit Heldentaten brüstet. Überhaupt empfand ich die Rettung des unglücklichen Bauunternehmers als nicht erwähnenswert, schließlich hatte ich nur getan, was ich sonst auch tat. Ich hatte jemandem den Glauben an eine Zukunft geschenkt.

Dennoch blieb mir der Abend in Erinnerung. Denn Magdalena verwies mich aufgrund meiner körperlichen Ausdünstungen, die eindeutig den Frikadellen zuzuordnen waren, ihres Zeltes.

»Du stinksch wie an Ochs ganz hinta«, sagte sie und hielt sich die Nase zu. Dieser Vergleich war wenig schmeichelhaft und löste einen Würgereiz bei mir aus. Dennoch hatte ich ungewollt eine Möglichkeit entdeckt, ihren sexuellen Übergriffen Einhalt zu gebieten, wenn mir nicht danach war. Ein bisschen Knoblauchbrot hier, ein großer Teller Zwiebelfleisch dort, und wenn alles nicht half, die Bohnenterrine aus der Suppenküche und schon hatte ich vor ihr Ruhe.

Eine Woche später überraschte mich ein strahlender Thorsten Schlienz in meinem Wagen. Er stürzte auf mich zu, umarmte mich wie einen alten Bekannten, den er schon Jahre nicht mehr gesehen hatte und wollte mich gar nicht mehr loslassen. Die junge Dame, der ich eben angeboten hatte, am Abend in einer Privataudienz aus der Hand zu lesen, verließ fluchtartig das Fahrzeug. Wahrscheinlich hielt sie den Hereinstürzenden für einen eifersüchtigen Galan oder für einen Psychopathen, der mir für eine misslungene Vorhersage die Quittung verpassen wollte. Wäre sie nur einen Moment länger geblieben, hätte sich alles zum Besten wenden können.

»Es isch ein Wunder!«, rief Thorsten, hob mich in die Höhe und wirbelte mich herum.

»Ein Wunder? Was für ein Wunder?«, fragte ich genervt und versuchte, mich aus seiner Umklammerung zu befreien. »Was ist passiert?«

»I ben gsond«, sagte er. »Die Hautirritatione waret nix anderes als a Allergie gegen mei Duschgel. Mei Frau hot des immer bsorgt. Seit zwoi Tag nemm i a anders ond es isch scho ziemlich besser gworda. Willsch gucka?«

Ich verneinte und konnte ihn nur mit Mühe davon abhalten, die Hose zu öffnen, um mir den Erfolg der Therapie vorzuführen. Ein blitzschneller Themenwechsel kam mir zu Hilfe. »Was ist mit dem Herzrasen?«

»Die Aufregung. Konkurs. Frau weg. A bissle hoher Blutdruck, aber des wird scho, sagt der Doktor. Aber des Beste kommt noch.«

Oh Gott, er hat etwas mit der Blondierten aus der Bahnhofskneipe angefangen, dachte ich. Davon wollte ich nichts hören, vor allem nicht in der Schlienz'schen Ausführlichkeit. Thorsten zögerte, als warte er darauf gefragt zu werden, was das Beste sein konnte. Ich zögerte, weil ich mich vor der Antwort fürchtete. Schließlich hielt ich die Spannung nicht aus: »Und?«

»I hab mei Häusle verkauft. Also no net ganz, der Notartermin steht no net. Aber es sieht so aus, als wär i bald schuldenfrei. Isch des net subbr?«

Vor ein paar Tagen war dies noch der Schicksalsschlag gewesen, der ihn am meisten belastet hatte. Nun schien es so, als würde er nicht nur seine Schulden, sondern auch eine psychische Last los.

»Jetzt bin i frei. So frei wie noch nie. Ond jetzt hab i denkt, i könnt doch bei euch mitmache.«

Ein dumpfes Taubheitsgefühl lähmte mich, als hätte mich meine Stiefmutter durchgeknetet und danach ein Klangschalenkonzert auf mir gegeben. Eine tägliche Dosis von diesem Quälgeist konnte ich nur schwer ertragen.

»Das würde ich mir noch mal überlegen …«, hob ich an.

»Ha wieso. Du hosch doch an Beruf vorausgsagt, der viel mit Reisa zu tun hot. Des hot mi auf die Idee brocht.«

In diesem Moment ging eine weitere Originalgitarre von George Harrison zu Bruch. Arndt Petersen zertrümmerte sie an dem Turban von Erasmus dem Orakel. Hätte ich ihm nicht einen Schreibtisch-Job in einem Versicherungsbüro vorhersagen können? Oder einen Filmvorführer-Posten in einem Lichtspielhaus?

»Ich weiß nicht, ob das eine gute Idee ist. Was willst du denn auf dem Mittelaltermarkt machen? Wovon willst du leben?«

In der Art, wie er meinen Einwand beiseitewischte, erkannte ich, dass er sich hierüber längst Gedanken gemacht und Lösungen gefunden hatte.

»Ihr kennat mi sicher braucha. I ben a richtiger Schaffer. I hab richtig gute Idea. Ond so, wie es aussieht, bleibt aus dem Hausverkauf no ebbes übrig. 30 000 Euro oder so. Davon kann mr doch a Weile leba.«

Er grinste zufrieden und eine Spur von Selbstgefälligkeit huschte über sein Gesicht. »Ond des mit der neuen Beziehung, des wird au no.«

Er beugte sich vor, ganz dicht an mein Ohr, und hielt sich eine Hand an den Mund, als gelte es einen unsichtbaren Lippenleser abzuschirmen.

»Da drauße hot mi oine angmacht. So a Bauchtänzerin. Des kennt was werda«, flüsterte er mir zu.

Ich schluckte kurz, wollte schon protestieren, doch dann fügten sich verschiedene Puzzleteile zu einem Gesamtbild zusammen, das mir sehr gut gefiel.

Magdalena und Thorsten. 30 000 Euro.

»Ja, das könnte was werden«, wiederholte ich und schluckte den süßen Geschmack frischer Kokosmilch hinunter.

Erfüllung

Die Leichtigkeit der Liebe ist eine schwer wiegende Angelegenheit. Dieser Satz schießt Arndt durch den Kopf, während er durch die Altstadt Trollingens rennt. Manchmal denkt er solche Sätze, es ist, als würden sie in ihm wachsen und reifen, um schließlich hervorzubrechen, wie Pilze im Wald nach einer langen regenreichen Zeit. Von seinem Vater hat er diese poetische Ader wohl kaum. Der hätte ihm maximal Zeilen wie »I can't get no Satisfaction« beibringen können. Hat auch mit Liebe zu tun, doch kaum in dem Sinne, wie Arndt seine Gefühle umschreiben würde.

Und doch ist es eher die Satisfaktion, im Sinne von Genugtuung, die Arndts Denken beherrscht. Pjotr fordert sie nun ein, er will Rache.

Zu spät kommt es Erasmus dem Orakel in den Sinn, dass er Nicole hätte anrufen können, um sie zu warnen. Er klopft seine Taschen nach dem Handy ab, erinnert sich dunkel daran, dass es ihm auf der Eisenbahnüberführung aus der Hand gefallen ist. Arndt spurtet weiter, die kalte Luft brennt in seinen Lungen und schürt die heiße Panikflamme, die in ihm lodert. Warum hatte er Nicole nicht schon früher die Wahrheit gesagt? Warum hatte er es zugelassen, dass sie nun mit seiner tatsächlichen Identität, mit seinem früheren Leben konfrontiert wurde? Hatte er wirklich gedacht, durch seine Flucht könnte in Trollingen alles beim Alten bleiben?

Der unstete Lichtschein am Ende der Straße. Das Feuer. Dem ersten Impuls folgend, ändert Arndt die Route, will nachsehen, will sich von Magdalenas Worten überzeugen. Der Wagen brennt? Unvorstellbar.

Die zuckende Röte, von einem orangefarbenen Schein ummantelt, muss eine andere Ursache haben. Die Schreie, das schrille Sirenengeheul, das blaue Blitzlicht des Löschzugs oder des Rettungswagens, das seine Streifen über die Fassaden zieht, gehören nicht in die Scheinwelt des Marktes. Die Katastrophe vermischt Universen, lässt sie miteinander verschmelzen. In jeder anderen Situation hätte Arndt über dieses Wortspiel gelächelt, überhaupt hat er so etwas wie ein Gefühl für Sprache entwickelt, seit er die Rolle des Wahrsagers übernommen hat. Eigentlich ganz beachtlich für einen, der mit dem Tresenjargon dunkler Spelunken aufgewachsen ist.

Er verlangsamt seinen Schritt, fühlt die reale Hitze seiner brennenden Welt, sieht den Rauch in dunklen Schwaden zum Himmel steigen, so als würde jemand eine Botschaft an eine höhere Macht senden, auf dass sie die Augen aufhalten möge, um den Verursacher zu finden.

Arndt schluchzt, fühlt sich entdeckt. Enttarnt. Nackt. Seine Beine versagen ihren Dienst, er geht in die Hocke, schaukelt vor und zurück. Er sagt etwas. Zu leise, um es zu verstehen. Er wiederholt die Worte immer wieder, wie ein beruhigendes Mantra spricht er sie vor sich hin. Eine Passantin mit einem kleinen schwarzen Hund nähert sich, zögert kurz, doch als sie erkennt, wer da vor ihr hockt, sich vor- und zurückwiegt, geht sie auf ihn zu und legt ihm eine Hand auf die Schulter.

»Erasmus, geht es Ihnen gut?«, fragt sie.

Das Orakel antwortet nicht, wippt, starrt, murmelt und erst als ihn der kleine schwarze Hund mit der Schnauze anstupst, wendet er den Blick von dem Kopfsteinpflaster zu der Frau. »Das wollte ich nicht«, sagt er. Und noch einmal: »Das wollte ich doch alles nicht.«

Die Frau versteht kein Wort, denkt einen Moment darüber nach, den Notarzt zu informieren. Offensichtlich steht Erasmus das Orakel unter Schock, hat womöglich den Verstand verloren. Betrunken ist er nicht. Sie hat eine sehr feine Nase, das hätte sie bestimmt gerochen.

Arndt erlöst sie von ihrem Zweifel. Er steht auf, sieht den Hund und die Frau an, sagt noch einmal: »Ich habe das doch alles nicht gewollt« und rennt die Straße hinunter. Direkt auf den flirrenden Horizont zu, wie ein Planet, der auf die Sonne zufliegt, um darin zu verglühen. Doch bevor ihn die Glut des Feuers verschlucken kann, biegt er ab.

Nervenprobe

Kch, kch, kch. Das schabende Geräusch riss mich wie gewohnt aus meinen Träumen. Ein Blick auf meine Armbanduhr verriet, dass es sieben Uhr war. Pünktlich wie das Morgenläuten der Kirche, das musste man Thorsten lassen. Ich zog mir das Kissen über die Ohren, obwohl ich wusste, dass ich damit nicht das verhindern konnte, was dem Schaben folgte. Das Pfeifen. Nicht etwa ein Pfeifen eines fröhlichen Menschen, der seine Arbeit durch eine simple Melodie begleitete. Nein, dieses Pfeifen war ein mit Trillern und Verzierungen zum Kunstlied erhobenes Werk, das alle Eigenschaften in sich trug, gegen den Künstler ein lebenslanges Auftrittsverbot zu verhängen oder ihm auf der Stelle den Hals umzudrehen.

»Des isch doch der Andachtsjodler«, sagte Thorsten, als ich ihn zum wiederholten Male bat, dem frühen Treiben ein Ende zu bereiten. »Kennsch du des net?«

Nein, den Andachtsjodler kannte ich in dieser eigentümlichen Vortragsweise tatsächlich nicht und wahrscheinlich hätte mich auch die Kehlkopfüberschlag-Version zu früher Stunde wenig begeistert. Beides, das Schaben und das Pfeifen, waren nicht vereinbar mit meinem Ansinnen und das war nun mal das Ausschlafen.

»I kehr bloß kurz durch. Hier sieht's wieder aus wie d' Sau.«

Damit nahm Thorsten seine Arbeit wieder auf. »Außerdem hab i dem Besabinder versprocha, sei Ware zom testa. Aber unter uns: Viel taugt des Zuigs net.«

Binnen weniger Tage hatte er es geschafft, sich zu einer Mischung aus Hausmeister, Marketingberater, Historienexperte und Moral- und Sittenwächter zu entwickeln und er war in jeder dieser Funktionen unübertrefflich. Nicht, dass er jemand um Erlaubnis gefragt hätte, und unverständlich, warum ihn die Gemeinschaft gewähren ließ. Wahrscheinlich gefiel einigen

Leuten, wie hilfsbereit er war, und es gefiel ihnen mit großer Sicherheit noch besser, wenn er sie verschonte.

Reinlichkeit war sein oberstes Gebot. Mit seiner Idee, die Mülltrennung auf dem Markt durchzusetzen – Serviette linker Behälter, Wurstzipfel rechter Behälter – war er zwar gescheitert, aber ein Besucher, der versehentlich ein Papier, ein Taschentuch oder auch nur eine Hautschuppe auf den Boden fallen ließ, konnte den Tag getrost aus dem Kalender streichen. Wie ein Springteufel aus der Kiste schoss Thorsten aus dem Nichts heran und stellte den Umweltsünder. Die meisten zeigten Reue oder suchten schleunigst das Weite, einige wenige blieben, standen jedoch unter strengster Beobachtung. Keine Ahnung, was einem Wiederholungstäter geblüht hätte. Vielleicht wäre er geteert und gefedert worden, einen Nervenzusammenbruch hätte er nach der Schlienz'schen Psychobehandlung in jedem Fall davongetragen.

Dieses Los war offensichtlich auch einigen Beschickern und Schaustellern beschieden, die sich nicht ganz dem Mittelalter gemäß verhielten. Sie wurden gründlichst belehrt, wenn es sein musste, auch täglich.

Wer sich auf eine Diskussion mit Thorsten einließ, hatte eigentlich schon verloren. Denn Mister Besserwisser war einer, den man im Fußball »Nachtreter« genannt hätte. Mit seiner penetranten Art kochte er jeden weich. So wurde das »Bauernkegeln« von ihm als politisch nicht korrekt eingestuft. Bei diesem Spiel galt es, Holzkegel, die in ihrer Form und Bemalung an Menschen erinnerten, mit einer Kugel umzuwerfen.

»Des isch höchstgradig menschenverachtend und ziemlich militant«, lautete Thorstens Urteil und der Betreiber konnte von Glück sagen, dass er sich nicht vor dem Obersten Gerichtshof verantworten musste. Allerdings musste sich der arme Kerl dazu verpflichten, ein Mindestalter für Spielberechtigte einzuführen. Man einigte sich auf 14 Jahre, was einer Konkurserklärung gleichkam, da es überwiegend jüngere Kinder waren, die Spaß an dem Spiel fanden.

Nicht viel besser ging es den Betreibern des Pfeil- und Bogen-Standes. Hier bestand das Ziel darin, einen Apfel, der auf dem Haupt einer Pappfigur befestigt worden war, mit dem Pfeil zu durchbohren. Laut Thorsten war dies eine historische Verfehlung ersten Grades. »Was glaubsch du, was die Leut früher für an Äpfel gmacht hättet«, lautete seine Einschätzung, die nicht von der Hand zu weisen war. Um in Ruhe weiterexistieren zu können, wurde nur noch auf einen Gummiball geschossen.

Was Thorsten dazu bewog, die Bühne des Badehauses mit einem überdimensionierten Duschvorhang zuzuhängen, kann nur vermutet werden. Womöglich hatte er das Dekomaterial, das sich aufgrund seiner Seepferdchen-Optik schwer in das Allgemeinbild des Marktes integrieren wollte, in einem Ein-Euro-Shop günstig bezogen. Keine Frage, dass er damit eine heftige Diskussion unter den Marktbewohnern auslöste. Schließlich einigte man sich darauf, ein blickdichtes Tuch vor die Tröge zu spannen. Damit war der Markt um eine voyeuristische Attraktion ärmer. Fehlte nur noch, dass Thorsten ein Alkoholverbot durchsetzte.

Ich habe mich oft gefragt, was ihn antrieb. War er so spießig, meinte er es nur gut, verwirklichte er hier seine verborgen gebliebenen Talente und sehnlichsten Wünsche? Oder färbte seine Robe, die ihm das Aussehen eines Wanderpredigers verlieh, auf seinen Charakter ab? Wann immer er die schwarze Kutte anhatte, war von dem Thorsten, der auf abgehalfterte Blondinen und burschikose Bauchtänzerinnen stand, nichts zu spüren. Es war fast so, als streife er sich ein neues Ich über, das keine Verfehlungen duldete. Es sollte nicht allzu lange dauern, bis sein Marktname die Runde machte: Thorsten war der »Abt von Trollingen«.

Magdalena war von meinem Vorschlag, sich ein bisschen um den Verlassenen zu kümmern, mäßig begeistert. Um es präziser auszudrücken: Sie wollte mit Thorsten nichts zu tun haben.

Auch wenn ich das nur allzu gut nachvollziehen konnte, blieb ich hartnäckig und bot meine gesamte Überredungskunst auf.

»Du sollst ihm doch nur ein bisschen schöne Augen machen. Ihm den Kopf verdrehen.«

»Des kommt net in Frog. So oine bin i net. Außerdem verdreht der von ganz alloi der Kopf, wenn der mi sieht«, sagte sie und nestelte an einer Kordel ihres Kostüms.

Mit Worten kam ich nicht weiter, also ließ ich Taten folgen. Ich umfasste ihre Hüften und küsste ihren Hals. Sie wollte sich abdrehen, doch ich hielt sie fest und drückte mich gegen sie. »Er steht auf dich und das ist gut so. Das gehört alles zu meinem Plan.«

Ich küsste ihr Ohrläppchen und merkte, wie ihr Widerstand nachließ. Es ist immer gut zu wissen, wo die erogenen Zonen einer Frau liegen. Sie schmiegte sich an mich.

»Der hat aber so gar nix, was ich an 'nem Mann mag.« Sie zog einen Schmollmund. Wenn sie wollte, konnte sie richtig süß sein.

»Doch«, sagte ich und streichelte ihre Wange. »Er hat Geld. Für unser Leben auf der Insel.«

Diese Worte fielen aus mir heraus, ich konnte sie nicht verhindern und kaum hatte ich sie ausgesprochen, taten sie mir leid. Nicht weil ich Magdalena in dem Glauben ließ, dass ich mit ihr mein Leben teilen wollte. Um sie war mir nicht bange. Sie hatte so viele Verehrer, unter denen sich bestimmt einer als Tröster eignete, wenn es so weit war. Es ging mir auch nicht um Thorstens Seelenheil. Ich hatte ihn nicht aufgefordert, sich in mein Leben einzumischen. Außerdem hatte ich nicht vor, ihn um sein Vermögen zu bringen. Er sollte mir nur Kapital leihen, das ich mit meinen unschlagbaren Spielsystemen auf einer Pferderennbahn oder in einem Casino vermehren konnte.

Nein, ich bereute meine Worte, weil sie bewiesen, dass ich dabei war, meine Skrupel abzuschütteln, die mich bislang davor bewahrt hatten, mich in eine große Ratte zu verwandeln. Hatte ich mir nicht geschworen, dass es niemals dazu kommen sollte?

Ich wischte den Gedanken beiseite und zog meinen »Kleines-Schaf-will-nicht-zum-Schlachter-Blick« auf. Wie auf Kommando schlang Magdalena ihre Arme um mich. »Aber anfassa lass i mi von dem net.«

»Natürlich nicht. Wenn dich einer anfassen darf, dann bin das ja wohl ich«, erwiderte ich und nahm mir insgeheim vor, Thorsten eine Auflistung von Magdalenas erogenen Zonen zukommen zu lassen. Wenige Sekunden später wurde mir klar, dass ich mir diese Mühe sparen konnte: Magdalenas Körper bestand nur aus erogenen Zonen.

Bei allen Vorbehalten, die ich gegenüber Thorstens Weckmanöver zur frühen Morgenstunde hatte, brachten sie doch einen Vorteil mit sich: Ich gewann Zeit, die ich zur persönlichen Weiterbildung nutzte. Da ich eh nicht mehr schlafen konnte, zog ich mich in ein am Stadtrand gelegenes Café zurück und studierte die Zeitung. Denn eine der Grundregeln eines Spielers wie auch eines Wahrsagers lautet: Sei gut informiert, was in der Welt passiert. Bevor man eine Sportwette platzieren kann, ist es gut, über Stärken und Schwächen eines Athleten, eines Pferds oder eines Teams Bescheid zu wissen. Außerdem kam es nicht selten vor, dass Gäste im Wahrsagerzelt das Schicksal ihres Lieblings-Sportvereins über ihr persönliches stellten und mich fragten, ob ihre Mannschaft den Titel gewinnen würde oder aus einer Krise herausfand.

Schwierig waren Vorhersagen, wie eine Partei bei der nächsten Wahl abschnitt. Wer sich in diesen Angelegenheiten auf die Karten verließ oder, wie Madame Geraldine, auf die Ratschläge vergnügungssüchtiger Geister, hatte die gleichen Chancen, richtig zu liegen wie ein Roulettespieler, der abwechselnd auf Rot oder Schwarz setzte. Die Trefferquote lag in etwa bei fünfzig Prozent, vorausgesetzt, man machte die Rechnung ohne Grün.

Informationen, gepaart mit gesundem Menschenverstand, erhöhten den Wahrheitsgehalt einer Prophezeiung. Wenn dann noch eine gute Beobachtungsgabe hinzukam, konnte eigentlich nicht viel passieren.

Ich überflog die Schlagzeilen: Wieder war eine CD mit Daten von Steuersündern entdeckt worden und in einer Art vorauseilendem Gehorsam hatten sich mehrere Personen selbst angezeigt. Konnte es sein, dass es sich bei einer solchen Meldung um eine Finte der Regierung handelte? Was, wenn es diese Auflistung von Namen gar nicht gab? Schließlich reichte die Behauptung aus, um die Hinterzieher aus ihren Verstecken zu locken. Warum sollte ausgerechnet ein Staat auf eine Notlüge verzichten, wenn sie Wirkung zeigte.

Ich blätterte weiter zu den Lokalnachrichten. In einem Ort namens Reutlingen waren an einem Schulgebäude Risse in der Fassade entdeckt worden, obwohl es erst vor einigen Jahren erbaut worden war. Die Gutachter waren sich uneins, was die Aufklärung des Falles verschleppte. Der eine vermutete ungünstige geologische Grundvoraussetzungen, während ein anderer den Makel im verwendeten Baumaterial suchte. Von einer Fehlerbehebung war nicht die Rede.

Ich bin kein Analyst, aber vielleicht steckte dahinter ein System: Die einen pfuschen, die anderen decken auf, die dritten beheben und alle waren voneinander abhängig. Wenn nur einer nicht seiner Aufgabe gemäß funktionierte, riss die Kette.

In Calw, einem Ort, in dem wir gastiert hatten, bevor wir nach Trollingen aufgebrochen waren, hatte eine Dame den Jackpot im Lotto geknackt und 14 Millionen Euro gewonnen. Das war auch so eine Meldung, die mich regelmäßig stutzig machte. Die Chancen, den Hauptgewinn zu erzielen, standen bei 1:30 Millionen und in meinem 35-jährigen Leben hatte ich noch nie jemanden getroffen, der durch Glücksspiel reich geworden war. Vielleicht war auch dies eine Finte der Lotteriegesellschaft, um die angesparten Einnahmen selbst abschöpfen zu können. Man schob eine namenlose Person vor, entnahm das Vermögen und wartete, bis wieder genug Geld beisammen war, um diese Prozedur zu wiederholen. Schade, dass ich nicht früher auf diese Idee gekommen war.

Meiner intensiven Zeitungslektüre war es zu verdanken, dass ich den Herrn, der oft in einer Ecke des Cafés in Begleitung einer jungen Frau saß, als den Bürgermeister von Trollingen identifizieren konnte. Mal unterhielten sich die beiden sehr angeregt, mal wendeten sie Papiere, die in kleinen Stapeln vor ihnen lagen, oder fertigten Notizen. Es schienen ganz normale Geschäftsbesprechungen zu sein, wären da nicht winzige, für einen oberflächlichen Betrachter nicht erkennbare Gesten gewesen, die auf eine Intimität zwischen den beiden schließen ließen. Wie zufällig streifte seine Hand die ihre, kaum sichtbar legte er den Arm hinter ihr ab, wenn er näher rückte, um einen Blick auf das Display des Laptops zu werfen, den sie mit geschmeidigen Tippbewegungen mit Daten fütterte.

Ich versuchte, von Mal zu Mal näher zu rücken, um ihre Gespräche zu belauschen, doch niemand ist so verdächtig wie einer, der in einem unbelebten Café einen Platz neben dem einzigen belegten Tisch sucht. An einem Morgen jedoch gelang es mir, mich so zu platzieren, dass ich einige Teile ihrer Konversation aufschnappen konnte. Der Bürgermeister war sehr erregt und sprach, heftige Zischlaute ausstoßend, auf seine Nachbarin ein. Ich hörte Worte wie »nicht darstellbar«, »Umnutzung« und »komplett übergeschnappt«.

Blondie blieb ziemlich gelassen, lächelte hin und wieder und strich ihm mit den Fingern über den Arm, als könne sie damit seine Wut dämmen. Im Gegensatz zu ihm sprach sie nur im Flüsterton. Wer war diese Frau nur? War sie die Tochter des Bürgermeisters, die ihrem Vater vorrechnete, wie sie sein Erbe verpulvern wollte? War sie eine Geschäftspartnerin? Und warum trafen sie sich nicht im Besprechungszimmer des Rathauses oder zu Hause? Mein untrüglicher Wahrsager-Instinkt deutete mir an, dass hier irgendetwas lief, was vor der Öffentlichkeit verborgen bleiben musste.

Zumal die beiden niemals gemeinsam das Café verließen, sondern immer im zeitlichen Abstand von etwa zehn Minuten. So verhielten sich nur Menschen, die nicht zusammen gesehen werden wollten.

»Wer war denn die junge Dame neben dem Bürgermeister?«, fragte ich die Kellnerin, die im Begriff war, meine noch halb gefüllte Kaffeetasse abzutragen.

»Wer?« Sie sah mich verblüfft an, als ich ihr das Porzellan aus der Hand nahm und auf den Tisch zurückstellte.

»Na, die Dame, die neben dem Herrn saß.«

»Wo?« Sie sah sich suchend im Lokal um.

»Da am Nebentisch«, startete ich noch einen geduldigen Versuch und wehrte ihre Hand ab, die gierig nach meinem Frühstücksteller griff, auf dem noch eine Brötchenhälfte mit Marmelade lag. »Die Dame hat vor zehn Minuten das Lokal verlassen und der Bürgermeister vor einer Minute.«

Sie starrte einige Sekunden lang in die Leere, bis der Inhalt meiner Aussage in ihrem Hirn angekommen war.

»Unser Bürgermeister?«

Ich seufzte. Ein Teil meiner Botschaft war wohl unterwegs verloren gegangen.

»Ja.«

»Den hab i gar net erkannt. Was isch mit dem?«

Inzwischen war ich an dem Punkt angelangt, an dem ich mich mit einem einfachen »Ich weiß es nicht« glücklich geschätzt hätte. Eine Chance gab ich ihr noch.

»Ich wollte nur wissen, wer die Dame war, die neben dem Bürgermeister saß.«

»A Dame. Hab i koine gseha.« Sprach es und nutzte den Moment, den ich mit Augenrollen zubrachte, um Teller und Tasse zu entfernen. Zumindest ihren Job als Kellnerin schien sie ernst zu nehmen.

Als ich eine Stunde später den Markt betrat, um meinen Dienst aufzunehmen, wäre ich fast an meinem Arbeitsplatz vorbeigelaufen. »Lila«, dachte ich nur, verband damit jedoch nichts, was zu mir gehörte. Ein monströses Rabenvieh auf dem First des Anhängers glotzte mich gläsern an, den Schnabel zu einem stummen Krächzen geöffnet. Langsam näherte ich mich dem violettfarbenen Ungetüm in der Mitte des Platzes, umschlich es fassungslos, rieb mir die Augen und kniff mich in den Arm. Diese Reminiszenz an die Geschmacklosigkeit war mein Wagen gewesen, bevor ihn ein Unbekannter zu einer Beleidigung des Auges umgearbeitet hatte. Natürlich wusste ich, wem ich diese unerbetene Gefälligkeit zu verdanken hatte. Müde ließ ich die Stirn gegen die Tür sinken, spürte, wie sich meine Haut und die Farbe verbanden und blieb in dieser Position. Warum konnte sich Thorsten nicht um seine Angelegenheiten kümmern? Warum musste er ausgerechnet mir seine Hilfsbereitschaft angedeihen lassen?

Ein Pochen an meinem rechten Oberschenkel ließ mich herumfahren. Mit einem hässlichen Ruppen riss ich meine Stirn vom Holz und erblickte Siegfried Grothe, der mit einem selbstgefälligen Grinsen vor mir stand. Hinter ihm hatten sich seine Brüder aufgebaut und beschatteten uns. Seine Gefährten im Rücken wissend, positionierte sich Siegfried breitbeinig vor mir, schob die Daumen in seinen Ledergürtel und sah mich an wie ein Pubertierender, dem der Schalk im Genick saß.

»Schön. Lila. Ist das nicht die Farbe der Geschlechtslosen? Oder hat Erasmus das Ufer gewechselt?«

Er kicherte hämisch. Wie verabredet begannen auch seine Brüder zu gackern. Ihre Kettenhemden klirrten.

»Oh, eine sprechende Parkuhr«, konterte ich und sah zu, wie sich das Grinsen aus dem Gesicht des Kleinwüchsigen fluchtartig entfernte. »Ach nein, halt, du bist es, Siegfried. Ich hätte dich fast nicht erkannt. Na ja, bei der Größe kann man das schon mal verwechseln.«

Die Monsterzwillinge ballten die Fäuste, entfalteten sich zu voller Gestalt, während ich meinen Körper auf Schmerzen vorbereitete. Ein Zeichen ihres kleinen Bruders hätte genügt, und Hagen und Gunter hätten mich vermöbelt, doch Siegfried begnügte sich damit, die Gesichtsfarbe sekündlich zu wechseln und die Backen aufzupusten.

»Pass bloß auf, dass deine Freundin Magdalena dich nicht mit diesem Neuen da verwechselt«, brachte er zornbebend hervor. »Ich bin ziemlich sicher, dass da was läuft.« Er wandte sich an seine Brüder. »Wahrscheinlich steht sie nicht auf Schwuchteln«, sagte er und erntete für diesen Kommentar bissiges Gelächter.

Ich wollte schon erwidern, dass sie auch nicht auf Bettpartner mit dem Charme und der Größe eines Fieberzäpfchens stand, wurde jedoch von Thorsten unterbrochen, der über den Platz auf uns zueilte.

»Na, wie isch des? Sauguat, oder?«, brüllte er, obwohl er längst schon die Rufweite unterschritten hatte. Er drängte sich zwischen Gunter und Hagen, wischte Siegfried aus dem Weg, packte mich bei den Schultern und rüttelte mich. »Wie findesch des neue Färble, ha? Klasse, oder? Oh, du hosch da was an der Stirn. Die Farb isch wohl no net trocka.«

Ich schüttelte den Kopf.

»Was soll das?«, fragte ich kraftlos. »Warum streichst du meinen Wagen an? Und dann auch noch in dieser unsäglichen Farbe?«

»Des gehört alles zum neua Konzept. Der Markt braucht a bissle mehr Pepp«, erklärte Thorsten in ruhigem Ton. »Und mehr Authentizität. Lila isch eine geheimnisvolle Farbe voller Magie. So wie du.«

Er strahlte mich an und legte mir eine Hand auf die Schulter.

»Dann müssen wir dich wohl ab jetzt Erasmus das Po-Rakel nennen«, spottete Siegfried und wieherte los. Hagen und Gunter grölten.

»Noi, der Name bleibt natürlich gleich«, erwiderte Thorsten trocken. Hätte mich auch gewundert, wenn er diesen anzüglichen Witz verstanden hätte.

»Aber gut, dass ihr do seid. Für eure neue Nummer müssat mir uns au no was überlega. I hab da scho so a Idee.«

Das Gelächter der Grothes verstummte. Freudige Häme übermannte mich, das schaurige Trio blieb also nicht von Thorstens Reformgedanken verschont.

»Was für eine neue Nummer?« Siegfried sah seine Brüder an, die wiederum ihn anstarrten und mit den kettenhemdbehängten Schultern zuckten.

»Ha, ihr könntet doch mal was Humorvolles macha«, führte Thorsten aus und umriss knapp, wie er sich den neuen Auftritt der Grothes vorstellte. Siegfried sollte ein altes Mütterchen spielen, das von zwei rüpelhaften Passanten gegen seinen Willen über die Straße gebracht wird. In mehreren Episoden.

»Des isch doch witzig«, schloss Thorsten. »Im Mittelalter hot's doch no gar koin Verkehr geba.«

Ich muss zugeben: Ich hatte schon mal mehr gelacht. Die Grothes wohl auch. Murrend zogen sie von dannen.

»I woiß gar net, was die hen«, sagte Thorsten und starrte ihnen hinterher. Seine Verblüffung über den Abgang des Trios währte nur kurz. Er zog ein Papier unter seiner Kutte hervor und hielt es mir unter die Nase.

»Was ist das?«

»Lies halt!« Er wedelte mit dem Schrieb, ich griff danach und überflog die ersten Zeilen. Es war der Entwurf für einen Werbeflyer, der meine Dienste als Wahrsager anpries. Auf dem Titel hatte er eine Bleistiftzeichnung angefertigt, die nur eine geringe Ähnlichkeit mit mir aufwies. Darunter war in Blockbuchstaben zu lesen:

IHRE ZUKUNFT LIEGT IN SEINEN KARTEN. BESUCHEN SIE ERASMUS DAS ORAKEL.

In kleinerer Schrift folgte die Aufzählung meiner Leistungen. Dass ich Horoskope erstellte und Sternbilder deutete, war mir neu. Ich ließ den Zettel sinken. »Und? Was soll ich damit?«

»Ha, die Prospekte verteila mir jetzt im ganze Städtle. Damit die Leute wissat, dass es dich gibt und dass du unglaublich bisch.«

Thorsten hatte gar nichts verstanden. Nicht das Wesen des Marktes, nicht mein Wesen und auch nicht, dass er nur geduldet war. Mit Aktionen wie diesen lief er Gefahr, von der Gemeinschaft ausgeschlossen zu werden.

»Das ist wirklich sehr nett von dir«, sagte ich und setzte mein gutmütigstes Lächeln auf. »Aber das ist nicht nötig. Meine Geschäfte laufen gut, auch ohne Werbung. Und Flyer passen doch wirklich nicht zu einem Mittelaltermarkt, oder?«

Er runzelte die Stirn und hob die Augenbrauen. »Jetzt sei no net so bescheida. Überall hänget Plakate, es gibt au an Internetauftritt zu dem Markt. Und du, du bisch ein Wunder.«

Er deutete mit dem Kopf auf den Zettel in meiner Hand und grinste.

»Alles, was du mir vorausgsagt hasch, stimmt. Selbst des mit der neuen Liebe. I sag bloß oins: Magdalena.«

Ich schluckte. In mir wuchs das Gefühl, eine Lawine losgetreten zu haben, die ich nun nicht mehr stoppen konnte. Die Kontrolle über meine neue Identität drohte mir zu entgleiten.

»Was ist denn mit Magdalena?«, fragte ich vorsichtig.

Thorsten blinzelte mir zu. »Ich hab ein Rendezvous mit ihr. Und i glaub, sie isch a bissle verliebt in mich.«

Er umarmte mich und drückte mir einen Kuss auf die Wange.

»Du bisch ein Wunder und das Schicksal hat uns zusammengeführt. Und i sorg dafür, dass alle erfahren, was du für ein Pfondskerle bisch.«

Er tätschelte mir zum Abschied die Wange, drehte sich ab und ging. Ich sah ihm nach und wusste, dass es mit meiner Ruhe endgültig vorbei war.

Stille

Nichts ist bedrohlicher, nichts ist Furcht einflößender als das Ausbleiben von Geräusch, wenn man vor einer Wohnungstür steht, die nur angelehnt ist, wenn man einige zögerliche Hallos in die Dunkelheit losgeschickt hat, um eine Reaktion einzufangen, die jedoch ohne Beute zurückkehren und sich schwer auf den Schultern des Aussendenden niederlassen. Dieses bohrende Nichts, das tief in den Eingeweiden widerhallt, durchdringt Arndt, als er vor Nicoles Appartement steht und einen vorsichtigen Schritt über die Schwelle wagt. Das sind die Momente, in denen Polizisten die Waffe aus dem Halfter lösen. Einen Moment überlegt er, ob er eine Hand in die Jacke stecken soll, mit ausgestrecktem Zeigefinger eine Pistole simulierend, doch wer sollte auf einen solch simplen Trick hereinfallen? Pjotr und seine Männer ganz gewiss nicht.

Arndt schiebt sich weiter vor, widersteht der Versuchung, den Lichtschalter zu betätigen, tastet sich an der Wand entlang. Er erkennt die verschnörkelten Umrisse der Kommode mit dem großen Spiegel, ein Geschenk von Nicoles Großmutter, eigentlich viel zu mächtig für den schmalen Flur und dennoch bezeichnend für den Stil, in dem die Wohnung eingerichtet ist. Alt und Neu begegnen sich auf eine harmonische Weise, verschmelzen zu einer kontrastreichen Einheit, als Ausdruck von Individualität und Unangepasstheit.

Es ist ein denkbar ungünstiger Zeitpunkt, sich mit Beschreibungen abzulenken, die aus schlechten Lifestyle-Magazinen hätten stammen können, aber Momente der Anspannung kennen keine Vernunft. Vernünftig wäre gewesen, zum Bahnhof zurückzukehren, zu hoffen, dass der Alte inzwischen den Weg nach Backnang angetreten hat und nicht noch immer den Fahrkartenautomat blockiert, sich in den Zug zu setzen und Trollingen für immer den Rücken zu kehren. Vernünftig und feige.

Doch Arndt ist schon viel zu lange feige gewesen. Wie ein Parasit hatte sich die Feigheit in ihn hineingefressen, drohte ihn zu vergiften, sandte ihre Gärgase aus, bis sie ihm bitter aufstieß.

Damit soll nun Schluss sein.

Arndt erfühlt einen länglichen Gegenstand auf der Platte der Kommode, nimmt ihn an sich. Eine Rundbürste. Eine Drohung wie »Stehen bleiben, sonst kämme ich Ihr Haar« wird wenig Erfolg zeigen, als Schlaginstrument taugt das Teil ebenso nicht. Aber wenn man einem vermeintlichen Angreifer die Borsten in die Augen drücken konnte, war man klar im Vorteil. Allerdings nur dann.

Die Tür zum Wohnzimmer quietscht leise, als er sie sanft aufdrückt. Spätestens jetzt wären Aggressoren gewarnt, könnten sich brüllend aus ihren Verstecken auf ihn stürzen, ihn zu Boden reißen. Schutzlos steht Arndt inmitten des Raumes, starrt auf den umgeworfenen Tisch vor ihm und auf die Trümmer eines Stuhles. Mit zitternden Fingern tastet er zum Lichtschalter, schützt seine Augen gegen die beißende Helligkeit, die das Chaos vor ihm illuminiert.

Der Raum, dem er noch vor einigen Tagen eine gemütliche Heimeligkeit zugesprochen hatte, scheint implodiert zu sein. Möbel, Bücher, Gläser, Vasen, Zeitschriften, CDs – kein Gegenstand befindet sich an seinem Platz.

Wilde Furcht ergreift Arndt. Er reißt die Türen zu den anderen Zimmern auf, flutet sie mit Licht. In der Küchenspüle blinzelt ihn schmutziges Geschirr vorwurfsvoll an. Das unbenutzte Bett im Schlafzimmer gähnt träge, hätte fast etwas Beruhigendes, wenn da nicht die Tür zum Bad wäre, die, wie an einem seidenen Faden gehalten, schief in den Angeln hängt. Der Spiegel zerbrochen im Waschbecken, die Bodenfliesen mit Glassplittern übersät. Arndt wandert in das Bild der Verwüstung hinein, die Gegenstände erzählen ihm eine Geschichte, von der er eigentlich nichts wissen will. Sie ist verstörend und verspricht kein gutes Ende, sie ist kühl und grausam. Ein Kampf. Nicole, die Zuflucht gesucht und sich gegen Peiniger zur Wehr gesetzt hat. Ein

Fleck auf dem Wannenrand, von glühendem Rot, brennt sich in Arndts Netzhaut. Er sinkt auf die Knie, Scherben durchdringen den Stoff seiner Hose, bohren sich in seine Haut, doch er spürt keinen Schmerz.

Blut. Er streckt eine Hand aus, will das Rot ertasten, als könne er damit Verbindung aufnehmen zu Nicole. Langsam senkt er die Hand, das Rot bleibt unberührt, Tränen schießen ihm in die Augen, bahnen sich ihren Weg über die Wange, über das Kinn, fallen in schweren Tropfen zu Boden.

»Wo bist du, wo bist du, wo bist du?«, fragt er leise. Es klingt wie ein Gebet.

Ein Geräusch im Treppenhaus schreckt ihn auf. Schritte, Stimmen. Sie kommen zurück, denkt Arndt. Das ist natürlich völlig widersinnig, denn welcher Täter würde den Ort seines Verbrechens, das er wenige Augenblicke zuvor begangen hat, nochmals aufsuchen? Wie lächerlich wäre zum Beispiel ein Bankräuber, der noch einmal zur überfallenen Filiale zurückkehrt, um sich auch das Kleingeld ausbezahlen zu lassen. Er stürzt hinaus, ins Wohnzimmer, in den Flur, lauscht. Die Stimmen und Schritte hallen von unten heran. Arndt schleicht aus der Wohnung, die Treppe hinauf, duckt sich und wartet. Eine Frau erzählt ihren Begleitern von dunklen Gestalten, Geräuschen, finsteren Beobachtungen.

»Die sen hier nei, ohne sich die Schuah abzuputza, mit ihre dreckige Stiefel die Treppa nuff ond i schrei denne no hinterher: Ha sag amol, semmer hier im Kuahstall? Euch druck i glei der Schrubber in d' Hand, ihr Saukerle. No dreht sich oiner um, guckt mi an, dass i glei z' Tod verschrocka ben ond sagt, wenn i net glei neigang, dann würd er mich zwinga, die Treppe mit meiner Zunge zu reiniga. I moin, des sagt mr doch net ...« Vor Nicoles Wohnung bleiben sie stehen.

Arndt beobachtet eine ältere Dame und zwei Polizisten, die vor der Tür innehalten. Die Tatsache, dass sie unverschlossen ist, einen Spalt aufsteht, macht das Trio vorsichtig. Ein schmaler Lichtpfad lockt ins Innere und doch wagen sie nicht den entscheidenden Schritt.

»Hallo!«, ruft einer der Uniformierten und führt die Hand zur Waffe. »Frau Schmider, sind Sie da?«

Da ist es wieder, das Ausbleiben von Geräusch. Arndt atmet flach. Er fühlt, wie ihm kalter Schweiß über den Rücken läuft. Er unterdrückt den Impuls, hinunterzugehen, sich den Polizisten zu stellen und ihnen die ganze Geschichte zu erzählen. Wem sollte das etwas nützen? Wo sollte er anfangen? Griffen hier nicht mehrere Geschichten ineinander?

Nein, sich zu stellen, käme einer erneuten Flucht gleich. Schluss mit flüchtig. Er musste Nicole finden, er musste ihr so vieles erklären. Diese ganzen Ungereimtheiten, die er nie aufgeklärt hatte. Diese offenen Fragen, die unbeantwortet geblieben waren. Diese ...

Missverständnisse

»Was hast du denn da am Arm? Hast du dich gestoßen?«

»Quatsch, des isch doch ein Tattoo. Hier: an Totakopf. Aus de Augenhöhla kommt a Schlange raus, siehsch du des? Es isch jetzt net bsonders guad, war aber au net teuer.«

»Ah ja, jetzt sehe ich es auch. Und das da drüben. Das ist der Kopf eines Panthers, der das Maul aufreißt und die Zähne fletscht, richtig?«

»Du hasch doch überhaupt koi Ahnung. Des isch ein blauer Fleck.«

Die Gespräche, die abends in der Taverne geführt wurden, waren selten erhellend. Hier kam niemand her, um Tiefgründiges zu erörtern. Meist zogen die Akteure bei einigen Gläsern Selbstgebranntem ihre Tagesbilanz, selten verglichen sie, wie die Belauschten, ihre Körperverzierungen. Für wenige Stunden legten die Schausteller ihre Rollen ab und versuchten sich in Normalität. Was natürlich zu anrührend komischen Situationen führen konnte, wenn zum Beispiel der voll aufgerüstete Ritter über einen eingerissenen Zehennagel klagte oder der Feuerschlucker über sein Sodbrennen referierte.

An einem dieser Abende saß ich mit Gideon an der Theke, starrte trüb in mein Glas mit Absinth und wartete darauf, dass mich der Geist der grünen Fee in ihr buntes Reich mitnahm. Ich war müde und hellwach zugleich, und ich hatte das Bedürfnis, mich meinem Gegenüber anzuvertrauen. Schon lange plagte mich der Gedanke, dass meine Maskerade irgendwann bröckeln musste. Der ehemalige TV-Moderator schien mir derjenige zu sein, dem ich mich anvertrauen konnte, er würde mich nicht verurteilen. Außerdem wollte ich ihm meine Beobachtungen mitteilen, ihn dazu befragen, was er von diesen ominösen Treffen des Bürgermeisters und der blonden Frau hielt. Und auch in einer anderen Angelegenheit benötigte ich dringend seinen Rat.

»Thorsten geht mir auf die Nerven. Weißt du, was er gemacht hat?«

»Was?«

Gideon, der mit dem Rücken zur Theke saß, befand sich offenbar in einem nonverbalen Flirt mit einer jungen Frau, die ihm schräg gegenübersaß. Ich kannte sie vom Sehen. Sie arbeitete am Stand, an dem Kräuter, Gewürze und Samen verkauft wurden. Ich stieß meinen Nachbarn an, um mir seine gesamte Aufmerksamkeit zu sichern.

»Thorsten hat Magdalena und mich bei einem regionalen Verkaufssender in Stuttgart angemeldet. Wir sollen Werbung für den Markt machen.«

»Ja, und?« Gideon sah mich nicht an, sondern hob sein Glas und prostete der jungen Frau zu, die verlegen den Blick senkte und an der Kordel ihrer Haube herumnestelte.

»Mann, ich habe überhaupt keine Lust im Fernsehen zu erscheinen. Außerdem habe ich keinerlei Erfahrung. Was soll ich da denn machen? Da blamier ich mich doch nur. Außerdem wäre es gar nicht gut, wenn mich jemand erkennt …«

Mit dem letzten Satz wollte ich eigentlich mein Geständnis einleiten, und bei einer entsprechenden Reaktion Gideons hätte ich auch weitergesprochen. Doch er schien mir gar nicht zuzuhören.

»Mr sagt, die Kräuterfraua habet eine Mixtur, da kannsch du die ganze Nacht. Des det mi mol interessiera …«

Ich starrte ihn ungläubig an. »Na, du bist gut. Ich stehe vor der größten Misere meiner Geschichte und du denkst nur ans Poppen?«

Seine Miene verfinsterte sich.

»Poppa! In meinem Alter. Durchschlofa kannsch mit der Mixtur. Die ganze Nacht. Des wär amol wieder schee.«

»Du flirtest mit einer jungen schönen Frau und denkst dabei ans Durchschlafen? Du bist verschrobener, als ich dachte.«

Er grinste und fuhr sich mit einer Hand durch den Bart.

»Na ja, sie kann mich ja in den Schlaf wiega. Und mir a Liedle senga.«

Er begann die Melodie von »Der Mond ist aufgegangen« zu summen. Als wäre das ihr Zeichen, stimmten die *Leisen Lauten* ihre folkloristische Version von »Smoke On The Water« an.

Wie gesagt: Die Leute hier übten sich in Normalität, was nicht hieß, dass sie normal waren.

»Jetzt hör mir doch mal zu. Ich brauche deine Hilfe.«

Noch einmal unternahm ich einen Versuch, Gideon auf meine Notlage aufmerksam zu machen.

»Wobei?«

Es war zum Verzweifeln. Ich wollte eben schon ansetzen und ihm die Sache noch einmal erklären, doch er unterbrach mich. »Ach so, bei dem Fernsehtermin. Des isch koi Problem. Den Rudi, den kenn i.«

»Rudi?«

»Ha, der Typ von *Schwaben-TV*. Der vertickt für a Schweinegeld Gruschd über den Sender, der in andere Kaufhäuser net amol auf der Wühltisch komma dät.«

»Ach, und das funktioniert?«

»Sage mr mol so: Man muss die richtigen Worte für die Eigenschaften der Produkte finden, die eigentlich nicht erwähnenswert sind. Und dann lauft des. Was im Fernseh kommt, isch gut und richtig. Denkat die Leut.«

Ich hatte zwar nur eine vage Vorstellung davon, was er meinte, aber natürlich wusste ich um die Macht der Medien. Über Nacht konnte aus einem noch so Talentlosen ein Star werden, Nichtigkeiten wurden zu großen Geschichten, Politiker, Schauspieler, Sportler, Künstler und Unternehmen nutzten die Medien, um die Meinungen der Menschen zu manipulieren. Gut verschlüsselte Lügen wurden zur Wahrheit und zwar so lange, bis sie jemand entlarvte. Unterblieb die Aufklärung, musste man mit den Unwahrheiten leben.

Aber ich wusste natürlich auch, dass ich bei meinem Auftritt vorsichtig sein musste. *Schwaben-TV* konnte zwar nur in einem Umkreis von 50 Kilometern um Stuttgart empfangen werden, aber meine Verkleidung musste so gut sein, dass mich nicht einmal mein Vater erkennen konnte. Gerade er hätte es fertig gebracht und hätte meinen Aufenthaltsort für ein paar Saiten an Pjotr verraten.

Ich sah ein, dass es nicht der richtige Moment war, Gideon reinen Wein einzuschenken. Er schwelgte in seiner Kuschelfantasie und so verschwieg ich ihm auch, wie es dazu gekommen war, dass ich mich von Thorsten zu diesem Auftritt hatte überreden lassen.

Wie beiläufig hatte ich mich danach erkundigt, ob er sein Haus schon verkauft habe. Er war sehr ernst geworden und hatte den Kopf geschüttelt. Seine Frau hatte von dem Vorhaben Wind bekommen und ihr Veto über einen Rechtsanwalt eingelegt. Nun war wiederum Thorsten gefordert, sich einen Juristen zu suchen, der die Angelegenheit für ihn klären konnte. »Des kann daura«, waren seine abschließenden Worte.

Ich muss wohl ziemlich dämlich aus dem Schnürhemd geschaut haben, denn Thorsten fragte sofort, ob ich Geld benötigte. Ich tischte ihm eine windige Schnurre auf, dass meine bedürftige Mutter in finanziellen Schwierigkeiten steckte, weil mein arbeitsloser und kranker Vater sie nicht mehr unterstützen könnte. Ihr drohe der Rauswurf aus der Wohnung und der Absturz in die Obdachlosigkeit und so weiter. In Wahrheit hatte ich herausgefunden, dass es auf Stuttgarts Höhen ein Casino gab, was mich in eine vergessene Erregung versetzte. Es kribbelte in meinen Fingern, viel zu lange hatte ich an keinem Roulettetisch mehr gesessen. Was mir fehlte, war Kapital, und in diesem Punkt hatte ich voll auf Thorstens Hausverkauf gesetzt. Und dann geschah das, was eben passiert, wenn man ein Notlügenkonstrukt um sich errichtet: Es wird zum Gefängnis, aus dem man nicht mehr entweichen kann. Thorstens Mitleid war geweckt und er schwor, dass er mir dabei helfen würde, mehr Geld zu verdienen, damit ich meine arme Frau Mama unterstützten konnte.

»Du musch unbedingt ins Fernseh, dann kommet mehr Leut«, lautete seine Strategie, die er sofort umsetzte.

Natürlich hätte ich aussteigen und mich als Rabensohn outen können, aber wahrscheinlich hätte er mir dann nie wieder etwas geglaubt.

Schweren Herzens ließ ich mich auf seine Idee ein.

»Es würde mich ja schon mal interessieren, wie er das gemacht hat. Offenbar hat er gute Beziehungen zu dem Sender«, mutmaßte ich.

Gideon winkte ab. »Gute Beziehunga. Blödsinn. Der Rudi nimmt älles und jeden ins Programm. Der isch net wählerisch.«

Na großartig. Das sprach ja Bände, was den Qualitätsanspruch von *Schwaben-TV* anging.

»Könntest du nicht mitkommen?«, fragte ich Gideon, der wieder in sein Augen-Techtelmechtel eingestiegen war. »Du bist doch Profi und bevor da etwas schiefläuft, könntest du als Coach eingreifen.«

Er nickte dem Kräutermädchen noch einmal zu, dann wandte er sich an mich. »Klar komm i mit. Ond dann zeiga mir dem Rudi mol, wie mr Fernseh macht.«

Das TV-Studio lag im Hinterhof eines Gebäudekomplexes an der Hauptstätter Straße in Stuttgart. Weder die Gegend noch das Studio selbst vermittelten etwas, was auch nur annähernd als Hollywood-Glamour durchgegangen wäre. Das ganze Ambiente, vom Entree bis zum Aufnahmeraum, erinnerte sehr an das Auslieferungslager eines Versandhauses oder, um genauer zu sein, an die Wohnung eines Messies. In hohen Regalen stapelten sich Küchenutensilien, Klamotten, Kleinmöbel, Kosmetika, Elektrogeräte, Hometrainer, Taschen, Schuhe, Teppiche, Spätzle-Shaker und unausgepackte Kartonagen in allen Größen. In den Gängen standen halb montierte Fahrräder, Rasenmäher, Laubsauger, Reinigungsgeräte und Schaufensterpuppen in den skurrilsten Outfits. Am Ende der Halle war eine kleine Ecke frei geräumt, die von diversen Deckenleuchten bestrahlt wurde. Unzählige Kabel lagen am Boden, eine Kamera war auf eine Küchenkulisse gerichtet und sandte Bilder an einen Monitor. Dort verfolgte ein junger Mann das Geschehen, das abgefilmt wurde.

Ein kleiner, drahtiger Herr mittleren Alters, in Jeans und zitronengelbem Hemd, sah einem Menschen mit Kochmütze zu, der Bratkartoffeln zubereitete. Dies wäre sicher schneller vonstattengegangen, wenn Mr. Kanarienvogel nicht andauernd versucht hätte, mit seiner Gabel in die unfertige Speise zu stoßen. Der Küchenchef parierte seine Angriffe mit einer Schöpfkelle, musste dennoch erhebliche Verluste der Mahlzeit hinnehmen, da er damit beschäftigt war, gleichzeitig die Vorzüge der hervorragenden Beschichtung der Pfanne zu preisen.

»Ond da brennt wirklich nix an. Subbr«, unterstützte ihn der Moderator mit vollem Mund und schaufelte sich noch einen Nachschlag zwischen die Lippen. »Donnerwetter, isch des guat. Dafür lass i selbst Lensa mit Spätzle standa. Allerdings net, wenn mei Tante Emile kocht. Also, des isch dann sensationell …«

»Der, der die ganze Zeit frisst, des isch der Rudi«, klärte uns Gideon auf.

»Aha«, sagte ich. »Tolles Hemd hat er an, so sonnig.«

Gideon nickte. »Des isch sein Markenzeichen. Von denne hat er mindestens zwanzig Stück. Ein Restbestand, der sich net ganz so guat verkauft hat.«

Vor uns huschte ein Kameramann vorbei, rückte ganz nah an die Darsteller heran und sandte eine Großaufnahme der Kartoffelscheiben an einen Monitor.

»Des sieht ja gut aus«, flüsterte mir Magdalena ins Ohr und kniff mich in den Po. »So knusprig.«

Ich weiß nicht, ob sie von meinem Hinterteil oder von der Speise redete, aber »knusprig« war ein Attribut, das auch auf ihre Gewandung zutraf. Ihr gewaltiger Busen steckte in einem mit Pailletten verzierten schwarzen Choli, einer äußerst eng anliegenden Bluse, die unter den gegebenen Lichtverhältnissen funkelte und blinkte wie der Sternenhimmel über Schorndorf. Dazu trug sie eine weite Tribalpants mit aufgestickten Ornamenten.

War sie die Schöne, dann verkörperte ich das Biest. Ich hatte mir von Hannes und Maurizio einen Kapuzenumhang geliehen, den ich mir tief ins Gesicht ziehen konnte, und Magdalena hatte mir einen breiten schwarzen Balken um die Augen geschminkt. Im Grunde glich ich eher einem Henker als einem Seher, aber erkennen würde mich so niemand.

Die Bratkartoffelorgie wurde mit einem harschen »Cut. Das war's« vom Kameramann beendet. Rudi versenkte noch ein paar Gabeln im Mund, entdeckte dann Gideon und kam auf uns zugestürmt.

Er umarmte seinen alten Weggefährten innig, drückte ihm einen Kuss und damit auch eine ordentliche Ladung Bratfett auf die Wange, bevor er Magdalena entdeckte und zu einer weiteren herzlichen Begrüßung ansetzte. Sie entwich mit einer eleganten Drehung, bevor er ihr Make-up ruinieren konnte. Rudi wischte sich mit dem Ärmel seines Hemds über den Mund, raunte mir eine kurze Begrüßung zu und wandte sich wieder an seinen Freund.

»Wolli, alte Schwärdgosch, was willsch denn du hier?«

»Dir zeiga, wie mr Fernseh macht. So wie es aussieht, kannsch du des immer no net.«

Gideon lachte laut und klopfte Rudi auf die Schulter.

»Isch doch egal, Hauptsach der Rubel rollt. Warte, i muss gschwend onser Gewinnspiel ansage.«

Rudi eilte in die Küche, stellte sich in Position und sprach in die Kamera.

»So, ond jetzt komma mir zu onserem beliebta Gewinnspiel. Die Frage lautet: Was gibt die Kuh? A. Milch oder B. Trollinger. Wer die Antwort woiß, ruft unter 0180 555 666 und kann mit a bissle Glück ein hochwertiges Pfanneset gwinna.«

»I glaub, i woiß es: Milch. Oder?«, flüsterte mir Magdalena ins Ohr. Sie schien sich ihrer Sache nicht sicher zu sein.

»'s isch egal, wie du antwortesch«, mischte sich Gideon ein. »Wenn du anrufsch, hasch scho verlora. 55 Cents, um genau zu sei. Die Gewinne werdat so gut wie nie ausgspielt.«

»Was? Aber das ist doch Beschiss!«, rief ich entsetzt.

Gideon zuckte mit den Schultern. »Wieso? Leute, die bei der Frog mitmachet, die könnat a Pfannenset nicht von einem Tennisschläger unterscheida. Außerdem kann des doch keiner nachprüfa. Und es bringt eine ganze Stange Geld.«

Kanarien-Rudi kehrte aus der Kulisse zurück, tauschte mit Wolfram-Gideon noch ein paar Belanglosigkeiten aus und kam dann endlich auf den Ablauf unseres Werbeauftritts zu sprechen.

»Des Problem isch, mir müssat die Küche aufgebaut lasse. Glei hab i no an Gemüsehobel. Ein Waaahnsinn! Mit Doppelschnittgarantie durch zwoi Edelstahlklingen. Oimal reiba, doppelt gschnitta! Und stabil isch der. Da kannsch dich draufstella«, gab Rudi bekannt.

»Aber wir können doch unmöglich in dieser Atmosphäre Werbung für unseren Markt machen«, protestierte ich.

»Noi, in einer Küche, in der man sich auf Gemüsehobel stellt, tanz i net«, fügte Magdalena hinzu und stemmte die Hände in die Hüften. Rudi sah ratlos drein und eine Weile schwiegen wir, bis Gideon die Stille durchbrach.

»I hab da so a Idee. Leute, so geht's.«

»Wir kommen jetzt zu einer absoluta Sensation. So was hemmer no nie g'habt im *Schwaben-TV*. Hier isch Erasmus der Seher und seine Assistentin Magdalena.«

Rudis Anmoderation folgten arabische Klänge vom Band, Magdalena schwebte hüftschwingend hinter den Herd, vollzog zwei Drehungen und warf sich in Pose. Dann kam ich, im Gegensatz zu meiner Assistentin eher ungrazil, hereingeschlurft und stellte mich neben sie. Ich breitete die Arme in Richtung Kamera aus und führte sie vor dem Brustkorb zusammen.

»Hallo Magdalena, hallo Erasmus. Schön, dass ihr da seid«, begrüßte uns Rudi und schlug mir jovial auf die Schulter. Ich beschränkte mich darauf, stumm zu nicken, während Magdalena in die Kamera zwinkerte. Er stellte uns vor, nahm Bezug auf den Markt in Trollingen und kündigte dann das an, was sich Gideon ausgedacht hatte.

»Karten lesa kann ja jeder. Aus dem Kaffeesatz au. Aber der Erasmus, der kann ja mehr. Er hat sich drauf spezialisiert ...« Er machte eine dramatische Pause, um die Spannung zu erhöhen, »... aus Flädle, also aus Pfannekucha, die in unserer Pfanne mit Spezialbeschichtung übrigens besonders gut gelingat, und zum Vorzugspreis von 39 Euro 99 zuzüglich Versandkosten bestellt werden könnat, das Schicksal herauszulesen. Isch des net der Hammer?«

Doch, das war der Hammer. Mit dieser Idee überschritten wir die Grenzen des menschlichen Fassungsvermögens und auch der medialen Zumutbarkeit. Ich hatte Gideon für verrückt erklärt. Meine Glaubwürdigkeit als Wahrsager stand auf dem Spiel, zudem die Zukunft des Senders: Einen größeren Schwachsinn hatte noch niemand über die Kanäle geschickt.

Doch Gideon hielt an seinem Plan fest, der ausgefeilter war, als es der erste Eindruck vermuten ließ. Rudi sollte die Zuschauer auffordern, live im Studio anzurufen und sich aus einem Flädle die Zukunft deuten zu lassen. Für die Zubereitung war Magdalena zuständig, die sich zwar zunächst lautstark dagegen aussprach, doch schließlich einlenkte, als ihr Rudi versprach, im Lager nach der Schmuckkollektion zu sehen, die aus einer Konkursmasse eines Juweliers herausgekauft worden war.

Die Anrufer wollte Gideon selbst mimen. »Es isch alles bloß Show. Ein Flädle-Orakel, des hat's noch nie geba. Des isch doch ein Spitzenkonzept und eine Superwerbung für dich und den Markt.«

So leicht wollte ich mich nicht überzeugen lassen. Dass ich doch zustimmte, war wohl der Wirkung des schwäbischen

Whiskeys zuzuschreiben, den Rudi auftischte, um meine Bedenken hinunterzuspülen. Natürlich war es gleichgültig, ob ich aus einem Kartenbild oder aus den Flecken eines Pfannkuchens die Zukunft erfand. Aber wer sollte mir diesen so offensichtlichen Betrug abnehmen? Handelte ich mir auf diese Weise die nicht mehr zu revidierende Bezeichnung »Scharlatan« ein und würde das dann letztendlich wirklich dem Markt nützen? Ich war mir nicht sicher, aber ich schwor mir, dass ich nach diesem Experiment wieder zu den klassischen Werkzeugen der Wahrsagerei zurückkehren wollte.

Wenige Minuten später klingelte das Telefon und Rudi begrüßte einen Anrufer namens Hans aus Göppingen. Gideon hätte sich in seiner Namensgebung ruhig mehr Mühe geben können, aber er spielte seine Rolle gut. Er hatte seine Stimme verstellt und verbarg seinen Dialekt hinter einem absolut akzentfreien Hochdeutsch. Niemand wäre auf die Idee gekommen, ihn hinter diesem Anruf zu vermuten. Magdalena, die mit ihrer umgebundenen Schürze aussah wie eine Kreuzung aus Mata Hari und Sarah Wiener, schöpfte aus einem Rührbecher die gelbe Mehl-Eier-Milch-Pampe und ließ sie zischend in die Pfanne fließen. Ich wartete, bis sie den Pfannkuchen gewendet hatte, legte die Finger an die Schläfen, starrte auf die kleinen Flecken in der gelben Speise und fing an.

»Ich sehe Probleme im finanziellen Bereich, Hans. Eine unerwartete Ausgabe, die dich belastet. Kann das sein?«

»Ja, das stimmt. Wir hatten einen Wasserschaden in der Wohnung. Und die Versicherung will nicht bezahlen, weil sie sagt, dass dies die Angelegenheit des Eigentümers sei, aber der kümmert sich nicht …«

Sehr gut. Gideon nahm meine Geschichte auf und baute sie weiter aus. Sogar die Bestürzung und die Überraschung simulierte er absolut echt. Nun musste ich nur noch eine günstige Prognose für ihn treffen, dann konnte Rudi mit seiner Abmoderation beginnen.

»Hans, sei unbesorgt, ich sehe da eine Lösung, eine Einigung.«

Ich zeigte mit dem Finger auf zwei bräunliche Stellen, die ineinanderflossen. Der Kameramann nahm das Bild aus nächster Nähe auf und wenig später erschien es auf dem Monitor. »Hier, siehst du? Da bewegt sich etwas aufeinander zu. Sieht aus wie ein Eimer, könnte aber auch der Werkzeugkasten eines Klempners sein. Oder ein Sack voll Geld. Allerdings wird es noch zwei, drei Monate dauern, dann kommt alles in Ordnung.«

Hans bedankte sich und legte auf.

Ein Telefonklingeln wurde eingespielt. Rudi, der sich mit einer Gabel an dem Flädle zu schaffen machte, blickte überrascht drein, kaute hektisch, schluckte und fragte undeutlich: »Ja, hemmer no an Anrufer oder was?«

Und schon meldete sich Edith aus Asperg mit ihrem Problem. Gideon übertraf sich wirklich. Unfassbar, dass er sein schauspielerisches Vermögen auf einem Mittelaltermarkt ver schleuderte. Ohne jeden Zweifel konnte man ihm auch die Frauenstimme abnehmen. Ich flirtete ein wenig mit der »jungen Dame«, während Magdalena einen weiteren Fladen anrichtete. Der Anruferin größter Wunsch war es, wieder mit dem Exfreund zusammenzukommen. Ich riet ihr nach intensiver Betrachtung des Flädles, ihn in den Wind zu schreiben. Die Krater in der Speise waren zu tief.

Es folgten noch weitere Anrufe, wie viele genau, weiß ich nicht mehr, bis Gideon hinter der Kamera auftauchte und mit den Armen fuchtelte. Ich verstand sein Zeichen nicht sofort, zumal ich mit ihm in seiner Rolle als Ulrich aus Ochsenhausen über die Zukunft seines Sohnes Paul sprach. »Wenn Paul so gerne die hochhackigen Pumps von Mutti anzieht, dann sollte er unbedingt Modeltrainer bei Heidi Klum werden. Dann ist auch ein ADS-Syndrom kein Problem mehr.«

Ich grinste Gideon an, doch der konnte meinem Scherz offenbar nicht viel abgewinnen. Außerdem hielt er sich kein

Telefon ans Ohr. Rudi verstand seine Gesten offenbar besser, wartete, bis Ulrich aufgelegt hatte, und beendete die Sendung mit dem vereinbarten Werbehinweis auf den Markt. Er schien blasser zu sein als zuvor. Als mir Gideon erklärte, dass ich kein einziges Gespräch mit ihm geführt hatte, wich das Blut auch aus meinem Gesicht.

»Soll das heißen, du warst weder Hans noch Edith und auch Ulrich nicht?«

»Noi, i ben ja net durchkomma. Da war andauernd belegt.«

»Dann waren die Anrufer echt?«

Gideon nickte. »Es sieht so aus.«

Mir lief ein kalter Schauer über den Rücken. Ich hatte real existierende Menschen beschwindelt und betrogen, veräppelt und verschaukelt und das auch noch live vor einer Kamera.

Rudi, der auf den Resten des letzten Flädles herumkaute, leckte sich das Fett von den Fingern. »I würd sage, die Aktion war ein voller Erfolg. So viele Anrufer hatten wir noch nie. Und des Flädle-Orakel sollt mr sich patentiera lasse. I sag's euch: Da liegt was drin.«

Hoffnung

Alles wird gut. Es muss doch alles gut werden. Einmal muss sich das Blatt doch wenden. Denkt Arndt, als er durch die Gassen Trollingens hastet. Er muss zur Zeitungsredaktion. Vielleicht hat Nicole Spätschicht. Vielleicht sitzt sie nichtsahnend am Schreibtisch, tippt Meldungen über das Adventstreffen des örtlichen Turnvereins, über die Schneekehr- und Streupflicht auf Wegen und Plätzen oder über die neuesten Erkenntnisse in dem Skandal um die Mehrzweckhalle. Arndt verspürt einen Stich im Herz bei dem Gedanken. Zorn. Und Angst. Hätte er sich nur nicht in dieses Thema eingemischt. Hätte er nur einmal auf seinen Verstand gehört. Und nicht auf das Gefühl. Dann wäre nun keiner in Gefahr. Dann würde keine Hütte auf dem Markt brennen. Dann wäre Nicoles Wohnung noch bewohnbar. Dann könnte er weiter an der Realisierung seines Inseltraums arbeiten.

Aber es gibt kein Zurück. Es gibt nur ein Vorwärts. Direkt auf die Fassade des Verlagsgebäudes zu. In einigen Fenstern brennt noch Licht. Stromgespeiste Hoffnungsschimmer. Die Eingangstür ist verschlossen. Rütteln, zerren, klingeln. Die Stimme eines verschlafenen Portiers in der Gegensprechanlage. Nicole ist nicht da. Ratlosigkeit. Panik.

Zurück zum Markt. Hinweise finden. Irgendjemand muss sie doch gesehen haben. Irgendjemand muss doch etwas wissen.

Das Blaulicht ist noch da. Er bewegt sich auf die Schreie zu. Qualm reizt die Augen. Mit jedem Schritt wird die Last auf den Schultern schwerer. Menschen rennen hin und her. Mit jedem Schritt wird es zur Gewissheit: Du bist zu weit gegangen, Arndt Peterson. Und alle müssen dafür büßen.

Da vorn, dort, wo am Morgen noch Hütten standen, nur noch dampfende Trümmerskelette. Da vorn, an der Stelle, an der sein Wagen gestanden hat, ein schwarzes, verkohltes Ungetüm. Davor Menschen, fassungslos, in inniger Umarmung, einander Halt gebend. Schluchzen, tröstende Worte, heiseres Geschrei, Drohungen.

»Wenn wir den erwischen.«

»Rache!«

»Diese Drecksau.«

Arndt weiß, dass ihm die Verwünschungen gelten. Sie haben die Macht, alles Leben aus ihm herauszupressen. Kraftlos steht er da und schüttelt den Kopf.

Entsetzen.

Eine Hand packt ihn an den Schultern und wirbelt ihn herum. Arndt verzieht schmerzvoll das Gesicht.

»Da ist ja unser Show-Star«, sagt eine ihm nur allzu vertraute Stimme. »Wir wollten dich doch hier eigentlich nicht mehr sehen.«

Das ist dann wohl die Kehrseite der Bekanntheit, denkt Arndt. Dabei hat er ihn gar nicht gewollt, diesen ...

Ruhm

Der Auftritt bei *Schwaben-TV* zeigte Wirkung. Tatsächlich sprachen mich viele Besucher meines Wahrsagerwagens auf das Flädle-Orakel an und waren sehr enttäuscht, dass ich ihnen die Zukunft wie üblich aus den Karten las. Viele verweigerten sich und pochten auf ihr vermeintliches Recht, das Schicksal aus einem Pfannkuchen gelesen zu bekommen. Also kam ich nicht umhin, mir bei Rudi ein Pfannenset und Kochplatten zu bestellen. Ich rührte jeden Morgen Teig an und buk mehr Eierpfannkuchen pro Tag als der Typ am Crêpes-Stand. Mein Umsatz wuchs, wenn auch nicht in dem von mir erwünschten, Freiheit bringenden Maße, aber ich konnte etwas zurücklegen, um im Casino nicht ganz ohne Mittel dazustehen.

Hinzu kam die Spende, die Thorsten unter den Kollegen gesammelt hatte. Immerhin 117 Euro hatten sie für »meine Mutter« locker gemacht. Als Thorsten mir die Summe aushändigte, fühlte ich mich schäbig und lehnte ab. Er interpretierte meine Zurückhaltung als Bescheidenheit und nötigte mir das Geld geradezu auf.

»Es isch net viel. Aber die Kollega freuat sich doch, wenn sie deiner Mutter helfa könnet«, sagte mein selbst ernannter Freund und Wohltäter. Um nicht unhöflich zu sein, nahm ich seine Sammlung an. Ich konnte ja eine Lokalrunde ausgeben, wenn ich die Spielbank gesprengt hatte.

Daraus wurde natürlich nichts. Der Besuch des Casinos in Stuttgart war ein Fiasko sondergleichen. Es muss am Ambiente gelegen haben. In diesem Erlebnistempel, in dem auch Hotels, ein Kino, zwei Musicalbühnen und verschiedene gastronomische Einrichtungen untergebracht waren, konnte sich kein Glück entfalten. Wie sollte man sich bei dieser Vielzahl an Ablenkungen auf das unschlagbare System konzentrieren? Hinzu kam, dass mir der Croupier am Eurolette-Tisch, bei dem sich Spieler und Spielleiter direkt gegenüberstehen, andauernd zuzwinkerte. Zunächst dachte ich an ein Augenleiden, dann hielt ich es für eine versteckte Botschaft, die mir zu einem Gewinn verhelfen sollte, doch als er mir in einem Moment, in dem wir den Tisch nur für uns hatten, seine Telefonnummer zusteckte, wurde mir klar, dass ich nicht länger bleiben konnte. Mittlerweile hatte ich die Wocheneinnahmen meiner Flädleleserei in ein Nichts verwandelt. Den Rest, also die Unterstützung meiner Kollegen, ließ ich beim Black Jack liegen.

Zum Glück fand ich in meinen Taschen noch einige Münzen, um mit den öffentlichen Verkehrsmitteln nach Trollingen zurückzukommen, einen Gute-Nacht-Drink konnte ich mir nicht mehr leisten.

Frustriert schlich ich durch die Straßen, die sich menschenleer vor mir streckten. Wieder einmal hatte ich versucht, den Preis für meinen Traum mit einer Seifenblase zu bezahlen. Die Illusion, plötzlich durch das Spiel zu Geld zu gelangen, war geplatzt und durch die Detonation war mein Wunsch, mich endgültig absetzen zu können, wieder in weite Ferne abgedriftet. Doch bald schon konnte mir der Coup gelingen, ich spürte es ganz deutlich. Morgen war ein anderer Tag, irgendwann mussten sie kommen: meine Zahlen am Roulette-Tisch, die richtigen Karten beim Poker, die perfekten Augen beim Würfeln. Das Kribbeln kam zurück …

Ich betrat den Markt, der in der Nacht noch unheimlicher war als am Tage. Die Stände waren mit Planen abgehängt, aus den Ritzen drangen schmale Lichtverästelungen, die in den Ritzen des Kopfsteinpflasters Halt suchten. Und Gesprächsfetzen, die leicht falsch gedeutet werden konnten. »Gehsch du weg von meine Nüsse«, raunte der Samenhändler einer unbekannten, weiblichen Person zu, die mit einem albernen »Lass es knacken« antwortete.

»Ond i sag dir, dein Docht isch zu kurz«, seufzte die Kerzenzieherin nebenan.

Ich ging weiter, beschleunigte meinen Schritt, um die Filme, die sich in meinem Kopf abspielten, nicht zu Ende sehen zu müssen. Und geriet ungewollt in einen Horrorstreifen: Auf den Stufen des Schindelwagens saß Thorsten, eine Zeitung in den Händen, und starrte in den Sternenhimmel. Der hatte mir gerade noch gefehlt. Ich sah mich nach einem Fluchtweg um, doch er hatte mich bereits entdeckt.

»A Sauerei isch des«, sagte er laut. Einen Moment lang fühlte ich mich entlarvt. Ja, es war eine Sauerei, dass ich ihn angelogen und mir Geld erschlichen hatte, aber woher wusste er, dass ich im Casino gewesen war?

»Thorsten, ich …«

Weiter kam ich nicht, denn er wedelte mit dem Druckwerk vor meiner Nase. »Des musch mal lesa. Eine Unverschämtheit.«

Ich legte einen Finger an die Lippen, um ihn dazu zu bringen, leiser zu sein. Geraldine konnte er mit seinem Ausbruch zwar nicht wecken, ihr Schnarchen schallte so laut über den Platz, dass man sich um die Unversehrtheit der Buden ringsherum Sorgen machen musste. Aber es gab ja noch andere Schausteller, die mangels Alternative in den Verschlägen hinter ihren Verkaufsständen schliefen. Oder sich mit Nüssen und Dochten beschäftigten.

Thorsten hielt mir die Titelseite hin und deutete auf ein Foto. Ein stattlicher Herr, den die Bildunterschrift als Landrat Kaufinger auswies, schüttelte einem jungen Mann, dem Unternehmersohn Jan-Ole Richardson, die Hand. Die beiden schienen mit sich und der Welt sehr zufrieden und strahlten breit in die Kamera.

Bau der Mehrzweckhalle perfekt war in der Überschrift zu lesen. Ich überflog den Artikel.

Und sie kommt doch. Gestern trafen sich Landrat Kurt Kaufinger und Jan-Ole Richardson, Vorstandsvorsitzender der Richardson Holding, um über das geplante Mehrzweckhallen-Projekt (wir berichteten) zu verhandeln. Nach zweieinhalb Stunden waren sich beide Parteien einig. Der Multikomplex mit gas-

tronomischen Einrichtungen, einem angeschlossenen Hotel und einem Veranstaltungsbereich, der bis zu 12 000 Zuschauer fasst, wird in der Region gebaut. Damit setzte sich der Landkreis von Kurt Kaufinger gegen die Städte Karlsruhe, Stuttgart und Freiburg durch. Über den endgültigen Standort des Projekts, in das laut Angaben des Investors 35 Millionen Euro fließen, sei man sich noch nicht einig, erklärte Kaufinger in der Pressekonferenz. Man habe jedoch schon Vorgespräche geführt und werde das Ergebnis in wenigen Wochen präsentieren können.

Ich hatte keine Ahnung, warum diese Meldung Thorsten so erregte, und auch wenig Lust, zu so später Stunde seinen Ausführungen zu lauschen. Aber es war auch klar, dass ich davon nicht verschont werden würde.

»Der Kaufinger, dieser Schmierlappe. Der isch sich für nix zu schad. Dass der mit dem Richardson Gschäfte macht, spricht für seinen Charakter, den er net hot.«

»Wieso? Er ist Politiker und die brauchen Erfolge.«

Thorsten runzelte die Stirn. »Ha, des kann scho sei. Aber dann schaff i doch net mit einem zsamme, der eigentlich eigsperrt ghört.«

Ich sah mir das Bild noch einmal genauer an. Sehr vertrauenswürdig wirkte der Holding-Boss wirklich nicht. Eine lange Narbe spannte sich von der rechten Oberlippe bis zum Wangenknochen, wahrscheinlich ein Relikt aus schlagenden Verbindungstagen, das dunkle links gescheitelte Haar und die runde Brille verliehen ihm trotz seines jungen Alters eine unglaubliche Strenge. Dieser Mann erlaubte sich und anderen keine Fehler.

»I hab ghört, dass der in jedem krumma Gschäft seine Händ drin hot«, flüsterte Thorsten, »aber man kann ihm halt nix nochweisa.«

Vermutungen, Gerüchte, Behauptungen. War es nicht oft so, dass erfolgreichen Menschen gern kriminelle Machenschaften unterstellt wurden, weil es über das eigene Vorstellungsvermögen hinausging, dass man auch auf legalem Weg reich werden konnte. Oder lag es daran, dass die Wahrnehmung der Bevölkerung aufgrund der Medienberichte über Unterschlagung, Korruption, Schwarzgeld, Steuerhinterziehung, Vorteilsnahme und sonstige Betrügereien keine anderen Rückschlüsse mehr zuließ? Das alles schoss mir durch den Kopf, aber es waren natürlich keine Fragen, die um zwei Uhr morgens zu klären waren.

Ich wollte Thorsten die Zeitung zurückgeben, als ich auf dem Bild den Blondschopf einer Dame erkannte, die mir bei näherer Betrachtung sehr vertraut vorkam. Es war die vermeintliche Gespielin des Bürgermeisters, die sich in unmittelbarer Nähe der Verhandlungspartner aufhielt.

»Wer ist denn das?«, fragte ich Thorsten und deutete auf die junge Frau.

»Ha, die Rothfuß. Da kannsch drauf wetta, dass die den Auftrag kriegt, die Halle zu baua. Die isch überall dabei. Au so a Sauerei.«

Ich gab ihm die Zeitung zurück. »Na ja, irgendjemand muss die Halle doch bauen. Wenn sie es nicht ist, dann ist es halt ein anderer.«

Thorsten verzog den Mund. »Ja, ond wahrscheinlich spielt des Ergebnis der Ausschreibung wieder koi Rolle. Da stimmt was net, sag i dir. Könntsch net mal deine Karte befrage?«

Und plötzlich überkam mich ein Moment der Klarheit. Die Halle, der Landrat, die Blonde, der Bürgermeister. Ganz eindeutig: Der Standort für das Riesenprojekt stand bereits fest. Es wusste außer mir und den Beteiligten nur noch keiner.

Ich fasste mir an die Schläfen und schloss die Augen.

Thorsten sah mich stirnrunzelnd an: »Was isch? Hosch zu viel gsoffa?«

»Still. Das Universum teilt sich mir mit.«

»Hä, also i hör nix.«

Ich blieb in meinem Spiel, wiegte den Kopf hin und her, zog mein Kartenspiel aus der Tasche, mischte und legte ein Bild. Ich besah es mir nachdenklich, wies auf das Blatt und nickte. Thorsten beugte sich zu mir hinunter. »Siehsch du was?«, flüsterte er ehrfurchtsvoll.

Ich nickte. »Ja, ich sehe etwas. Etwas Großes, etwas Gigantisches. Ich sehe Veränderungen für Trollingen. Ich bin nicht sicher. Aber es könnte bedeuten … dass diese Halle hier gebaut wird.«

Thorsten sah mich verdutzt an, dann lachte er. »Schwätz doch kein Bepp. Wo soll die denn hin?«

»Was weiß ich? Vielleicht auf dem freien Platz neben dem Kindergarten. Dort, wo die alte Turnhalle steht, in der einige der Aussteller schlafen. Die braucht doch kein Mensch …«

»Mitta im Ort? Steht des in deine Karte?« Er gluckste.

»Was ist denn daran so witzig?«

»I dät mol meine Karte austauscha. Oder vielleicht hasch sie a bissle zu stark gmischt. Offensichtlich send die a bissle arg durcheinander.«

Ich senkte den Blick wieder in das Bild und versuchte meinen Ärger, dass er mir keinen Glauben schenken wollte, zu kaschieren.

»Ihr werdet schon sehen, Ungläubiger.«

»Wer?«

»Na, Ihr.«

»Hä? Ach so, i.«

»Ja, die Karten lügen nicht. Trollingen wird seine Multifunktionshalle bekommen.«

Aus Thorstens prustender Erwiderung konnte ich nur »absurd«, »Flächennutzungsplan« und »Jetzt spennt er« verstehen, dann entfernte er sich, während seine Fröhlichkeit lange nachhallte.

»Wir können ja eine Wette abschließen!«, rief ich ihm hinterher, doch da hatte ihn die Dunkelheit bereits verschluckt. Ihm würde das Lachen schon noch vergehen. Ich war mir sicher, dass es zwischen der Zeitungsmeldung und dem Treffen der Bauunternehmerin mit dem Bürgermeister einen Zusammenhang gab. Wie das mit einem Flächennutzungsplan zusammenhängen konnte, davon hatte ich keine Ahnung. Wenn ich ehrlich war, hatte ich nicht den blassesten Schimmer davon, was ein Flächennutzungsplan war. Aber auslachen durfte mich niemand, Thorsten schon gar nicht.

Energisch schob ich meine Karten zusammen, steckte sie in die Tasche und ging zu Bett.

Dort wartete bereits Magdalena auf mich.

»Was willst du denn hier?«, fragte ich gereizt.

»Ich hab auf dich gwartet. Um mit dir zu reden. Aber dann hat sich ja der Thorsten vor die Tür gesetzt und ich konnt net naus.«

Sie streckte eine Hand nach mir aus.

»Reden? Über was denn?«

»Über den Thorsten.« Sie setzte sich energisch auf. Die Decke rutschte nach unten und gab ihre Brüste frei. Für diese Unterredung hatte sie ein ganz besonderes Outfit ausgewählt: Sie trug nichts.

»Der hat bei meine Kleider, überall da, wo Haut zu sehen isch, Flicka hingnäht. I seh aus wie a Lumpensammlerin. Des halt i nemme aus.«

Thorstens Bekehrungswahn kannte offensichtlich keine Grenzen.

»Ich rede mit ihm«, seufzte ich.

Sie schürzte die Lippen zu einem Schmollmund, schlug die Decke zurück und augenblicklich war meine Verzweiflung verflogen und ein partielles Hochgefühl gewann die Oberhand.

»Komm, mir isch kalt«, hauchte sie.

Eigentlich war ich zu müde, um Magdalenas speziellem Aufwärmprogramm nachzukommen, zudem drohte nebenan Madame Geraldines Gaumensegel zu reißen, was die erotische Atmosphäre erheblich trübte.

Dennoch wehrte ich mich nur schwach, als ich neben der Tänzerin lag, die sich unter sanften Küssen langsam den Weg zu dem Körperteil vorarbeitete, das eindeutig verriet, dass meine Erschöpfung rein geistiger Natur war.

»Was ist, wenn wir Geraldine wecken?«, unternahm ich einen letzten zaghaften Versuch, das Unvermeidliche zu stoppen.

Magdalena sah kurz auf. »Koi Sorg. Die isch net alloi ins Bett gange. Die hat sich drei große Jägermeister mitgnomma.«

Und obwohl eigentlich ihr kalt war, sorgte sie dafür, dass mir ganz heiß wurde. Sich dagegen zu wehren, war zwecklos. Sie hatte eindeutig die besseren Argumente.

Am nächsten Morgen befand ich mich wieder inmitten meiner Nicht-Wirklichkeit des Marktes. Simon, der Kerzenzieher, und seine Frau Rheintun, die aufgrund ihres eigenwilligen Vornamens sicher eine bewegte Jugend hinter sich hatte, suchten mich auf. Ihr Leguan Eberhardt war seit Tagen verschwunden.

»Ihr, werter Seher, seid meine letzte Hoffnung. Vielleicht verrät Euer hellsichtiger Blick in die Kugel, in die Karten oder auch in die Fladen, an welchem Ort sich unser Freund aufhält. Oder ob er sich in einer ausweglosen Situation befindet, gar einer Gefahr ausgeliefert ist.«

Simon sandte seiner Frau einen eisigen Blick. Sie hielt den Kopf gesenkt und schwieg. Offenbar befand sich das Paar in einer Krisensituation. »Seit Tagen suchen wir unseren Gefährten, der uns so viel Freude bereitet. Wenn wir ihn nicht bald finden, könnte es schon bald um ihn geschehen sein. Die Kälte wird ihn richten.«

Rheintun starrte vor sich hin und schwieg.

Das Auffinden von Gegenständen war eigentlich eine Spezialität von Geraldine, aber wie jeden Morgen hatte sie sich aufgemacht, um den Tag international zu beginnen. Erst einen Irish Coffee, dann eine kurze Unterredung mit Fernet-Branca und im Anschluss eine schöne Kanne Tee mit Jamaica-Rum, »Nur um den ätzenden Kräutergeschmack aus dem Mund zu spülen«, wie meine Lehrherrin versicherte.

Ich hatte keine Erfahrung mit dem Aufspüren von Sachen oder Tieren, und auch das Pendel, das Geraldine in diesen Situationen einsetzte, konnte mir kaum weiterhelfen. Ich vertraute auf meinen detektivischen Spürsinn und meine Menschenkenntnis.

»Wann und wo habt Ihr denn Eberhardt zuletzt gesehen?«

»Wer? Ich? Oder wir?«

»Ihr.«

»Es war vor drei Tagen an unserem Stand. Unsereins, also wenn ich von meiner Person so sprechen darf, befand sich in einer misslichen Lage. Offensichtlich haben wir uns, also ich, meinen Eingeweiden mit dem Genuss des Kastanienauflaufs mit Weinblattsalat zu viel zugemutet, so dass der Lokus der Ort war, an dem ich mich an diesem Nachmittage bevorzugt aufhielt.«

Er verzog ein wenig den Mund, als stoße ihm die Erinnerung an den besagten Tag sauer auf. Rheintun wippte auf ihrem Stuhl vor und zurück und betrachtete den abgeplatzten schwarzen Lack auf ihren Fingernägeln.

»Ich übergab Eberhardt dieser unglückseligen Kreat…, … äh …, meinem Weibe und er nutzte wohl einen Moment ihrer Unaufmerksamkeit, als sich Reisende für unsere Waren interessierten, zur Flucht. So war es doch, nicht wahr?«

Die letzten Worte klangen scharf. Er schubste seine Frau, die kraftlos hin- und herbaumelte, um sie zu einer Antwort zu bewegen. Sie nickte und starrte weiter zu Boden.

»War es so?«, hakte ich nach. Ich hätte zu gern ihre Augen gesehen. Waren es nur Schuldgefühle, die sie plagten, oder war da noch mehr?

Sie presste die Lippen aufeinander und gab einen Schluchzlaut von sich.

»Nun, weit kann er ja nicht gekommen sein, Euer Eberhardt. Vielleicht hat er den Turm der hiesigen Kirche erklommen und sich dort in einen Wasserspeier verliebt.«

Ich grinste, aber Albernheit ist eine Eigenschaft, die nur schlecht zu einem Wahrsagergewand passt. Und zum Lachen war den beiden nicht zumute.

»Wir sind nicht gekommen, um uns von Ihm verhöhnen zu lassen«, erwiderte Simon schroff. »Er soll seine Kunst in unsere Dienste stellen. Wenn Er sie denn überhaupt besitzt.«

Das Gesicht des Kerzenziehers nahm die Farbe von Kinderpunsch an, der auf dem Weg war, zum Heidelbeerwein zu reifen. Eine Ader an der Schläfe schwoll zu einem pulsierenden Gewürm. Hier war Achtung geboten: Der Typ brachte es fertig, in meinem Wohnwagen vor Wut zu platzen. Dennoch: Zweifel waren in meiner Wirkungsstätte nicht erlaubt.

»Wenn Er meine Fähigkeiten in Abrede stellt, dann kann Er auch gehen«, konterte ich.

Rheintun richtete sich kurz auf, schenkte ihrem Mann einen verstohlenen Blick, als erwarte sie, dass er das Zeichen zum Aufbruch gab, und fiel dann wieder in sich zusammen, als es ausblieb.

Simon räusperte sich. »So war es nicht gemeint. Selbstverständlich vertrauen wir Seiner Gabe. Wenn Er uns nur Eberhardt wiederbringt. Er fehlt uns so.«

Er rieb sich eine Träne aus dem Auge, während Rheintun einen abfälligen Zischlaut von sich gab und die Arme vor der Brust verschränkte.

Bei den beiden waren keine seherischen Fähigkeiten erforderlich. Die Ausprägung der Zuneigung zu dem Reptil konnte nicht unterschiedlicher sein. Er war in den Leguan vernarrt, sie nicht.

Hier konnte nur die Psychologie der beschworenen Geister helfen. Und genau die wollte ich mir zu Nutze machen. Schließlich war ich lange genug bei Madame Geraldine in die Lehre gegangen.

»Gut«, sagte ich zu dem Paar. »Ich muss einige Vorbereitungen treffen. Kommt in zwei Stunden wieder. Dann werden wir mit dem Geist Eberhardts Kontakt aufnehmen.«

Ich ließ die Kristallkugel zweimal blitzen, die beiden zuckten zusammen. Dass dieser billige Effekt kurze Schreckmomente auslöste, kannte ich ja schon zur Genüge. Die Panik, die Rheintun im Gesicht stand, musste jedoch andere Gründe haben.

Meine Therapie hieß Gläserrücken. Bei dieser okkulten Handlung teilen sich Geister zu einer gestellten Frage mit, indem sie ein Glas zu Buchstaben wandern lassen, die in einem Kreis ausgelegt sind. Daraus formen sich im besten Fall Worte. Die Tatsache, dass die Fragesteller jeweils einen Finger auf den Glasboden legen müssen, lässt den Verdacht der Manipulation aufkommen. Es ist jederzeit möglich, dass einer der Beteiligten die Antwort auf eine Frage erschiebt, obwohl dies natürlich niemand zugeben würde.

Für Rheintun und Simon war dies genau die richtige Methode, um etwas über den Aufenthalt ihres Haustiers zu erfahren. Ich lieh mir von Madame ein Tuch, das ich mir wie ein Pirat um den Kopf band, malte Buchstaben auf Karten, legte sie im Kreis auf dem Boden aus und stellte ein Glas in die Mitte. Kurz bevor der Kerzenzieher samt Gattin aufkreuzte, verhängte ich die Fenster mit Tüchern und dimmte das Licht. Die Seance konnte beginnen.

Simon war erstaunt, als er meinen Aufbau sah.

»Wie? Kein Blick in einen Fladen?«

Ich schüttelte den Kopf. »Nein, Geister teilen sich gewöhnlich nicht durch Mehlspeisen mit.«

Mit einer Geste wies ich die beiden an, sich zu setzen.

»Nehmt Platz, lasst uns keine Zeit verlieren.«

Rheintun raffte ihren Rock und sank mit deutlichem Unmut zu Boden, der Kerzenzieher tat es ihr gleich.

»Was wird das hier? So etwas wie Flaschendrehen?«, fragte sie, als sie das Glas entdeckte. »Ich küsse aber nicht mit Zunge.«

Ihr Kichern wurde von ihm rüde unterbrochen.

»Kann Sie nicht einmal ihr vorlautes Maul halten? Sie hat doch schon genug Unheil angerichtet.«

Aha, die beiden waren in einer wunderbaren Stimmung für das, was ich vorhatte. Ich breitete die Arme aus, hob meinen

Kopf mit geschlossenen Augen zur Decke und gab übersinnliche Laute von mir.

»Ich rufe den Geist Eberhardts, den Gefährten des Kerzenziehers Simon und seiner Frau Rheintun. Ich bitte dich, sprich über das Glas zu uns.« Meine Stimme klang ein bisschen zu weihevoll, aber an Pathos wollte ich nicht sparen. Meine beiden Seanceteilnehmer blieben skeptisch.

»Eberhardt, ich rufe dich. Wenn du hier bist, gib uns ein Zeichen.«

Es dauerte einige Sekunden, dann begann das Licht zu flackern. Wie gut, dass ich noch nicht dazu gekommen war, den Lichtschalter auszuwechseln. Der Effekt, den der Wackelkontakt auslöste, war mit Geld nicht zu bezahlen. Simon und Rheintun erstarrten und sahen sich nervös um.

»Er ist bei uns«, flüsterte ich. »Legt euren rechten Zeigefinger auf das Glas, damit er Kontakt aufnehmen kann.«

Die beiden folgten meinen Anweisungen und berührten mit den Fingerspitzen den Glasboden. Als ich hinzukam, wanderte es in einem heftigen Ausschlag nach rechts.

Als hätten sie einen Stromstoß bekommen, hoben Rheintun und Simon ihre Hände in die Höhe und starrten mich mit offenem Mund an.

»Eberhardt ist sehr erregt«, murmelte ich und gab ihnen ein Zeichen, dass sie das Glas wieder berühren sollten. »Wir müssen herausfinden, warum.«

Ich wartete, bis alle wieder die Ausgangsposition eingenommen hatten, und fuhr fort: »Eberhardt, erkennst du die hier anwesenden Personen?«

Das Glas wackelte, dann schob es sich langsam auf das »J«, dann auf das »A« zu.

»Gut. Kannst du sie benennen?«

Fassungslos verfolgten meine beiden Gäste die Reise des Behälters.

S – E – H – E – R

»Der Seher, ja, das bin ich. Wer ist noch im Raum?«

H – E – R – R

»Ja, dein Herr ist hier. Wer noch?«

Das Glas blieb stehen.

»Eberhardt. Es gibt noch eine dritte Person im Raum. Erkennst du sie?«

Langsam bewegte es sich auf das »S« zu und wanderte weiter. Eigentlich wollte ich Rheintun mit der Derbheit »Sau« aus der Fassung bringen, besann mich dann jedoch eines Besseren und drehte nach dem »A« ab.

C – H – L – A – N – G – E

Die Frau des Kerzenziehers zuckte zusammen, ihr Brustkorb hob und senkte sich schnell. Simon kratzte sich am Kinn.

»Sachlange? Was meint er damit? Ah, ich weiß: Sachlage soll das wohl heißen. Weil sie so schwierig ist.«

Ich gab ihm ein Zeichen, er verstummte.

»Schlange, Eberhardt? Du meinst, hier ist eine Schlange. Aber ich kann gar keine sehen. Ich sage dir, wer da ist. Deine Herrin …«

Weiter kam ich nicht, denn das Glas kreiselte wie wild herum, war fast nicht zu halten. Es flitzte von links nach rechts, von oben nach unten, drohte gar zu kippen, bis es sich endlich wieder auf die Buchstaben zubewegte.

H – U –

Nein, Hure wäre zu hart.

Y – A - E

Wie schrieb man denn Hyäne? Und kamen in einem natürlichen Lebensraum eines Leguans wirklich Hyänen vor? Oder zumindest in seinem Wortschatz?

Die Irrfahrt endete bei den Anlaufpunkten A – S - S.

»Huyaeass. Was bedeutet das? Hat er den Verstand verloren?«

Simon sah mich verzweifelt an.

»Ich vermute, das soll Hass bedeuten.«

Rheintun erbleichte, während Simon seinen freien Finger an die Lippen legte. »Warum schreibt er das denn nicht?«

»Ich spüre, dass er sehr aufgeregt ist. Wir fragen nach. Hass, Eberhardt? Meinst du damit, dass deine Herrin dich hasst?«

Wieder vollführte das Glas einen wilden Tanz.

E – I – E – R – S – U – C – H- T

Mist, »F« vergessen.

»Eiersucht? Ja, das isses. Er ist weggelaufen, um Eier zu suchen. Die mag er doch so gern.«

Simon strahlte. Er begriff aber auch wirklich gar nichts.

»Nein, nein, er meint Eifersucht. Ist es das, Eberhardt? Bist du eifersüchtig auf die Herrin? Das musst du nicht. Dein Herr liebt euch beide, ihr seid beide das Wichtigste …«

»Dieses Mistvieh, Drecksechse. Nicht einmal jetzt habe ich Ruhe vor ihr.«

Rheintun schoss in die Höhe und trat nach dem Glas und den Buchstaben. Simon starrte sie an und erinnerte an einen kleinen Jungen, dem die Mutter die Bauklötze entrissen hat.

»Glotz nicht so bescheuert, die Echse hat Recht. Ich hasse sie. Weil sie dir wichtiger ist als ich. Weil du mich nicht mehr ansiehst, seit sie bei uns ist.«

Die junge Frau verbarg ihr Gesicht in den Händen und schluchzte.

»Aber Rheini, du wolltest doch auch ein Haustier.«

Sie ließ die Arme sinken und ballte die Fäuste. Mit vor Wut bebenden Lippen blickte sie auf ihren Gatten herab.

»Ja, einen Hund. Oder eine Katze. Von mir aus auch einen Hamster. Einen Goldfisch. Aber doch nicht so ein hässliches Teil, das einem Alpträume beschert. Für das man Heuschrecken, Spinnen, Würmer und andere eklige Dinge kaufen muss, weil es zu den Lieblingsspeisen des kleinen Bastards gehört.«

Nun stand auch Simon auf. »Bastard? Du nennst meinen Eberhardt Bastard? Du bist herzlos.«

Ein heimtückisches Grinsen stahl sich in ihr Gesicht. Sie fauchte ihn an, fletschte die Zähne und ging auf ihren Mann zu. Da hatte ich wohl ein paar Geister zu viel beschworen. »Es hat sich ausgeeberhardtet, mein Lieber«, zischte sie. »Dein Eberhardt ist Vergangenheit.«

Simon jaulte und wollte sich auf sie stürzen. Ich warf mich zwischen die beiden.

»Was hast du mit ihm gemacht? Du widerliche, alte Hexe!«, kreischte der Kerzenzieher und versuchte, seine Hände an den Hals seiner Gefährtin zu bekommen.

Ich hatte Mühe, den tobenden Ex-Echsenbesitzer in Zaum zu halten, Rheintun dagegen schien ihren Siegeszug auskosten zu wollen. Sie lugte keck hinter meinem Rücken hervor und drehte den heißen Draht des Triumphs in Simons Wunde.

»Ich habe mit Eberhardt überhaupt nichts gemacht. Aber frag doch mal den Taschenmacher, was er mit, nein besser, was er AUS Eberhardt gemacht hat.«

Sie lachte so widerwärtig, dass es mir fast den Magen umdrehte.

»Du miese …, ekelhafte …, an Bosheit nicht zu übertreffende … iiihhh …«

Es hätte mich schon interessiert, was da noch gefolgt wäre, doch weiter kam Simon nicht. Er sank zu Boden, versuchte an dem Tisch, auf dem die Wahrsagerkugel stand, Halt zu finden, riss ihn um, krachte mit dem Kopf gegen ein Regal mit den Küchenutensilien und wurde von meiner Flädlepfanne hart an der Stirn getroffen.

Regungslos lag er da, die Lippen zu einem stillen Schrei geformt, die Augen geschlossen. Einen Moment lang dachte ich, dass es um ihn geschehen sei. Tot durch Geisterbeschwörung, das hatte vor mir sicher noch keiner geschafft. Dann löste ich mich aus meiner Erstarrung.

»Den Bader, hol den Bader«, herrschte ich Rheintun an. »Die Kräuterfrau. Ach was, hol einen richtigen Arzt.«

Ich beugte mich über den Ohnmächtigen, öffnete ihm Jacke und Hemd und drückte mein Ohr an seine Brust. Sein Herz schlug, ich atmete auf. Rheintun rührte sich zunächst nicht. Wie unbeteiligt stand sie da, dann ging sie neben dem Körper ihres Mannes auf die Knie und berührte zärtlich seine Wange. »Simon, Schatz. Das mit dem Taschenmacher war ein Scherz. Eberhardt lebt.«

Sie nahm Simons rechte Hand und küsste sie und als sie leise weitersprach, zitterte ihre Stimme. »Ich war nur so wütend, so verletzt. Ich wollte ihm doch nichts tun. Nur los sein wollte ich das elendige Vieh.«

Sie legte sich neben Simon, schmiegte sich ganz eng an ihn und es war zu spüren, dass sie sich nach dieser Nähe gesehnt hatte.

»Und wie bist du Eberhardt losgeworden?«, fragte ich.

»Ich habe den Zoo in Stuttgart angerufen, ob Interesse an einem Leguan bestünde. Die Leute dort waren begeistert und erklärten sich sofort bereit, ihn abzuholen.«

Sie lächelte, zum ersten Mal, seit ich ihr begegnet war. »Sie haben mir zugesichert, dass es ihm gutgehen wird. Und als es Simon so schlecht war und er mehr Zeit auf der Toilette als am Stand verbrachte, war die Gelegenheit zur Übergabe günstig.«

Sie richtete sich auf und sah mich an. Ihre Miene verdüsterte sich.

»Ich will doch nur, dass er mich wieder mehr beachtet. Dass wir wieder ein gemeinsames Leben haben. Dass wir mehr Zeit miteinander verbringen. Und das nicht beim Durchsuchen von dunklen Ecken nach Lebendfutter für Eberhardt. Da gibt es sicher noch etwas anderes.«

Simons Lider flackerten, er schlug die Augen auf.

»Simon. Liebling. Da bist du ja wieder.«

Rheintun schlang ihre Arme um seinen Hals, beugte sich über ihn und küsste ihn auf den Mund.

»Eberhardt?«, murmelte Simon und blinzelte.

Oha, da hatte ihn die Pfanne wohl kräftiger getroffen, als es zunächst ausgesehen hatte.

Rheintun lächelte und streichelte seine Wange: »Eberhardt geht es gut, Schatz. Er hat jetzt ein besseres Zuhause, glaub mir.«

Sie half ihrem Mann dabei, sich aufzurichten, der mit roboterartigen Bewegungen den Kopf drehte und um Orientierung rang.

»Wo bin ich? Wer ist diese alte Frau?«, sagte er und deutete auf mich. Ich riss mir das Tuch vom Kopf, um ihm die Erinnerung an mich zu erleichtern. Am Ende hielt er mich noch für seine Mutter.

In Zeitlupe versuchte Simon auf die Beine zu kommen, Rheintun und ich gaben ihm Halt. Als er sich wieder in der Vertikalen befand, legte sie seinen Arm um ihre Schulter und wuchtete ihn zum Ausgang meines Wagens. »Wir gehen jetzt nach Hause. Da mache ich dir eine heiße Brühe und einen schönen Tee. Eine Schafgarben-Melissen-Hopfenmischung. Das ist gut gegen Verstimmungen.«

Sie sprach mit ihm wie mit einem Kind, das vom Klettergerüst gefallen war. Und so bewegte sich Simon auch.

Ich öffnete ihnen die Tür, ließ sie passieren und unterstützte Rheintun dabei, ihren Gatten die Stufen hinunterzumanövrieren.

Sie nickte mir zu: »Danke. Für alles. Das Geld bringe ich morgen.«

Ich winkte ab. »Schon gut. Vergesst das mit dem Geld. Ihr könnt mir ja ein paar Kerzen bringen. Wenn es Simon bessergeht.«

Ich sah ihnen nach, wie sie sich langsam über den Platz schleppten, und fühlte mich, als hätte ich eine große Heldentat vollbracht. Die beiden konnten es schaffen, wieder zueinander zu finden. Gesetzt den Fall, dass Simon wieder richtig zu sich kam. Und auch gesetzt den Fall, dass er Eberhardt dort beließ, wo er sich nun befand, und keinen Ersatz für ihn anschaffte.

Ich drehte mich um und blickte einer jungen Frau, die einen Notizblock und einen Stift in den Händen hielt, direkt in die Augen. Blond, groß, schnippischer Zug um den Mund. Ich war mir sicher, dass ich sie schon einmal gesehen hatte.

»Nicole Schmider vom *Tagblatt*«, stellte sie sich vor. »Ich mache gerade einen Bericht über diesen Markt. Darf ich Ihnen ein paar Fragen stellen?«

Mein Gefühl der Zufriedenheit wich und wurde von einem Kribbeln in der Magengegend ersetzt. Es waren nicht etwa Schmetterlinge, diese Liebeskünder, die da in meinen Eingeweiden herumflatterten, sondern Fledermäuse. Dunkle Boten einer Bedrohung meines Seelenheils. Ein schemenhaftes Bild formierte sich vor meinem inneren Auge. Blinkende Teufelshörner, eine Horde betrunkener Frauen, süßlicher Schnaps, der Wasen. Die Journalistin, die mir gegenüberstand, war die Zweiflerin gewesen, die mit ihren Freundinnen Junggesellinnenabschied gefeiert und sich dagegen ausgesprochen hatte, mich mitzunehmen.

Sie legte den Kopf schief und kniff die Augen zusammen. Hatte sie mich auch erkannt?

»Fragen? Was für Fragen denn?«, erkundigte ich mich vorsichtig mit verstellter Stimme. Sie musterte mich ohne Regung und meine Nervosität wuchs.

»Na ja, zum Beispiel, wer die beiden waren, die eben Ihren Wagen verlassen haben. Was sie von Ihnen wissen wollten. Und ob Sie ihnen Antworten auf ihre Fragen geben konnten.«

Sie deutete mit einer Hand Apostroph-Zeichen an, in die sie das Wörtchen »Antworten« gesetzt hatte.

Gut, sie erinnerte sich nicht an mich. Schlecht, dass sie offenbar durch und durch misstrauisch war.

Ich richtete mich auf, lächelte schief und strotzte geradezu vor Selbstbewusstsein, als ich ihr antwortete: »Sie werden es nicht glauben, aber ich habe soeben eine Ehe gerettet.«

Rettung

»Hagen! Gunter! Wie schön euch zu sehen. Wo ist denn Siegfried? Ach ja, da unten. Grüß dich.«

Die Lage ist mehr als ernst, Arndts Versuch, sich mit einem Scherz auf Kosten anderer zu profilieren, kann nur als eine Geste der Unsicherheit gewertet werden. Vielleicht versucht er auch, sich von dem Schmerz abzulenken, der ihm von Hagen zugefügt wird. Dessen Pranke hält sein Schlüsselbein im festen Griff und es wirkt so, als wolle er es dem Hellseher gern bei lebendigem Leib herausreißen.

Sein kleinwüchsiger Bruder hat sich breitbeinig vor den beiden aufgebaut, hält eine Schriftrolle vor sich, räuspert sich kurz und beginnt mit der Verlesung.

»Arndt Peterson. Ihr habt euch als Erasmus der Seher in unsere Gemeinschaft geschlichen, habt unser Vertrauen missbraucht und unsere Zuneigung ausgenützt. Ihr habt uns belogen, betrogen und durch eigenwilliges Handeln die Gemeinschaft in Gefahr gebracht. Im Namen des Marktrates nehmen wir Ihn fest, um über Sein weiteres Schicksal zu richten. Legt ihn in Ketten.«

Gunter zieht einen grobgliedrigen Eisenstrang vom Gürtel, umschlingt Arndts Körper mit einer raschen Bewegung und zieht zu. Der Seher schreit auf, Schmerz durchzuckt seinen Körper, dunkle Sterne tanzen vor seinen Augen. Die Gebrüder Grothe scheinen in diesem Moment nicht nur als Exekutivkommando der Marktgemeinschaft unterwegs zu sein, es sieht ganz danach aus, als wollten sie die Gunst des Augenblicks dazu nutzen, eine persönliche Rechnung zu begleichen. Gunter zieht die Kette fest, Hagen verstärkt den Griff um das Schlüsselbein, Siegfried boxt ihn in den Magen.

Arndt krümmt sich zusammen, schnappt nach Luft und kämpft mit einem Würgereiz. Speichel läuft ihm aus dem Mund, er stöhnt und ächzt und hat so gar keine Eigenschaft mehr, die einem Helden zugeschrieben werden könnte.

»W-w-was soll d-d-das?«, bringt er mühsam hervor. »S-s-seid ihr nicht ganz dicht?«

Siegfried grinst gefährlich. »Du glaubst gar nicht, wie lange ich schon auf diesen Moment warte, du Sohn einer räudigen Hündin.« Er setzt zu einem neuen Hieb an, trifft die Kette, schreit auf und hält sich die verstauchte Hand.

»Was habt Ihr, Bruder? Seid Ihr verletzt?« Gunter, um das Wohl Siegfrieds besorgt, löst die Spannung der Fessel und auch Hagen lockert den Griff. Mit der Geschmeidigkeit einer Raubkatze entwindet sich Arndt aus den Fängen seiner Häscher, zieht den Ellenbogen hoch, trifft Hagen am Kinn, stößt Siegfried zur Seite und hechtet davon. Vor ihm der Schein der brennenden Hütten, hinter ihm das Wutgebrüll der Gebrüder, schwere Schritte, die ihm folgen, links die graue Fassade eines Geldinstituts. Rechts die rettende Gasse.

Lieber Gott, lass es keine Sackgasse sein, denkt Arndt und rennt atemlos auf die Mauer zu, die ihm unüberwindlich die Flucht versperrt. Verzweifelt verlangsamt er den Schritt, hört das schwere Schnaufen, das Kettengerassel seiner Verfolger hinter sich und ahnt, dass ihn nur noch ein Wunder aus dieser Situation befreien kann.

Verwunderung

»Sie lesen die Zukunft aus Pfannkuchen?«

Die Journalistin, die sich als Nicole Schmider vorgestellt hatte, zog die Augenbrauen so hoch, dass sie sich fast mit dem Haaransatz verbanden.

»Ja, warum denn nicht? Das Schicksal offenbart sich einem Seher überall. In Spielkarten, im Kaffeesatz, in den Figuren, die beim Bleigießen entstehen. Selbst ein Flädle kann zum Orakel werden.«

Sie lächelte spöttisch und machte sich Notizen.

»Wahrsagen hat Tradition. Denken Sie nur an die vielen Prophezeiungen in der Bibel. Denken Sie an Nostradamus, an Hanussen …«

Sie blickte von ihrem Schreibblock auf. »Wenn Sie mich fragen, war Hanussen nicht mehr als ein Betrüger, der sich auf Effekthascherei verstand, aber ganz bestimmt nicht in der Wahrsagerei. Ich habe zufällig seine Biografie gelesen.«

Misstrauisch und bestens informiert. Das war eine gefährliche Mischung. Ihr konnte ich nichts vormachen, das stand fest. Also versuchte ich ein Ausweichmanöver. »Über Hanussen gehen die Meinungen auseinander, das ist wahr. Aber sehen Sie es mal so: Er und alle anderen Berühmtheiten unserer Branche haben den Menschen Leitbilder an die Hand gegeben, auf die sie reagieren konnten. Sie teilten ihnen ihre Visionen mit. Was die Menschen daraus machten, blieb ihre Entscheidung. Und so ist es auch heute.«

»Das ist ganz schön vage, wenn Sie mich fragen.«

»Nein, eigentlich nicht. Sehen Sie: Wenn eine junge Frau fragt, ob sie bald den Partner fürs Leben kennen lernt und ich sehe in den Karten, dass da ein männliches Wesen in ihrem persönlichen Umfeld liegt, dann ist es natürlich ihre Aufgabe, die Augen offenzuhalten. Damit sie ihn erkennt, wenn es so weit ist. Den Namen und die Anschrift kann ich ihr nicht nennen.«

Ich lief langsam zu großer Form auf. Die Journalistin schrieb, ohne eine Regung zu zeigen.

»Wenn sie sich in ihrer Wohnung verkriecht, sich in sackartigen Gewändern versteckt und darauf wartet, dass der Traumprinz an ihrer Wohnungstür klingelt, dann kann die Voraussage natürlich nicht eintreten. Aber wenn sie rausgeht, ihrer Umwelt offen gegenübertritt, sich zurechtmacht, dann wird sie den Mann ihrer Träume über kurz oder lang treffen.«

Ihr Stift huschte über den Block, es wirkte fast so, als würde er das Papier gar nicht berühren, sondern Luftzeichen malen. Es war ihr jedoch anzusehen, dass sie das alles für Humbug hielt. Während sie schrieb, blickte ich über ihre Schulter hinweg und entdeckte Thorsten, der einen heftigen Disput mit dem Betreiber des Sonnenuhren-Standes ausfocht. Ich winkte und rief ihn zu mir. Wenn einer meine Fähigkeiten bestätigen konnte, dann war er das, und vielleicht konnte dies die Zweifel meiner Interviewerin besänftigen.

Thorsten unterbrach seinen Streit und kam vor sich hinmaulend zu uns herüber. »Ha, so ein Siach, so ein bleder. Der hot ja gar koi Ahnung.«

»Was war denn?«, erkundigte ich mich.

»Ha, die Sonnenuhra, die der verkauft, gehet alle falsch. Weil die net auf Winterzeit umgstellt sind.«

Typisch Thorsten. Er mischte sich wieder in Dinge ein, die ihn wirklich nichts angingen.

»Normalerweise müsste es Sonnenuhra mit Sommerzeit und welche mit Winterzeit geba. Aber des sieht der Grasdackel net ei. Da kennt i mi uffrega.«

Um ihn zu beruhigen, legte ich ihm eine Hand auf die Schulter und stellte ihm meine Gesprächspartnerin vor. »Das ist Nicole Schmider vom *Tagblatt*. Und ich habe den Eindruck, sie glaubt nicht so recht an meine seherischen Fähigkeiten. Was meinst du denn dazu?«

Thorstens Gesichtszüge entspannten sich, in seinen Augen blitzte es, er holte tief Luft: »Awa, der Mann isch eine Sensation. Schreibat Se des!« Er pochte mit einem Finger auf den Block der Journalistin.

Atemlos erzählte er von den Vorhersagen, die sein Leben so nachhaltig verändert hatten. Als er bei der Liebesgeschichte mit Magdalena ankam, stutzte er einen Moment. »Na ja, was die Liebe angeht: Da lauft's im Moment net so guat.«

Nicole setzte ihren Stift ab. »Ah, das ist ja interessant. Das hat Herr Erasmus wohl nicht vorhergesehen.«

Aus ihrem Mund klang »Herr Erasmus« wie »Spacken« und löste bei mir ein frühkindliches Trotzschema aus. Ein Beweis musste her.

»Schauen wir doch mal nach, was in deiner Beziehung nicht stimmt«, flötete ich und zog die Karten aus der Tasche. Ich ließ die Hände über das ausgelegte Bild kreisen, gab Summgeräusche von mir. Wenn ich mich recht entsinne, war es die Melodie des Andachtsjodlers.

»Aha, da liegt sehr viel Pik um deine Herz-Dame, Thorsten. Das sieht nach Einschränkung aus. Offensichtlich wird sie bedrängt oder in ihrer Freiheit eingeschränkt.«

Thorsten wurde blass.

»Jemand will starken Einfluss auf ihr Leben nehmen und das lässt sie sich nicht gefallen. Hier. Pik-Acht. Das bedeutet Widerstand.«

Nicole, die schweigend der Zeremonie gefolgt war, beobachtete Thorstens Reaktion genau. Nervös spielte er mit den Enden des Gürtels seiner Kutte, den Blick zu Boden gerichtet.

»Und? Stimmt das?«, fragte die Reporterin.

Thorsten strich sich über das Kinn, verschränkte die Arme über der Brust, löste sie wieder, wies auf das Blatt, dann auf sich und war offensichtlich hoffnungslos überfordert.

»Was würdet Sie denn macha, wenn Ihre Freundin die ganze Zeit halbnackt rumlauft. Mit solche Schlitz im Kleid und an Ausschnitt, bei dem man von oba die Farbe ihrer Socka erkenna kann. Wenn sie welche anhätt«, sprudelte es aus ihm heraus.

»Sie ist Tänzerin, müssen Sie wissen«, fügte ich erklärend hinzu.

»Ja freilich isch sie Tänzerin. Aber im Mittelalter hat's solche Kleider no net gebba. Da hätt mr sie für a … für a Käufliche ghalta.«

»Vielleicht können Sie die Schlitze und die Dekolletés zunähen.«

Nicole lächelte, Thorsten nickte.

»Und genau des hab ich gemacht.«

Ich wies auf das Blatt, das vor uns lag: »Und sie wehrt sich dagegen. Pik-Acht an der Herz-Dame. Wie ich es gesagt habe.«

»Und jetzt?« Thorsten trug wieder seine Weltuntergangsmiene.

»Das würde mich auch interessieren«, schaltete sich die Reporterin ein. Sie schien sich prächtig zu amüsieren, meine kleine Inszenierung hatte sie offenbar wenig beeindruckt. Dennoch war ihre Skepsis nicht mehr so deutlich zu spüren. Vielleicht hatte ich doch noch die Chance auf einen wohlwollenden Artikel.

»Hier. Pik-Ass und Pik-Herz. Das ist eine gute Konstellation, die nach Versöhnung aussieht. Wenn die Vertrauensbasis wiederhergestellt ist.« Ich beugte mich an Thorstens Ohr. »Und soviel ich weiß, haben Hannes und Maurizio neue Ware bekommen. Da sind schicke Sachen dabei«, flüsterte ich ihm zu.

»Du bisch der Größte«, sagte Thorsten, nickte Nicole zum Abschied zu, drehte sich um und überquerte den Platz mit raschen Schritten.

»Na, da hat es einer aber sehr eilig, die Vertrauensbasis wiederherzustellen«, kommentierte die Reporterin seinen Abgang. »Was haben Sie ihm denn gesagt?«

»Investiere in das richtige Geschenk und das Auspacken wird eine Freude sein.«

Nicole schmunzelte. »Seher und Philosoph in einer Person, das ist ja interessant.«

Ich nahm ihre Hand. »In mir wohnen noch sehr viel mehr Persönlichkeiten. Ich stelle Sie Ihnen gerne vor. Wie wäre es mit heute Abend?«

Sie lachte und entblößte dabei die perfekteste Zahnreihe, die ich jemals gesehen hatte. »Ich glaube, für den Anfang reicht mir ein schräger Typ. Außerdem habe ich noch einen Termin. Spritzeneinweihung bei der Feuerwehr. Wichtig, wichtig. Der Landrat kommt auch.«

Sie verdrehte die Augen und hob die Schultern. »Die meisten großen Biografien beginnen mit kleinen Geschichten, nicht wahr? Meine Zeit wird kommen. Heute die Spritzeneinweihung, morgen das Benefizspiel der Spielvereinigung Trollingen gegen die Stuttgarter Kickers zugunsten reblausbetroffener Winzer und übermorgen ein aufreibender Artikel über die zunehmende Verballermannisierung der Gesellschaft und deren Einfluss auf Wirtschaft und Kultur.«

»Geben Sie mir Ihre Hand«, unterbrach ich sie.

»Wie bitte?«

»Ich möchte aus Ihrer Hand lesen. Keine Angst, Sie bekommen sie wieder.«

Ich hielt ihr meine Hand hin und sie legte nach einigem Zögern ihre hinein. Sie war aufgeregt, das spürte ich. Ein Musiker der *Leisen Lauten* hatte sich hinter uns gestellt und ließ einige Akkorde erklingen, die verdächtig nach »All you need is love« von den Beatles klangen.

»Sehet nur, da wird ein Weib gefreit. Kommet und huldigt Erasmus dem Seher. Bald schon wird die Hochzeit sein«, rief er und prompt blieben einige Besucher des Mittelaltermarktes stehen, da sie auf eine Showeinlage hofften. Warum nicht? Schließlich waren sie aus diesem Grund gekommen. Ich schlüpfte also in meine Rolle.

»Beende Er sofort Sein Geplärr. Wie soll Er sich konzentrieren, wenn Sein schauriges Spiel ertönt? Die Zukunft dieser edlen Maid hängt davon ab, was der Seher ihr zu sagen hat.«

Nicole errötete. Sie hätte gern die Hand zurückgezogen, doch ich hielt sie fest. Es war eine perfekte Gelegenheit, mein Halbwissen, das ich aus dem Fachbuch »Handlesen leicht gemacht« erworben hatte, anzubringen. Jupiterberg unter dem Zeigefinger und Saturnberg unter dem Ringfinger waren gut ausgeprägt. Das sprach für Wissbegierde, Gerechtigkeitssinn, Intelligenz und Besonnenheit. Eine kerzengerade Herzlinie wies auf einen distanzierten Menschen hin, die Kopflinie auf ein vom Verstand geprägtes Leben. »Ihre Schicksalslinie verzweigt sich im Bereich des Mondbergs. Hier, sehen Sie?« Ich fuhr mit einer Fingerkuppe zärtlich über ihre Handfläche und sah ihr dabei tief in die Augen. Der Lautenspieler intonierte »Love me tender« und tatsächlich hatte der Moment alles, was mein Herz hätte schneller schlagen lassen können. Wenn er nicht bei frostigen Temperaturen auf einem Marktplatz umringt von Schaulustigen stattgefunden hätte. Auch bei Nicole war eine Veränderung zu spüren. Ihre Hand lag locker in meiner, ihre Zurückhaltung wich. Da war kein ironisches Funkeln in ihrem Blick, nur Neugier, und die unausgesprochene Bitte, das Streicheln fortzuführen, es auszudehnen, auf andere Körperregionen zu übertragen. Zumindest interpretierte ich diesen Blick so.

»Und was heißt das?«, fragte sie tonlos und schluckte trocken.

Ich fuhr die Linie noch einmal nach. »Sie überlassen nichts dem Zufall, wollen alles kontrollieren. Dabei bleibt Ihre Offenheit, Ihre Flexibilität oft auf der Strecke. Und es gibt einen Punkt, an dem die Linie drastisch die Richtung ändert. Eine Veränderung, die Sie bereits hinter sich haben. Eine sehr, sehr große Veränderung.«

»Eine Hochzeit, ein Fest. Hebet die Gläser …«, rief der Lautenspieler.

»Halte Er sein vorlautes Maul«, unterbrach ich ihn.

Er stimmte den Song »Sound of silence« an.

»Was für eine Veränderung? Geht es vielleicht ein bisschen genauer?«

Aha, jetzt hatte ich sie an der Angel.

»Hm, da sich die Herzlinie auf gleicher Höhe verzweigt, würde ich sagen, da gab es oder gibt es einen Einschnitt in Liebesdingen.«

Sie entzog mir ihre Hand und blitzte mich wütend an. »Ach, hören Sie auf. Das ist doch alles Schwachsinn.«

Ihre heftige Reaktion ließ sich eigentlich nur in eine Richtung deuten. Sie hatte eben erst eine Enttäuschung in amourösen Dingen erlebt, die Verletzung war noch nicht verheilt.

»Bye bye love«, säuselte der Lautenspieler.

»Wenn Er Ihn noch länger nervt, dann kann Er sich Sein Instrument vom Bader aus der Rosette entfernen lassen«, herrschte ich ihn an.

Sein Spiel endete abrupt. Unsicher sah er in die Runde, verbeugte sich und schlurfte zu den Klängen von »Muss i denn zum Städtele hinaus« von dannen. Den Anflug von Romantik, der einen Bruchteil einer Sekunde zwischen Nicole und mir bestanden hatte, nahm er mit.

»Was isch denn jetzt mit der Hochzeit?«, fragte einer der Besucher.

»I glaub, sie isch no net so weit«, erwiderte eine Frauenstimme.

Ich griff nach Nicoles Hand, doch sie verbarg sie hinter ihrem Rücken.

»Kommen Sie, vielleicht habe ich mich auch getäuscht«, versuchte ich zu beschwichtigen. »Wenn sich Herz- und Schicksalslinie gleichzeitig verzweigen, kann dies auch für einen beruflichen Einschnitt sprechen. Vielleicht finden Sie schon bald eine neue Aufgabe, die Sie mit Herzblut füllen.«

Mein Kurswechsel kam zu spät, sie hatte wieder in ihren Kokon aus Ironie und Unnahbarkeit zurückgefunden und war gerade dabei, die Kapsel zu schließen.

»Ja, alles klar. Danke für das Gespräch. Ich muss los, damit es heute keinen vorzeitigen beruflichen Einschnitt gibt. Das passiert, wenn ich meinen Termin heute Abend verpasse. Dann reißt mir nämlich mein Chef den Kopf ab und da fließt ganz bestimmt kein Herzblut.« Sie lächelte gequält.

Sie streckte mir die Hand hin, zog sie jedoch nach einer kurzen Berührung zurück, wandte sich ab und ging. Mir war klar, dass es kein günstiger Zeitpunkt war, sie um ein Rendezvous zu bitten. Aber ich wollte auch nicht, dass sie mich einfach so stehen ließ. »Grüßen Sie den Landrat von mir und fragen Sie ihn doch mal, ob er schon weiß, wo die Mehrzweckhalle hingebaut wird. Wenn nicht: Ich hätte da einen Tipp für ihn …«

Dieses Thema war groß genug, es konnte an ihr als Lokaljournalistin nicht spurlos vorbeigerauscht sein, und wenn sie sich nur ein bisschen für die regionalen Gegebenheiten interessierte, musste sie auf diesen Einwand anspringen. Sie blieb stehen und drehte sich langsam um.

»Was denn für einen Tipp?«, fragte sie.

Sie hatte den Köder geschluckt. Und ich wäre ein schlechter Fischer gewesen, wenn ich mir diesen Fang entgehen ließ.

»Ich habe jetzt leider keine Zeit mehr. Die Flädle warten. Aber wenn Sie mit mir ausgehen, dann erzähle ich Ihnen mehr.«

Sie zögerte. In ihrem Gesicht tobte ein deutlich sichtbarer Kampf, ob sie sich auf meinen Vorschlag einlassen sollte oder nicht.

»Okay, morgen Abend«, sagte sie schließlich. »Sie können mich zu einer avantgardistischen Kunst-Performance begleiten, über die ich schreibe. Da müsste ich sonst allein hin.«

Der Besuch eines gemütlichen Lokals wäre mir bedeutend lieber gewesen. Schließlich bestand mein Alltag zu 99 Prozent aus avantgardistischen Kunst-Performances, ich hatte wenig Lust, auch meine knapp bemessene Freizeit damit auszufüllen. Noch bevor ich einen Einwand vorbringen konnte, verabschiedete sie sich mit den Worten: »Also, bis morgen, kurz vor acht am Theater.«

Ein Rendezvous, ich hatte ein Rendezvous! Ich versuchte mich zu erinnern, wann ich zuletzt mit einer Frau verabredet gewesen war. Die Dates mit Magdalena zählten nicht. Bei den Treffen mit ihr sprachen nur unsere Körper miteinander, der Geist hatte Pause. Bei Nicole war ich mehr gefordert, zumal ich ihr augenscheinlich so gar nichts bedeutete. Sie hatte sogar gegen mich Stimmung gemacht, als ich mich in einer Notlage befunden hatte, damals kurz nach meiner Ankunft in Stuttgart. Eigentlich war sie sogar dafür verantwortlich, dass ich mein Leben als Wahrsager verdingen musste. Wäre sie nicht gewesen, hätte ich mit Sicherheit bei ihrer Freundin Lissy übernachtet und zwar so lange, bis eine neue Idee in mir herangereift gewesen wäre. Je mehr ich darüber nachdachte, wuchs auch ein Stück Wut auf Nicole Schmider. Und gleichzeitig das Verlangen, ihr nah zu sein, um sie von mir zu überzeugen.

Mein Zorn wurde durch ihren schmeichelhaften Artikel über mich, der am nächsten Morgen im *Tagblatt* erschien, besänftigt.

Die Zukunft liegt in jedem Flädle

Wahrsager Erasmus und seine ganz spezielle Methode, in die Zukunft zu blicken

Von Nicole Schmider

»Das Schicksal offenbart sich einem Seher überall«, sagt Erasmus der Seher. »In Spielkarten, im Kaffeesatz, in den Figuren, die beim Bleigießen entstehen. Selbst ein Flädle kann zum Orakel werden.«

Er muss es wissen, denn er arbeitet als Wahrsager und gastiert zur Zeit auf dem Mittelaltermarkt in Trollingen. Mit großem Erfolg. »Der Mann ist eine Sensation«, bestätigt Kollege Thorsten, der die Dienste des geheimnisvollen jungen Mannes schon oft in Anspruch genommen hat. »Mein Leben hat sich durch seine Prophezeiungen total verändert.«

Ein von Ärzten festgestelltes Leiden erwies sich als Fehldiagnose, eine berufliche Neuorientierung brachte dem früheren Bauunternehmer Lebensmut zurück, positives Denken und die veränderte Ausstrahlung führten zu einer neuen Liebe.

Alles nur Schicksal? Nicht ganz. Denn auch Erasmus weiß um die psychologischen Effekte, die Prophezeiungen nach sich ziehen. »Alle Berühmtheiten unserer Branche haben den Menschen Leitbilder an die Hand gegeben, auf die sie reagieren konnten. Sie teilten ihnen ihre Visionen mit. Was die Ratsuchenden daraus machten, blieb ihre Entscheidung.«

Sind also Wahrsager im Grunde Psychologen, die ihre Botschaften unter einem esoterischen Deckmäntelchen an ihre Klienten bringen? Ist eine Sitzung mit einem Seher eine Art Kurztherapie mit hohem Unterhaltungsfaktor? Oder ist alles doch nur Hokuspokus? Wie dem auch sei: Erasmus versteht sich in all den Facetten, die seine Kunst ausmachen, auf das Beste. »Die Prophezeiung aus einem Pfannkuchen hat sich als Publikumsrenner erwiesen«, freut er sich. »Jedes Flädle ist anders, genau wie die Menschen, die zu mir kommen. Die Formen der unterschiedlichen Färbungen sagen viel aus über den Charakter der Personen und ihre Art, Entscheidungen zu treffen.«

Das Symbol des Kängurus weist demnach auf ein sprunghaftes Wesen hin, das sich nicht gern festlegt, der Amboss steht für Verlässlichkeit und hohe Leidensfähigkeit, der Tauchsieder ist Vorbote eines zu hohen Blutdrucks. »Manchmal sehe ich auch Landschaften, aus denen sich das Schicksal offenbart. Sylt, zum Beispiel, deutet auf einen Charakter hin, der zur Selbstdarstellung, wenn nicht gar zur Überschätzung neigt. Italien dagegen ist eine Warnung: Passen Sie auf Ihr Geld auf.«

Erasmus lacht und es bleibt ein Rest Unsicherheit bestehen, ob hier ein genialer Übersinnlicher am Werke ist oder einer, der seinen Spaß daran hat, andere auf den Arm zu nehmen. Wer dies herausfinden will, kann ihn in seinem Wohnwagen während der Marktzeit besuchen.

»Vielen Dank für den tollen Bericht. Er hat eingeschlagen wie eine Bombe«, sagte ich zu Nicole, als ich im Theater neben ihr saß. »Ich habe heute bestimmt fünfzig Schicksals-Pfannkuchen gebacken und drei Stunden geduscht, um den Geruch loszuwerden.«

Sie blätterte im Programmheft, ohne darin zu lesen, sah sich noch nicht einmal die Bilder richtig an. Sie wirkte abwesend und nervös.

»Nicole, ist alles in Ordnung?«

Sie warf mir einen flüchtigen Blick zu und lächelte schwach. »Oh ja, klar, alles in Ordnung. Ich war nur in Gedanken.«

»Soll ich sie lesen oder verraten Sie mir freiwillig, was Sie beschäftigt?«

Neben uns räusperte sich ein Herr, der zu seinem Platz wollte. Wir erhoben uns, ließen ihn passieren und setzten uns wieder. Kurz darauf erschien seine Frau und wir wiederholten die Prozedur. Das Ganze schien eine gymnastische Übung werden zu wollen.

»Es scheint ein Gesetz zu sein, dass Leute, die zuletzt kommen, immer in der Mitte sitzen«, maulte Nicole laut, so dass es die Spätankömmlinge hören mussten. »Oder vielleicht warten sie auch draußen, bis alle ihre Plätze eingenommen haben, um einen möglichst hohen Nervfaktor zu erzielen.«

Sie schien richtig wütend zu sein, wobei ich mir kaum vorstellen konnte, dass diese Lappalie der Grund dafür sein konnte.

Ihr Zorn stand ihr gut, er passte zu ihrem schwarzen Hosenanzug und den streng zurückgegelten Haaren, die im Nacken in einer nach außen gewölbten Welle ausliefen. Die Lippen hatte sie blutrot angemalt, die Augen mit einem breiten Kajalstrich betont. An den Ohren trug sie große Kreolen, die auch als Armreifen durchgegangen wären, an den Fingern blitzten silberne Ringe. Hätte sie noch eine Reitgerte in der Hand gehabt, dann wäre der Eindruck von der Domina kurz vor dem Blutrausch perfekt gewesen.

Ihre Laune trübte mein Wohlbefinden ein wenig. Ich genoss es sehr, endlich mal wieder in normaler Kleidung zu stecken, zudem war es ein gutes Gefühl, eine attraktive Frau an meiner Seite zu haben, die von anderen Herren regelrecht angegiert wurde.

»Was ist los? Hatten Sie heute Ärger im Büro?«

Sie blickte starr nach vorn und antwortete nicht.

Das Licht im Saal wurde gedimmt, sie zog Block und Bleistift aus der Tasche und schien erleichtert zu sein. Sie war um eine Antwort herumgekommen.

Lag mein letztes ernst zu nehmendes Rendezvous Jahre zurück, so mussten es bei einem Theaterbesuch Jahrzehnte sein. Hatte ich überhaupt schon jemals vor einer Bühne gesessen, auf der sich keine Frauen auszogen? Ich konnte mich nicht erinnern.

Entsprechend schwer fiel es mir, mich auf das Schauspiel zu konzentrieren, das sich vor mir darbot, und darin einen Sinn zu erkennen. Ein Darsteller, der außer einer Sonnenbrille, einer gelben Armbinde, auf die ein Hakenkreuz gezeichnet worden war, nur eine Boxershorts trug, kümmerte sich um eine Dame mit Rehmaske. Er fütterte und streichelte sie. Am anderen Ende der Bühne saß ein Paar mit über den Kopf gestülpten Papiertüten teilnahmslos an einem Tisch. Die Szene wurde von Zarah Leanders »Ich weiß, es wird einmal ein Wunder geschehen« begleitet. Zischen, Rauschen, von Gepolter und Geschrei flankiert, stürmten von links Wölfe heran, zerrten an dem blinden Mann, trugen ihn hinaus, rissen dem Paar die Papiertüten vom Kopf und begrapschten das Reh, ritten auf ihm. Von oben schwebten bunt gekleidete Menschen an Seilen herab, staksten wie Marionetten herum, besprühten die Wölfe und das Reh mit Farbe. Gelächter aus der Konserve, Stadionjubel quoll aus den Lautsprechern.

Ich sah zu Nicole, die sich Notizen machte.

»Wie heißt das Stück?«, fragte ich leise, auch auf die Gefahr hin, dass sie mich als Banause einstufte.

»Bambis Matrix reloaded«, flüsterte sie zurück, ohne den Blick von dem Spektakel auf der Bühne zu nehmen.

Ein Mensch im Arztkittel, mit großem Papierhut, auf dem »Dr. Best« stand, wurde auf einer riesigen Zahnbürste hereingetragen, warf Äpfel ins Publikum und brüllte: »Ruft mich an! Ruft mich an!«

Ich beugte mich ein wenig zu Nicole hinüber.

»Und um was geht es?«

Sie roch nach Moschus, ich sog den Duft tief in mich hinein. Ihre Nähe tat mir gut, doch ihr Blick verriet, dass ich mit dieser Frage drauf und dran war, mich ins Aus zu katapultieren.

»Das Stück regt den Diskurs um den Einfluss der Medien auf die Gesellschaft an.«

Sie sagte es so, dass der unausgesprochene Zusatz »Das sieht man doch« in mir nachklang. »Der Blinde verkörpert das Radio. Die Wölfe sind das Fernsehen, die den Hörfunk ablösen.«

Ich lehnte mich zurück und versuchte mich wieder auf die Inszenierung zu konzentrieren.

Inzwischen jagte das Reh in zackigen Bewegungen Seifenblasen hinterher. Die Projektion eines Fensters erschien am Bühnenhintergrund, es öffnete sich, Bambi sprang darauf zu und wurde im nächsten Moment von einem Sternenhimmel eingehüllt. Soldaten marschierten ein, beschossen das Reh mit bunten Bällen, ein Mensch im überdimensionalen Peniskostüm stürzte herein und schrie: »Gefällt mir! Gefällt mir!«

Das konnte ich nicht behaupten, einen größeren Schwachsinn hatte ich noch nie gesehen. Was mich erstaunte, war, dass kein Zuschauer unter lautem Protest den Saal verließ. Sie schienen sich prächtig zu amüsieren. Das Kichern meines Nebenmannes lenkte meine Aufmerksamkeit wieder auf die Performance.

Zappelnde Gestalten krochen wurmartig auf den Peniskopf zu, zückten Äxte und Messer und meuchelten ihn. Bambi räkelte sich im Kunstblut, das aus seinen Wunden floss, klatschte mit den Händen in die Lachen, so dass einige Zuschauer in der ersten Reihe bespritzt wurden. Die Damen und Herren wischten an sich herum und endlich wurde so etwas wie Unmut laut. Ich stieß Nicole an: »Die besten Plätze sind auch nicht mehr das, was sie einmal waren, was?«

Sie verdrehte die Augen. »Die Interaktion mit dem Publikum gehört dazu. Die Szene zeigt, wie nah das Internet auf das Leben der Menschen einwirkt.«

Sie schüttelte leicht den Kopf, als habe sie mir gerade erklärt, dass es unschicklich sei, sich am Gemächt zu kratzen. Ich sank tiefer in meinen Sitz und beschloss, keine weiteren Fragen zu stellen.

Endlich kam auch Bewegung in das Paar am Bühnenrand. Wie auf Kommando zogen sie beide ihre Smartphones aus der Tasche und fotografierten die Szene. Das Reh erhob sich, stürzte auf die beiden zu, entriss ihnen die Geräte und schleuderte sie zu Boden. Dunkelheit.

Einige Minuten lang geschah nichts, dann setzte donnernder Applaus ein. Die Zuschauer erhoben sich von den Plätzen, begeisterte »Bravo«-Rufe waren zu hören. Die Darsteller strömten auf die Bühne, um sich zu verbeugen.

Nicole zupfte mich am Ärmel. »Komm, wir gehen. Die Diskussion schenken wir uns.«

Wir schoben uns an den Begeisterten vorbei auf den Ausgang zu und ich wurde das Gefühl nicht los, etwas Grundlegendes nicht mitbekommen zu haben. Eines jedoch hatte ich registriert: Nicole hatte mich geduzt.

»Ein interessantes Stück«, eröffnete ich das Gespräch, nachdem wir in der kleinen Kneipe, die dem Theater gegenüberlag, Platz genommen hatten. Es war Nicoles Vorschlag gewesen, hierherzugehen, und ich muss sagen, nach meinem Outing als Laie hatte ich nicht mehr damit gerechnet, dass der Abend eine Fortsetzung fand.

»Intellektualisierte Kinderkacke war das«, erwiderte sie und nahm einen Schluck ihres Aperol Sprizz. »Völlig überdrehtes Kasperletheater. Ohne Story, ohne Botschaft und das alles lausig kaschiert hinter falschen Metaphern.«

Ich stutzte. Offensichtlich war meine Einschätzung des Gesehenen doch nicht so falsch gewesen. Nur hätte ich es nicht wie sie ausdrücken können.

»Aber den Leuten hat es gefallen. Vielleicht haben wir das Stück falsch verstanden«, gab ich zu bedenken.

Sie winkte ab. »Quatsch. Die haben das auch nicht kapiert. Aber das würde doch niemals jemand zugeben. Da könnte einen der Sitznachbar ja für einen Kretin halten. Nein, jubeln, wenn alle jubeln, das ist einfacher.«

»Und was wirst du drüber schreiben?«

»›Bambis Matrix reloaded‹ ist ein kühnes Stück, das dank seiner Flut an überzeugenden Bildern die kritische Komponente des Medieneinflusses auf die Gesellschaft unterstreicht«, sagte sie in nasalem Ton. »Na ja, oder so ähnlich.«

Ich nippte an meinen Weißwein. »Also hat dir das Stück gefallen?«

»Nein. Es war furchtbar.«

»Und warum sagst du das dann nicht?«

Sie fuhr mit dem Zeigefinger an der Außenseite ihres Glases entlang.

»Weil es nicht darum geht, wie es mir gefallen hat. Ich schreibe nicht für den Kulturteil der Süddeutschen Zeitung, sondern für ein Lokalblatt. Auf der Bühne stand nicht die Crème de la Crème der deutschen Theaterlandschaft, sondern ambitionierte Darsteller aus der dritten Liga. Sie haben das Stück eines belanglosen Schreibers, so gut sie es eben können, auf die Bühne gebracht. Und den Zuschauern, die in einer Stadt wie Trollingen nicht gerade mit kulturellen Angeboten überhäuft werden, hat es gefallen. Und die wollen in der Zeitung die Bestätigung finden, dass sie mit ihrer Einschätzung richtig liegen.«

»Aber dann weckst du doch bei denjenigen, die das Stück noch nicht gesehen haben, falsche Erwartungen.«

Sie zuckte mit den Schultern und führte ihr Glas zum Mund.

»Kann sein. Aber ich gönne es jedem Einzelnen, dass er sich diesen Mist ansieht. Außerdem ist das reiner Selbstschutz.«

»Wie meinst du das?«

Sie wurde sehr nachdenklich. »Am Anfang habe ich gedacht: Schreib die Wahrheit und nichts als die Wahrheit. Und das hat auch funktioniert, solange man sich nicht kritisch äußerte. Aber dann kamen die Leserbriefe, die immer gleich begannen: Die Frau Kritikerin schien auf einer anderen Veranstaltung gewesen zu sein als ich. Eine detailliertere Recherche hätte dem Artikel gutgetan. Und so weiter. Reines Meinungsgeplänkel, begleitet von Drohungen. Wir wissen, wo du wohnst. Pass bloß auf und so.«

Sie strich sich eine Strähne aus der Stirn und fuhr fort: »Dazu kamen noch die Beschwerden an die Chefredaktion: Frau Schmider berichtet so negativ. Frau Schmider scheint wenig kompetent zu sein. Frau Schmider scheint sich nicht sehr intensiv mit der Materie auseinandergesetzt zu haben. Bitte schicken Sie uns nicht mehr Frau Schmider, sonst müssen wir leider unser Abo kündigen. Wäwäwäwäwäwäwä …«

Sie trank ihr Glas leer, drehte sich nach dem Kellner um und signalisierte ihm, dass sie Nachschub benötigte.

»Irgendwann kannst du das nicht mehr hören. Also gilt: Im Ernstfall hat der Leser immer Recht. Schließlich kauft er die Zeitung, bucht Anzeigen und bezahlt somit mein Gehalt.«

Sie lachte. »Ich hoffe, ich zerstöre dein Weltbild nicht.«

»Ehrlich gesagt: ein bisschen schon. Ich dachte immer, Journalisten seien der Wahrheit verpflichtet.«

Von einer Sekunde auf die andere zerfiel ihr Lachen. Sie funkelte mich an, als hätte ich ihr den Krieg erklärt, die Kreolen wankten hin und her. »Das sind wir auch. Wenn es darauf ankommt, liefern wir Fakten. Wenn nicht, wenn es keine eindeutige Wahrheit geben kann, zerlegen wir sie in kleine Portionen und streuen sie zwischen die Zeilen. Wer danach sucht, wird auch fündig.«

Sie nahm dem Kellner das neue Getränk aus der Hand und trank hastig.

»Hm, dann sind wir also irgendwie Kollegen«, sagte ich. »Wir verdienen unser Geld, indem wir die Wahrheit mundgerecht verkaufen.«

Sie schüttelte so energisch den Kopf, dass sie sich mit den Kreolen fast die Nase gebrochen hätte. »Falsch, ganz falsch, Erasmus. Du …«, sie deutete mit dem Zeigefinger auf mich und verzog den Mund zu einer Fratze, »… verkaufst Wahrheit mundgerecht. Ich …«, sie deutete auf sich und ließ sich gegen die Lehne ihres Stuhles fallen, »… ich mache sie. Wenn es nötig ist.«

»Aha, und wann ist es nötig?«

Sie beugte sich vor und blies mir ihren alkoholsauren Atem ins Gesicht.

»Wenn die Leute verarscht werden. Wenn sie einen Tritt in den Hintern brauchen oder einen Klaps auf den Hinterkopf. Damit sie mal wieder ihr Hirn gebrauchen und sich nicht alles vorbeten lassen.«

»Und du als Journalistin entscheidest, wann sie diesen Tritt in den Hintern bekommen?«

Sie lachte schrill und nickte. »Genau. Die Medienmacht ist mit mir. Drum hütet euch vor meinem Griffel, das Erkennen wird grausam sein.«

Am Nebentisch verstummten die Gäste und musterten uns. Nicole winkte ihnen zu. Offensichtlich vertrug die Medienmacht von Trollingen keinen Alkohol.

Trotz des ernsthaften Beginns unterhielten wir uns an diesem Abend noch sehr prächtig. Wir leerten noch einige Gläser und stellten überraschend viele Übereinstimmungen fest: Wir konnten über die gleichen Filme lachen, teilten literarische Vorlieben, schwärmten von fernen Zielen, fluchten über unsere Arbeit und machten uns über unsere Kollegen lustig, wobei ich in diesem Punkt wesentlich mehr beitragen konnte als sie. Nicole mochte ihren Job nicht besonders, war aber zu bequem, zu einer anderen Zeitung zu wechseln. Sie hatte sich eingerichtet in einem unspektakulären, überschaubaren Umfeld und sich dabei einen Traum bewahrt. »Reisejournalistin, das wäre was. Fremde Länder besuchen, Kulturen entdecken und darüber berichten. Ich glaube, das würde mich glücklich machen.«

Mein Herz machte einen Sprung. Nicole war mein weibliches Gegenstück, das spürte ich genau. Das Schicksal hatte uns zusammengeführt und nun war es an mir, diese Fügung zu zementieren.

Kurz vor Mitternacht verließen wir das Lokal und schlenderten durch die kalte, sternenklare Winternacht. Ich bestand darauf, Nicole zum Taxistand begleiten zu dürfen und sie willigte ein. Sehr eilig schien sie es nicht zu haben. Minutenlang gingen wir schweigend nebeneinander her.

»Hast du eigentlich dem Landrat meine Grüße ausgerichtet?«, fragte ich, um die Stille zu durchbrechen. Sie blieb stehen und sah mich an.

»Ja, hab ich. Und ich habe ihm auch die Frage gestellt, ob er schon weiß, wo die Mehrzweckhalle hinkommt.«

»Und was hat er gesagt?«

»Er hat gesagt, dass er dieses Thema mit der Chefredaktion besprechen werde, wenn es spruchreif sei. Und er hat heute Morgen meinen Boss angerufen, um sich über mich zu beschweren. Und mein Chef wiederum hat mir klar gemacht, dass mich das alles nichts angeht.«

Sie schlang die Arme um ihren Körper.

»Warst du deswegen so wütend, als du ins Theater kamst?«

Sie nickte. »Na klar. Endlich gibt es mal eine interessante Story hier im Kreis und ich darf nichts davon wissen. Stattdessen schicken sie mich zu diesem Affentheater. Das ist doch ungerecht.«

Ich stutzte. Die Reaktion des Landrats und des Chefredakteurs waren mehr als merkwürdig.

Sie blieb stehen. »Wolltest du mir nicht noch deinen Tipp für den Landrat mitteilen? Den Ort, an den er die Halle bauen soll. Also? Wie lautet er? Was sagen deine Flädle dazu?«

Den ganzen Abend hatte ich auf diese Frage gewartet und gehofft, dass sie nicht gestellt würde. Und nun war ich im Zweifel, ob dies der richtige Zeitpunkt war, um ihr von meinen Beobachtungen zu berichten? War es nicht verfrüht, Spekulationen über eine mögliche Beziehung zwischen Oberbürgermeister und Bauunternehmerin Rothfuß auszusprechen, die sich vielleicht doch nur als Zufall herausstellte? Und brachte ich Nicole durch diese Mitwisserschaft nicht in Schwierigkeiten? Ich entschied mich dafür, mit der Übermittlung meiner Informationen noch zu warten.

»Das habe ich doch nur gesagt, damit du mit mir ausgehst.«

Ihre Lippen wurden zu zwei dünnen Linien, mit gespielter Enttäuschung schlug sie nach mir. »Der Wahrsager hat mich also belogen. Ich werde wohl eine Richtigstellung zu meinem Artikel schreiben müssen.«

»Nein, ich habe nicht gelogen. Erinnerst du dich, was ich dir aus der Hand gelesen habe?«

Sie zog ihren Fäustling aus und betrachtete die Handfläche.

»Ja, das Schicksal liegt hinter dem Mond oder so ähnlich.«

Ich legte ihre Hand in meine, strich darüber und sah ihr tief in die Augen. Ihre Gesichtszüge wurden weich, sie öffnete leicht die Lippen. Ich zog sie an mich heran und küsste sie. Unsere Zungenspitzen berührten sich, umkreisten einander, ganz sacht, dann immer wilder. Heftig atmend stieß sie sich von mir ab.

»Wow. Und das stand in meiner Hand?«

»Klar, Einschnitt in Liebesdingen …«

Dunkle Schatten zogen über ihr Gesicht. »Schön, dass du mich daran erinnerst«, murmelte sie.

»Oder eben eine große Aufgabe, bei der Herzblut fließt«, wandte ich schnell ein.

Sie zog ihren Fäustling wieder an, strich über den Mantel, als sei er durch unsere Knutscherei aus der Form geraten.

»Ich muss jetzt gehen«, sagte sie ernst und wandte sich ab.

»Sehen wir uns wieder?«, rief ich ihr hinterher.

»Weiß nicht. Du kannst ja deine Flädle fragen«, erwiderte sie, ohne sich umzudrehen. Mit einem Handzeichen hielt sie ein Taxi an, stieg ein und war weg.

Verdutzt über den abrupten Abbruch des Abends, sah ich dem Wagen hinterher. Warum reagierte Nicole nur so heftig, wenn die Sprache auf Herzensdinge kam? War sie so schwer verletzt worden, dass sie nicht sehen konnte, dass in meiner Person Heilmittel und Heiler zugleich bereitstanden?

Ich musste dieser Frau näherkommen und ich wusste auch schon wie. Ihr Traum war es, eine große Geschichte zu schreiben. Und ich wollte ihr helfen, dass sich dieser Traum schon bald verwirklichte.

Erfüllung

Es ist eine selbstgefällige Eigenart von Träumen, dass sie sich nicht auf Bestellung realisieren lassen. Ganz ähnlich verhält es sich mit Wundern. Zwar gibt es Situationen, über die sich der eine oder andere heftig wundert, zum Beispiel wie es sein kann, dass sich Prominente freiwillig in ein Dschungelcamp sperren lassen, um dort Alligatorhoden, Kakerlaken und Gottesanbeterinnen zu verspeisen, und dass die Ausstrahlung dieser Abscheulichkeit Quotenrekorde feiert. Auch wird durch Schlager wie »Wunder gibt es immer wieder« die Hoffnung genährt, dass die Möglichkeit besteht, im Laufe eines Menschenlebens eines in Augenschein nehmen zu können.

Im wahren Leben bleiben sie doch Mangelware. Selbst die Tränen von weinenden Madonnen erweisen sich oftmals als Leitungswasser, Kornkreise in den Feldern sind keine Zeichen von Außerirdischen, sondern werden von Landwirten gezogen, die damit auf ihre fatale monetäre Situation hinweisen.

Es ist demnach ein relativ aussichtsloses Unterfangen von Arndt Peterson, in seiner Situation an ein Wunder zu glauben. Im Rücken die unüberwindbare Mauer, vor ihm die unüberwindbaren Leiber der Gebrüder Grothe, die sich bedrohlich auf ihn zubewegen.

»He, Leute, Siggi, Hagi, Günne, wir können doch über alles reden. Ich bin sicher, wir finden eine vernünftige Lösung.«

Arndt breitet die Arme aus und lächelt. Eine ziemlich gönnerhafte Geste für einen, der sich auf eine anständige Tracht Prügel einstellen darf. Die Körpersprache und auch die Mimik von Siegfried, Hagen und Gunter deuten an, dass Arndt Schmerzen erleiden wird, bevor er dem Marktrat vorgeführt wird. »Widerstand bei der Festnahme« wird die Begründung für das grobe Vorgehen lauten, sollte jemand Fragen stellen. Was nicht zu vermuten ist.

In Fantasyfilmen würde nun eine Falltür aufgehen und dem in Not Geratenen eine Möglichkeit zur Flucht eröffnen. In einem Kriminalstück würde vielleicht die Wand in Arndts Rücken auf Druck nachgeben, sich drehen und ihn auf die andere Seite mitnehmen, während die Verfolger das Nachsehen haben. Tja, und in einem guten Science-Fiction-Streifen würde Arndt plötzlich nie geahnte Superkräfte entwickeln, weil er in der Kindheit von einer atomar verstrahlten Biene gestochen wurde. Er könnte also fliegen, seine Häscher durch seinen Speichel in eine Wachshülle kleiden oder sie mit Honig verkleben.

Aber Arndt befindet sich nicht in einem Fantasyfilm und auch Superkräfte kann er nicht an sich feststellen. Und die Wand in seinem Rücken will sich nicht drehen.

Dennoch geht eine Tür auf. Zunächst nur rein bildlich gesprochen. Hinter den Grothes ertönt Musik, was diese verdutzt herumwirbeln lässt. Magdalena windet sich in schlangengleichen Wellenbewegungen zu den Klängen. Ihr Kostüm gibt weit mehr Haut frei, als es das Mittelalter zugelassen hätte – die neue Kollektion von Hannes und Maurizio wurde günstig von einem Erotikfachgeschäft erstanden, das Insolvenz anmelden musste – und bei den eisigen Temperaturen dürfte ihr eine Nierenbeckenentzündung, zumindest jedoch Blasenbeschwerden sicher sein. Doch die Tänzerin ist hart im Nehmen. Sie bewegt sich auf die staunenden Brüder zu, lockt sie mit Zimbelgebimmel und bannt ihre Aufmerksamkeit für genau den Augenblick, in dem eine wahrhaftige Tür neben Arndt aufgeht. Thorsten erscheint im Rahmen und deutet dem Wahrsager an, dass er sich beeilen möge, ihm zu folgen. Arndt hechtet auf ihn zu, die Tür schließt sich, Thorsten schiebt einen Holzkeil unter, zieht Arndt hinter sich her. Eine steile Steintreppe führt sie in den Keller hinunter.

Das geht so schnell, dass bei den Grothes, die sich nur einige Sekunden lang ablenken ließen, der Eindruck entsteht, Arndt habe sich in Luft aufgelöst. Siegfried Grothe erfasst die Lage als Erster. »Die haben uns reingelegt!«, brüllt er, außer sich vor Zorn. Er zieht seine Streitaxt aus dem Gürtel – ein billiges Ding, das er in dem Workshop »Wehren wie die Wikinger« erstellt hat – rast von einer Tür zur anderen, drischt auf sie ein, verursacht einen Riesenradau und ruft die Anwohner auf den Plan.

Eine alte Dame öffnet ein Fenster und betrachtet den tobenden Zwerg.

»Sag amol, hen se dir ins Hirn gschissa?«, blafft sie Siggi an, der die Fäuste gegen sie erhebt und »Maul halten, Spinatwachtel!« kreischt.

Das ist eine Anrede, die sich die Frau keinesfalls gefallen lassen will.

»I glaub, dir muss mr a bissle 's Miatle kühla«, sagt sie und entleert den Inhalt einer Gießkanne über den polternden Siegfried. Der ist zunächst verblüfft, dann zetert er weiter, stößt wüste Beschimpfungen aus, während seine Brüder, die wissen, dass es besser ist, dem klitschnassen und vor Wut dampfenden Kleinwüchsigen aus dem Weg zu gehen, einen Schritt zurücktreten und ihn anstarren.

»Glotzt nicht so bescheuert. Schnappt euch Magdalena!«, herrscht er Gunter und Hagen an. Sie nicken, drehen sich um und spurten auf das Ende der Gasse zu, an der die Tänzerin vor wenigen Sekunden noch ihre Show abgezogen hat. Aber natürlich ist sie längst nicht mehr da. Sie ist ebenso spurlos verschwunden wie Arndt. Und Hagen und Gunter wundern sich. Einen Moment glauben sie sogar an Magie und an Superkräfte. Superkräfte, wie es sie nur einer hat. Ein ...

Superheld

Nicole in der Gewalt von dunklen Gestalten. Nur mit einem durchsichtigen weißen Hemd und einem Slip bekleidet, an ein Wagenrad gebunden. Ein Schurke nähert sich mit einer brennenden Fackel, mustert sie, greift ihr mit der freien Hand an die Brust und versucht sie zu küssen. Nicole windet sich, wirft den Kopf hin und her, versucht die Fesseln zu lösen, die Stricke schneiden ihr ins Fleisch. Der Grausame drückt sich an sie, schiebt ihr Hemd nach oben, seine stark behaarte Hand fährt über schneeweiße Haut. Er grunzt vor Lust.

Eine Sekunde später ächzt er vor Schmerz, als ich ihm mit meiner Flädlepfanne eine überbrate, er zuckt und geht zu Boden. Schnell löse ich die Knoten ihrer Fesseln, sie schlingt die Arme um mich, ich hebe sie hoch und trage sie fort. In meinen Wagen, in Sicherheit.

»Mein Retter«, flüstert sie, schmiegt sich an mich. Ich küsse ihren Hals, sauge die Nuance von Moschus in mich hinein, spüre ihre festen kleinen Brüste an meiner Brust, ihr Becken reibt sich an meinem, immer fester drängt sie sich gegen meine Erektion, sie zieht das Hemd über den Kopf, streift sich den Slip ab, legt sich auf das Bett, streckt die Arme nach mir aus. »Nimm mich«, haucht sie. »Ich will dich spüren. Bring mich zum …!«

»Erasmus?«

Bring mich zum Erasmus? Ich öffnete die Augen. Magdalena stand in der Tür meines Wagens, weckte mich aus diesem wunderbaren Tagtraum. Sie hatte ein lindgrünes, mit goldenen Bordüren verziertes Kleid an, das ihren kurvenreichen Körper wie eine zweite Haut umhüllte. Sie drehte sich einmal um sich selbst, legte die Hände auf die Hüften und blieb vor mir stehen. »Guck, des hot mir der Thorsten gekauft«, sagte sie. »Weil er meine Kleider so verschandelt hat.«

Sie schwebte zu mir herüber und setzte sich auf meinen Schoß.

»Gefällt's dir?«, gurrte sie und begann mein Hemd aufzuschnüren. »Oh, und wie's ihm gfällt«, keuchte sie, als sie ihre Hand auf meinen Hosenschlitz legte, hinter dem die Auswirkung meines Tagtraums deutlich zu ertasten war. Ich schob sie von mir.

»Ein schönes Kleid, Magdalena. Aber ich habe jetzt keine Zeit für Spielereien. Ich muss Teig anrühren, die ersten Kunden kommen schon bald.«

Die Tänzerin schmollte. »Mir wär's lieber, du würdesch mal wieder mich anrühren statt deine blöde Flädle. Ich hab fast den Eindruck, du mogsch mi nemme.«

Wie ein kleines Mädchen, dem die Eiskugel von der Waffel gefallen war, stand sie vor mir und sah mich traurig an. Es war langsam an der Zeit, für klare Verhältnisse zu sorgen und die Affäre zu beenden. Doch ich wusste nicht, wie ich es ihr sagen sollte.

Ich nahm ihre Hände in meine. »Magdalena, ich finde, wir müssen vorsichtiger sein.«

Ihre Augen verengten sich zu Schlitzen. Zum ersten Mal bemerkte ich so etwas wie Misstrauen bei ihr.

»Sieh mal, Thorsten liebt dich und ich möchte nicht, dass er von uns weiß. Es würde ihn sehr verletzen. Außerdem habe ich den Eindruck, dass ihr euch ganz gut versteht …«

Weiter kam ich nicht. Sie riss sich los und packte mich am Kragen. »Willsch du mich loswerda? Hosch du a andere?«, giftete sie.

Sollte ich ihr die Wahrheit sagen? Ihre Reaktion ließ darauf schließen, dass ein Geständnis weitreichende Folgen haben würde. Sie würde Thorsten von unserer Abmachung erzählen, der ich nach dem missglückten Hausverkauf längst keine Bedeutung mehr beimaß. Er würde sich von mir abwenden, sich womöglich etwas antun und ich würde mit der Schuld leben müssen, ihn furchtbar enttäuscht zu haben.

»Nein, natürlich nicht«, presste ich hervor. »Ich habe keine andere.«

Das war ja noch nicht einmal gelogen. Okay, Nicole ging mir nicht mehr aus dem Kopf, löste erotische Fantasien bei mir aus, ich hatte sie geküsst, aber ich wusste nach wie vor nicht, wie ich es anstellen konnte, um zu einem nächsten Date zu kommen.

Magdalena ließ mich los, doch in ihrem Blick lag etwas gefährlich Raubtierhaftes. »Gut so. Des würde dir nämlich gar net gut bekomma«, presste sie hervor.

Ein Klopfen an der Tür unterbrach unsere kleine Unterredung. Magdalena trat einen Schritt zurück.

»Nur herein, wenn es kein armer Ritter ist!«, rief ich scherzhaft.

Die Tür schwang auf und gab den Blick auf Thorsten frei.

»Ah, da bisch du, Schätzle. I hab di scho gsuacht. I bin jetzt fertig und hab alle Perla auf dein neues Oberteil genäht. Sieht bombig aus.«

»Gut, ich seh es mir glei an«, sagte Magdalena, drehte sich zackig um und schob sich an Thorsten vorbei. »Kommst du? Ich möcht unbedingt dein Urteil höra, ob die Bluse net zu gewagt isch.«

Sie deutete einen Kuss in seine Richtung an, drehte sich noch einmal um sich selbst und blieb erwartungsvoll im Rahmen stehen.

»I komm nach. I muss no was mit dem Erasmus besprecha«, erwiderte er.

»Aber lass mi net so lang warte«, gurrte Magdalena und rauschte grußlos davon.

»Was isch denn mit der los? Wird die am End noch zutraulich?«

Thorsten sah der Tänzerin nach, die sich hüftschwingend entfernte, schloss die Tür, zog die Vorhänge zu und beförderte, als er die Luft rein wähnte, einen ledernen Beutel unter seinem Umhang hervor. Er zog ihn auf und leerte seinen Inhalt auf den

Holztisch. Eine Perlenkette, ein goldener Ring und ein Amulett lagen vor mir. Schöne Stücke und sicher wertvoll.

»Was ist das?«, fragte ich.

»Pschd, net so laut«, zischte Thorsten und legte sich den Zeigefinger über die Lippen. »Des isch der Schmuck von meiner Großmutter, den sie mir vor Jahren vererbt hat. Eine eiserne Reserve für schlechte Zeita, hat se immer gsagt.« Er kicherte. »Von dem wusst net mol mei Frau. Den hab ich gut versteckt. Woisch wo?«

Ich zuckte die Schultern.

»Im Küchenschrank. Bei de Kochtöpf. Ein super Versteck. Die faule S..., also mei Frau, die hot ja nie kocht«, flüsterte er und kicherte erneut.

»Schön. Und warum erzählst du mir das?«

Er wurde ernst. »Der isch für dei Mutter. Damit sie ihr Miete zahla kann und a Weile ihr Ruah hat.«

Ich schüttelte den Kopf und schob die Schmuckstücke wieder in seine Richtung. »Nein, Thorsten, das nehme ich nicht an. Meiner Mutter geht es gut, ich habe ihr Geld geschickt. Die Geschäfte laufen bestens im Moment. Ich schaffe das ab jetzt allein.«

Mein Wohltäter wollte sich nicht umstimmen lassen. »Du nimmsch des jetzt, sonsch bisch nemme mein Freund. Außerdem …«, seine Stimmung trübte sich, »… steht's net gut um mi. Ich hab solche Bauchkrämpf und außerdem seit Wocha der flotte Otto.«

»Den was?«

»Ha, Durchmarsch, die Renneritis, Torpedostuhl …«

»Ach so, ich glaube, ich weiß, was du meinst.«

»Die schnelle Kathrin, den rasenden Rainer, Dünnpfiff, Darmwasser …«

»THORSTEN!!! ICH HAB'S KAPIERT!«

Ich hatte eigentlich gedacht, sein hypochondrischer Drang hätte sich mit der falsch diagnostizierten Hautirritation erledigt, aber offensichtlich kehrte Thorsten zu alten Verhaltensmustern zurück.

»Das muss doch nichts bedeuten. Wahrscheinlich hast du etwas Falsches gegessen. Kastanienauflauf womöglich. Oder Weinblattsalat. Das verträgt nicht jeder«, versuchte ich zu trösten.

Er riss die Augen auf. »Woher woisch denn du des scho wieder?«

Ich wies auf die Karten und dankte insgeheim dem Kerzenzieher und seiner Frau für diesen Hinweis. »Geh zum Kräuterweib und lass dir eine Teemischung geben«, riet ich ihm.

»I woiß net, ob des a gute Idee isch. Schließlich kam von der au der Kastanienauflauf.«

Ich lachte, als mir das Geschäftsmodell der jungen Frau bewusst wurde. Erst sorgte sie für kleine Maladien, dann bot sie Heilung an. Sie wusste offenbar sehr gut, wie sie ihren Laden am Laufen halten konnte.

»Mir goht's schlecht ond der lacht bled«, maulte Thorsten beleidigt.

»Entschuldige, mein Lieber. Aber ich hatte eben eine Erleuchtung. Und was dich angeht: Auch gegen diese Krankheit ist ein Kraut gewachsen. So gehe Er hin und sorge Er für Linderung, bevor Er mir den Wagen verpestet.«

Unwillig stand Thorsten auf, brummte einen Abschiedsgruß und schlich von dannen. Vor mir lagen immer noch die Kette, der Ring und das Amulett. »He, du hast was vergessen!«, rief ich ihm hinterher. Doch er war bereits hinter den Buden verschwunden.

Den Schmuck konnte ich ihm später noch zurückgeben. Wichtiger war die Frage, wie ich es anstellen konnte, Nicole wiederzusehen. Ich hatte keine Adresse, keine Handynummer. Wenn ich im Verlag anrief, war sie entweder in einer Konferenz oder unterwegs zu einem Termin. In der Zeitung konnte ich aufgrund ihrer Artikel ihre Spuren nachverfolgen: Das 50-jährige Jubiläum des Schachclubs galt es zu huldigen, ein Konzert des Schul-Panflötenorchesters mit prominenter Triangel-Beteiligung zu besprechen, über die lange Einkaufsnacht zu berichten. Kein Wunder, dass sie nie Zeit für mich hatte, wenn sie jeden Abend beruflich unterwegs war.

Fast ebenso spannend wie die Frage, in welcher Mission Nicole unterwegs war, war die entbrannte Diskussion über den Standort der geplanten Mehrzweckhalle. Mehrere Gemeinden hatten den Hut in den Ring geworfen. Schließlich ging es um Arbeitsplätze und Gewerbesteuereinnahmen, die sich die Kommunen nicht entgehen lassen wollten. Auch der Oberbürgermeister von Trollingen hatte ein positives Signal gegeben, war jedoch von seinen Gemeinderäten abgestraft worden. In einer Flut von Leserbriefen bekundeten viele Bürger ihren Unmut. Wofür sie wiederum von Befürwortern beschimpft wurden. Selten habe ich mich durch die Lektüre einer Zeitung so unterhalten gefühlt wie zu dieser Zeit.

Um Nicole zu treffen, gab es nur einen Weg. Ich nahm mir einen Nachmittag frei, nachdem ich Geraldine mit Glen Grant, einem wunderbaren Single Malt Whiskey, bestochen hatte, damit sie meine Vertretung übernahm, und postierte mich auf der Straßenseite gegenüber des Verlagsgebäudes. Eigentlich hatte ich erwartet, dass es darin zuging wie in einem Termitenhügel. Aber stundenlang ging weder jemand hinein noch verließ jemand das Gebäude. Aus Langeweile legte ich mir selbst die Karten und musste in der Frage, ob ich Chancen bei Nicole hatte, ziemlich schummeln, um zu einem passablen Ergebnis zu gelangen.

Kurz nach 16 Uhr tauchte sie endlich auf. Sie eilte durch die Drehtür, lief zur Fahrradgarage, löste das Speichenschloss ihres Drahtesels, schob ihn auf die Straße und schwang sich auf den Sattel.

»Nicole, warte!«, rief ich und spurtete ihr hinterher.

Sie hielt an und drehte sich nach mir um. Die Anspannung, die ihr eben noch anzusehen war, wich, sie lächelte. »He, das ist ja mal eine Überraschung. Was machst du denn hier?«, fragte sie.

»Ich wollte dich sehen«, keuchte ich atemlos. »Ich … ich habe versucht, dich in der Redaktion zu erreichen, aber du warst sehr beschäftigt. Konferenzen, Termine und so.«

Sie runzelte die Stirn. »Ja, irgendwie versucht man im Moment zu verhindern, dass ich ein Privatleben führe. Und dass du angerufen hast, hat mir niemand gesagt. Frechheit.«

Ihre Gesichtszüge bekamen etwas Weiches, Liebevolles.

»Und dann kommst du hierher und wartest auf mich. Das ist ja süß.«

Sie legte mir eine Hand auf die Wange und streichelte sie.

Das fühlte sich gut an.

»Aber ich habe leider keine Zeit. Ich bin verabredet.«

Das hörte sich schlecht an.

»Verabredet? Ja, mit mir!«

»Nein, mit einer Freundin. Sie leitet die selbst verwaltete Kindertagesstätte im Ort. Sie will mit den Kindern zu Weihnachten ein Krippenspiel einstudieren. Und ich habe gesagt, ich helfe ihr dabei.«

Na bravo. Da nahm ich schon mal meinen ganzen Mut zusammen, um einer Frau ein Date abzuringen, und dann ließ sie mich wegen eines Krippenspiels stehen. Ich musste unbedingt an meiner erotischen Ausstrahlung arbeiten.

Nicole sah mich mitleidig an. »Nicht böse sein. Verschieben wir unser Treffen einfach auf ein anderes Mal, okay?«

Alles in mir brüllte: NEIN, NICHT OKAY! Bei so viel innerlichem Widerstand konnte ich mich nicht einfach umdrehen und zur Tagesordnung übergehen. Krippenspiel. In Ordnung. In einer Kindertagesstätte. Auch gut. Ohne mich? Niemals.

»Ich komme mit«, sagte ich und schwang mich auf den Gepäckträger ihres Fahrrads. Nicole schien nichts anderes erwartet zu haben. Sie machte keinerlei Anstalten, mich dazu zu bringen, abzusteigen.

»Rein kulturell scheinst du ja unersättlich zu sein«, lachte sie. »Erst Kunst-Performance, jetzt Krippenspiel. Aber warum nicht. Vielleicht brauchen wir noch jemand, der den Esel spielt.«

»Sieh du lieber zu, dass du deinen Drahtesel in Bewegung kriegst«, konterte ich.

»Aye, Aye, Käpt'n«, ächzte Nicole und trat in die Pedale.

Die Kindertagesstätte lag in einem alten Gebäude in der Ortsmitte, das von einem großen Garten umfriedet wurde. Schaukel, Klettergerüst und Rutschbahn lagen verlassen da, auch der Sandkasten gab ohne diejenigen, die ihm Leben verliehen, ein trostloses Bild ab. Spielgeräte standen unbeachtet auf der Terrasse: Bagger, Bobbycars, Dreiräder – ein Vergnügungs-Fuhrpark, der auf seinen Einsatz wartete.

Auf dem Sportplatz nebenan, den nur eine niedrige Hecke vom Gelände der Kita trennte, erkannte ich die Wohnwagen und Zelte einiger Marktbeschicker und Gaukler, die sich den Luxus erlauben konnten, nicht in ihren Ständen zu nächtigen. In einigen Fenstern brannte trübes Licht, nicht genug, um den herabsinkenden Schleier der Dämmerung aufzuhalten.

»Das ist Carola«, stellte mir Nicole die Leiterin der Kindertagesstätte vor. »Und das ist …«

»Erasmus der Seher. Ich habe deinen Bericht gelesen«, fiel ihr Carola ins Wort. Sie gab mir die Hand und runzelte die Stirn. »Kann es sein, dass wir uns schon mal begegnet sind?«

Auch wenn ich mir nicht sicher sein konnte, ahnte ich, dass auch Carola unter den Junggesellen-Teufelinnen gewesen sein musste, die ich vor einigen Wochen in der Königstraße getroffen hatte. Zum Glück hatte ich mir den Bart noch nicht abgenommen. In die Offensive gehen, hieß hier die Devise.

»Ganz bestimmt«, erwiderte ich. »Wenn nicht in diesem, dann in einem früheren Leben.«

Ich deutete einen Handkuss an, sie errötete.

»Wollen die Durchlauchten Sissy-Carola und Franz-Erasmus gleich zur romantischen Kutschfahrt aufbrechen oder können wir erst über das Krippenspiel reden?«, warf Nicole schnippisch ein.

Ich lachte und gab auch Nicole einen Handkuss. »Was ist schon eine romantische Kutschfahrt gegen ein leidenschaftlich vorgetragenes Krippenspiel, bei dem du Regie führst.«

»Oh, ein Charmeur«, säuselte Carola.

»Schlawiner trifft es wahrscheinlich eher«, schnappte Nicole.

Ein Krippenspiel ist ein Krippenspiel ist ein Krippenspiel. Während die Frauen eine Besetzungsliste der Rollen anfertigten und dabei den Zypern-Konflikt lösten – »Wenn Souleyman den Josef spielt, besetzen wir Eleni als Maria. Ein Türke und eine Griechin als heiliges Paar. Da steckt doch eine Botschaft drin« – sah ich aus dem Fenster. Wenn man die Flächen von der Kindertagesstätte, des Gartens und des Sportplatzes zusammenrechnete, konnte dies durchaus genügen, um die Mehrzweckhalle zu bauen. Allerdings würde sich das Leben in diesem Ort dann völlig verändern. Der Verkehr, der Lärm, die vielen Menschen. Und was würde wohl aus den Kindern werden, wenn die Kindertagesstätte nicht mehr da wäre?

Ich nahm eine Handpuppe vom Fensterbrett und schlüpfte hinein. Das schiefe Grinsen der jungen Prinzessin wirkte aufgesetzt, unecht, fast schon gequält. War ja auch nicht leicht, ständig einen Helden anhimmeln zu müssen, der das Kasperlekostüm trug.

»O.k., junge Frau«, sagte ich zu ihr. »Du kennst dich doch aus mit gefährlichen Situationen. Wenn du es sagst, brat ich denen eins über. Schließlich ist auch dein Leben hier in Gefahr.«

Die Prinzessin grinste unbewegt. »Los, sag schon. Was soll ich tun?«

»Zunächst nimm mal deine Hand da weg. Man greift einer Prinzessin nicht ungestraft unter den Rock«, piepste eine hohe Stimme neben mir. »Und dann hör auf, dich mit einer Handpuppe zu unterhalten. Sonst stecken sie dich noch in die Klapsmühle.«

Nicole war neben mich getreten und hatte der Prinzessin ihre Stimme geliehen. Ich wurde rot und ließ die Hand mit der Puppe sinken.

»Und? Seid ihr schon Freunde geworden, du und die Prinzessin?«, fragte sie mich und zog ihre Brauen nach oben. »Sieh dich vor, sie ist mit Kasper liiert und der ist bewaffnet.«

Ich legte die Puppe auf das Fensterbrett zurück und deutete auf den Garten, auf den sich der Schatten der Nacht langsam senkte.

»Ganz schön viel Platz hier, mitten im Zentrum.«

Nicole nickte. »Ja, da hat man vor Jahren wohl einen Fehler beim Flächenbelegungsplan gemacht. Deshalb wird hier nicht gebaut. Gut für die Kinder, gut für die Menschen. Ein Stück unberührte Natur inmitten eines Ortes, das bleiben darf. Mit Wiesen, Bäumen, einer intakten Flora und Fauna.«

»Hört sich an, als würdest du für einen neuen Job bei der *Bäckerblume* üben.«

»Pass du nur auf, dass du nicht gleich ein Abo der *Apothekenrundschau* brauchst«, erwiderte sie und kniff mich in den Arm.

Sie rückte näher an mich heran, bis sich unsere Hüften fast berührten. Ich spürte die Wärme, die von ihrem Körper ausging, wagte aber nicht, den Abstand zwischen ihr und mir weiter zu verringern.

»Was ist mit dir? Du bist so nachdenklich?«, fragte sie.

»Diese Mehrzweckhalle …«, begann ich zögerlich. »Wäre es vorstellbar, dass sie hier gebaut wird?«

Nicole sah mich verdutzt an. Sie schnappte nach Luft, dann lachte sie schrill. »Das … das ist unmöglich«, brachte sie hervor.

»Wieso nicht? Es könnte doch sein: Hier ist genügend Platz, für Trollingen wäre dies eine Bereicherung des kulturellen Lebens …«

Sie verschränkte die Arme vor der Brust und starrte mich düster an. »Was soll das? Hast du in deinem Flädle einen Bagger erkannt? Oder gekreuzte Gitarren?«

Ihre zynische Art ärgerte mich, sie nahm mich nicht ernst.

»Sagen wir es mal so: Der Kosmos sendet seine Hinweise an diejenigen, die mit offenen Augen durchs Leben gehen.«

»Du meinst es ernst, oder?« Nicole sah mich an, als hätte ich ihr soeben eröffnet, dass ich ein Alien sei, der sie zu Testzwecken auf seinen Planeten mitnehmen müsse. »Ich sage dir, das geht nicht. Die können nicht einfach so einen millionenschweren Kasten hier hinbauen. Das muss genehmigt werden, da müsste der Gemeinderat einer Umnutzung zustimmen und bei den derzeitigen Mehrheitsverhältnissen klappt das nie. Wenn es nach dem OB ginge … ja, klar … der wäre schon dafür. Aber die Rechnung macht er ohne uns.«

Einen Moment lang blickte sie stumm aus dem Fenster. Sie war wütend. Ich berührte ihre Hand, um sie zu beruhigen, doch sie zog sie weg. Mit einer zackigen Bewegung wandte sie sich mir zu.

»Und nur mal angenommen, die Halle käme wirklich: Vielleicht fragst du deine Glaskugel auch mal, was aus den Kindern wird, die hier betreut werden. Wo sollen die hin?«

»Ich weiß es nicht. Vielleicht stellt die Stadt ein anderes Gebäude zur Verfügung, in dem die Kleinen unterkommen.«

Nicole schob sich ganz nah an mich heran. Unsere Nasenspitzen berührten sich fast und ich spürte ihren Atem.

»Nein, das tut sie eben nicht. Diese Kita kann nur existieren, weil sich einige Eltern zusammengeschlossen haben, um die Betreuung ihrer Kinder selbst zu organisieren. Sie haben die Räumlichkeiten gemietet, renoviert, haben Spielzeug angeschafft, bezahlen das Gehalt von Carola. Alles ohne Unterstützung der Stadt. Ach, das ist doch alles absurd!«, rief sie und stürmte davon. Die Frage, ob sie mit mir noch etwas trinken ging, konnte ich mir wohl sparen.

»33, Noir, Impair, Passe.«

Die 33 kam nun schon zum dritten Mal an diesem Abend. Allerdings lag mein Einsatz nicht auf dem Feld, sondern meinem System zufolge auf einer der Verliererzahlen. Müde betrachtete ich, wie der Croupier der Dame neben mir ihren Gewinn auszahlte und die restlichen Jetons, die auf dem Tisch lagen, einstrich. Großzügig schob meine Nachbarin einen 100-Euro-Chip zum Spielleiter und verabschiedete sich.

Nach dem Gespräch mit Nicole hatte ich den unbezwingbaren Drang gespürt, ein Casino aufzusuchen. Nicht irgendeines. Es musste das Beste sein und es war Gideon gewesen, der mich nach Baden-Baden geschickt hatte. »Wenn de scho untergehsch, dann mit Stil«, hatte er mir auf den Weg mitgegeben und seit einigen Stunden näherte ich mich meinem persönlichen Finanzfiasko mit großen Schritten.

Die Spielstätte war wirklich außergewöhnlich und geizte nicht mit Prunk und Pomp. Jeder Zentimeter der hohen Hallen atmete Luxus aus, der Stuck an den Wänden und Decken trat mit den geschliffenen Tropfen der Lüster in Konkurrenz um die Zierratkrone.

Diesem Bombast durften sich die Gäste nur in einer entsprechend festlichen Kleidung nähern. Abendgarderobe war angesagt. Wer keine Krawatte oder ein Sakko dabeihatte, konnte sich Entsprechendes leihen. Zum Glück hatte mich mein Berater darauf vorbereitet, sodass ich mich aus seinem Kleidungsfundus und nicht etwa aus dem des Casinos bedient hatte.

An den frei gewordenen Platz neben mir setzte sich eine Dame in schwerem Ornat. Sie strahlte heller als die Schaufensterdekoration eines Lampengeschäfts: In ihrem Haar glänzte ein goldenes Diadem, um den Hals trug sie eine Kette mit Riesenperlen, die offensichtlich in Monstermuscheln so groß wie das Saarland gezüchtet worden waren. Ihr goldenes Kleid war mit Swarovski-Steinen übersät. Bei Sonnenschein hätte sich an ihrer Robe wahrscheinlich das Licht gebrochen und sie hätte einen Regenbogenschweif hinter sich hergezogen. Ich war so von ihrem Glanz geblendet, dass ich zunächst gar nicht erkannte, wer sich da neben mich gesetzt hatte. Doch als ich den Kopf des

Raben erspähte, der stolz den Kopf aus ihrem Dekolleté reckte, dämmerte es mir.

»Natascha?«, fragte ich ungläubig.

Sie zuckte leicht zusammen, musterte mich kurz, dann schüttelte sie den Kopf. »Nein, Sie müssen mich verwechseln.«

Sie warf einige Jetons achtlos auf den Tisch und war darauf bedacht, mich keines weiteren Blickes zu würdigen.

»Aber nein. Natascha, ich bin es, Arndt. Arndt Petersen. Aus Hamburg. St. Pauli. Reeperbahn. Eins hinten drauf, damit sich vorn was regt. Erinnerst du dich denn nicht mehr an mich?«

Ein Herr neben mir musterte mich abfällig. Ich hatte wohl zu laut gesprochen.

Nataschas Mundwinkel zuckten, sie blinzelte. Sie sah sich um, und einen Moment lang rechnete ich damit, dass sie einem Begleiter im Hintergrund ein Zeichen gab, dass er mich entfernen sollte. Stattdessen huschte ein Lächeln über ihr Gesicht. Verstohlen tätschelte sie meinen Unterarm. »Jüngelchen, was biste erwachsen geworden«, flüsterte sie mir zu. »Der Bart, die langen Haare. Ich hätte dich fast nicht erkannt. Machst einen auf Aussteiger, um die Weiber zu bezirzen?«

»Nein, also nicht direkt. Was machst du hier?«

»Na, nach was sieht's aus? Ich spiel Roulette.«

»Hier in Baden-Baden? Ich dachte, du lebst in Münster?«

Sie hielt einen 100-Euro-Jeton vor den Mund, deutete an, dreimal darauf zu spucken und warf ihn auf die 33.

»Erst spiel mer, dann red mer«, sagte sie und beobachtete, wie die anderen Gäste ihre Einsätze tätigten.

»Gut, dann nimm wenigstens eine andere Zahl«, riet ich ihr leise. »Die 33 kam schon dreimal.«

Es war zu spät. Mit einem »Rien ne va plus« verkündete der Spielleiter, dass keine Einsätze mehr an- oder zurückgenommen werden konnten. Während die Kugel rollte, legte mir Natascha eine Hand auf den Oberschenkel und je langsamer sich die Schüssel drehte, desto fester wurde ihr Griff. Kurz bevor sie mir das Bein amputierte, verkündete der Croupier das Ergebnis: »33, Noir, Impair, Passe«, tönte es vom Ende des Tisches. Natascha juchzte, als ihr der Gewinn zugeschoben wurde. Ich starrte den Spielleiter an, der mit regungsloser Miene die anderen Jetons einsammelte. Viermal die gleiche Zahl an einem Abend, das sprengte alle Regeln, jedes System. Vielleicht ging es auch nicht mit rechten Dingen zu.

Natascha riss mich aus meiner Grübelei, ergriff meine Hand und zog mich mit sich. »Komm, das müssen wir feiern. Wir trinken Champagner und dann erzählst mir von deinem Leben.«

Sie wollte gar nicht aufhören zu lachen, als sie hörte, dass ich mich als Wahrsager durch das Leben schlug. Bei der Erklärung, wie ich aus Pfannkuchen die Zukunft las, wäre sie fast vom Barhocker gefallen. »Du warst schon immer ein bisschen verrickt. Aber jetzt biste völlig hinüber«, keuchte sie und wischte sich eine Lachträne aus dem Auge. Wie es zu meiner neuen Berufung gekommen war, meine Flucht vor Pjotr und seinen Mannen, meine Pläne, ganz auszusteigen, verschwieg ich. Es hätte sie enttäuscht zu hören, dass aus mir nichts anderes als ein kleiner Gauner geworden war, obwohl sie sich so sehr bemüht hatte, das zu verhindern.

Auch in Nataschas Leben hatte sich einiges getan.

Den Universitätsprofessor aus Münster hatte sie inzwischen verlassen, sie war nach Frankfurt gezogen und hatte sich dort mit einem Escort-Service selbstständig gemacht. Ihre Geschäfte liefen offensichtlich sehr gut, wie ihre Garderobe verriet.

»Weißt, ich hab in meinem Leben so vielen Männern den Arsch versohlt, da muss ich ihnen jetzt doch mal was Gutes tun.«

Ihre Dienstleistung bestand darin, Damen an Herren zu vermitteln, die bereit waren, für eine Begleitung zu Veranstaltungen, auf Reisen oder auch nur zu einem Abendessen mit anschließendem Sonderservice viel Geld zu bezahlen. Natascha selbst, die sich jetzt Lady Natalie nannte und als Geschäftsführerin die Agentur leitete, war nicht zu buchen.

»Mein Essen kann ich mir selber kaufen, Decken von Hotelzimmern habe ich schon genug gesehen in meinem Berufsleben, und wenn sich einer um mich bemüht, dann muss er sich schon richtig anstrengen«, lautete ihre Begründung.

»Und was machst du in Baden-Baden?«, fragte ich. »Hier im Casino?«

Sie nippte an ihrem Champagnerkelch und setzte ihn vor sich ab.

»Business. Große Sache, Jüngelchen. Ein paar Herren sollen sich gut amüsieren. Ein bisschen spielen und dann an sich rumspielen lassen. Da darf ich aber nicht so viel drüber reden. Es ist alles ziemlich geheim.«

Ich runzelte die Stirn. »Wieso geheim?«

Sie senkte die Stimme, als sie weitersprach: »Oi, was fragst so bled? Da geht es um viel Geld. Die Regierung steckt auch mit drin. Besser, man fragt nicht.«

Sie winkte ab. Die Sache schien für sie erledigt zu sein.

Doch mein Interesse war nun natürlich geweckt.

»Und wer hat den Auftrag gegeben?«

Sie gab mir keine Antwort. Stattdessen winkte sie einem jungen Mann zu, der orientierungslos durch den Raum streifte.

»Juchu, hier bin ich.«

Er erkannte Natascha und steuerte auf sie zu. Sein Schritt hatte etwas Energisches, und auch sonst vermittelte er den Eindruck eines Musterschülers aus einem Eliteinternat. Seine pechschwarzen Haare hatte er mittig zu einem angedeuteten Irokesenkamm aufgetürmt, die Augen mit einem dünnen, schwarzen Lidstrich betont. Er steckte in einem feinen Anzug, der bestimmt nicht billig gewesen war.

»Ah, hier bist du«, sagte er zu Natascha und gab ihr einen Kuss auf die Wange. Mich bedachte er nur mit einem leichten Kopfnicken.

»Das ist Arndt, ein alter Freund. Und das ist Cornelius. Ein junger Freund.« Natascha lachte. »Cornelius arbeitet für die Landesregierung, und wenn er sich ein bisschen anstrengt, ist er vielleicht schon bald Bundeskanzler.«

Sie strich zärtlich über das Revers seiner Jacke, der Fatzke nickte selbstgerecht. Er war einer dieser Typen, denen man wünschte, dass sie eines Tages beim Tragen von Windeln erwischt wurden und dass dieses Bild dann möglichst in der Zeitung erschien.

»Bist du so weit? Hast du alles gesehen? Können wir dann gehen?«, fragte er missmutig.

Natascha schwang sich vom Barhocker. »Geh schon mal vor, Conny-Schatz. Ich verabschiede mich noch von Arndt.«

Der Mandatsträger in spe deutete eine Verbeugung an und marschierte im Stechschritt zum Ausgang. Einmal mehr wurde ich in dem Wunsch bestärkt, das Land zu verlassen. Wenn die politischen Hoffnungsträger so aussahen wie dieser Schleimbeutel, dann blieb nur die Flucht. Außerdem: Wer wollte schon in einer Republik leben, dessen Bundeskanzler Cornelius mit Vornamen hieß?

Natascha sah ihm nach. »Ein guter Junge. Großkunde. 15 Mädchen hat er bestellt, nur vom Allerfeinsten. Musst du gehen in die Politik, Jüngelchen. Dann geht es dir gut. Darfst spielen, saufen und vögeln und brauchst keinen Cent.«

Sie küsste mich auf den Mund und als würde sie mir damit Erkenntnis einhauchen, quoll eine Ahnung in mir auf.

»Diese Politiker, um die es geht: Du weißt nicht zufällig, woher die kommen?«

»Was weiß ich? Aus einem Kaff bei Stuttgart. Was geht's mich an?«

»Heißt das Kaff zufällig Trollingen?«

»Nu was? Bin ich die Auskunft? Kann sein. Oder auch nicht.«

Sie richtete sich auf, rückte ihr Diadem zurecht, umarmte mich flüchtig und wollte gehen. Ich hielt sie fest.

»Bitte, Natascha, ich muss das wissen. Es ist wichtig. Es hängen davon eine Menge … Menschenleben ab.«

Ein bisschen Drama musste jetzt einfach sein und ich wusste, dass Natascha dafür empfänglich war. »Die Zukunft von kleinen Kindern steht auf dem Spiel.«

Sie wankte leicht, was wohl dem Genuss der zwei Flaschen Champagner, die sie fast gänzlich allein geleert hatte, zuzuschreiben war. Sie schielte an mir vorbei und suchte mit einer Hand Halt an meinem Arm.

»Bitte, Natascha, ich muss wissen, um was es bei diesem Auftrag geht. Wenn sich alles als ganz harmlos herausstellt, dann vergessen wir die Sache.«

Sie lachte schmutzig, stieß auf und wischte sich recht undamenhaft über den Mund. »Na, da kannst aber ein drauf lassen, dass es nicht harmlos ist. Wenn die da oben so viel Geld in die Hand nehmen.«

Ich nickte und legte nach: »Denk doch an die armen kleinen Kinder, diese unschuldigen Augen …«

Ihr Blick wurde wässrig. Ihr Brustkorb hob und senkte sich schnell. Der Rabe grinste fies aus ihrem Ausschnitt, um beim nächsten Atemzug wieder im Schutz des Büstenhalters zu verschwinden.

»Oi Jüngelchen, weißt noch immer, wie's geht, eine alte Frau herumzukriegen. Gib mir deine Nummer, ich ruf dich an, wenn ich was weiß.«

Ich durchsuchte die Innentaschen meines Anzugs, fand ein Exemplar des Prospekts, der meine Dienste als Wahrsager anpries, und gab ihn ihr.

»Da siehst aus wie eine Tunte«, sagte Natascha und gluckste. »Und zum Friseur könnst auch mal wieder gehen.«

Mit diesem Rat ließ sie mich allein zurück.

Kopfwäsche

Der Ort der Aussprache ist nicht besonders gut gewählt, aber welche Rolle kann schon ein Exterieur spielen, wenn sich angestaute Gefühle Bahn brechen. Noch ist es nicht so weit, aber es herrscht eine Spannung zwischen Thorsten und Arndt, die ein Ampèremeter zum vollen Ausschlag bringen würde. Die beiden stolpern durch einen langen, engen, unterirdischen Gang, die Luft ist feucht und muffig, hängt schwer in den Bronchien. Der Boden ist glitschig und uneben, erschwert das Vorankommen, Flüche hallen von den Wänden wider. Sie folgen dem schmalen Lichtkegel, den Thorstens Taschenlampe in das Dunkel auswirft, der zum Glück nur bedingt ausreicht, um all die Unannehmlichkeiten, zum Beispiel die Herkunft dieses beißenden Geruches oder die Verursacher der klebrigen Fäden, die immer wieder Arndts Haut streifen, unbeleuchtet zu lassen.

Minutenlang sprechen sie kein Wort, dann hält es Erasmus nicht mehr aus. »Wo sind wir hier? Wo gehen wir hin?«, fragt er.

»Wart's ab«, kommt die zweisilbige Antwort von vorn, die durchaus auch mehrsilbig ausfallen hätte können, denn Thorsten ist ziemlich wütend. Aber im Moment hilft Groll niemandem weiter. Zunächst muss getan werden, was getan werden muss.

Arndt kämpft währenddessen mit den Unebenheiten unter seinen Füßen, dem Würgerelz, den er immer schlechter unterdrücken kann, und seinem schlechten Gewissen. »Thorsten«, keucht er schließlich, »es tut mir alles so leid. Wenn ich gewusst hätte, wie das hier alles ausgeht, dann hätte ich mich nie eingemischt.«

Von seinem Freund kommt nur ein trockenes Knurren.

»Ich habe es gut gemeint, wollte helfen. Ich wollte einmal nicht nur an mich denken.«

Thorsten stoppt und dreht sich so abrupt um, dass Arndt gegen seine Brust läuft und sich dabei die Nase stößt. So finster, wie er unter der Kapuze seiner Mönchskutte hervorschielt, sieht der ehemalige Bauunternehmer so aus, als stünde er kurz vor einem Exorzismus. Und er kennt auch den Teufel, auf den er es abgesehen hat, mit Namen. Mit beiden Händen stößt er Arndt von sich, der taumelt zurück, stützt sich an der Wand ab und fasst dabei in etwas Glitschiges.

»Von wega, gut gemeint«, bellt Thorsten und versetzt dem Seher noch einen Stoß. Arndt geht zu Boden. Sein Widersacher baut sich breitbeinig über ihm auf.

»Von wega, nicht nur an dich gedacht«, bricht es aus Thorsten hervor. »Du hosch hier eine Show abgezoga, um Magdalena, und was weiß ich wen noch alles, ins Bett zu kriega. Du hosch hier den starka Maxe markiert, um Nicole zu imponiera. Du hosch alle bschissa ond beloga. Ond jetzt bringsch auch noch älle in Gefahr, du ..., du ...«

»Granadeseggl?«, kommt es kleinlaut von unten.

»GRANADESEGGL, HURASIACH, ALLMACHTSFETZ ...«

»Gut, ich weiß, ich habe das verdient, aber ...«

»SAUBOLLA, ROTZGOSCH, KEHRWOCHAVERWEIGERER!!!«

»Kehrwochenverweigerer, also ich muss doch sehr bitten ...«

»RANDSTEINSCHLOTZER, BANANENBIEGER, AFFENARSCH!!!«

Thorsten bebt, und Arndt schützt in Erwartung eines Schlages sein Gesicht. Er weiß zwar, dass er sicher nicht aus den Fängen der Gebrüder Grothe gerettet wurde, um hier, mehrere Meter unter der Erde, die ausgebliebene Tracht Prügel zu bekommen. Das ergäbe ja keinen Sinn. Aber sicher sein kann er sich nicht.

Thorstens Hand zuckt vor, Arndt zuckt zurück und schließt die Augen. Als der Hieb ausbleibt, wagt der Seher, sie wieder zu öffnen, und siehe da, er sieht Thorstens Hand vor sich, wie zur Versöhnung ausgestreckt. Er ergreift sie und wird von ihr nach oben gezogen.

»Mir schwätzet nachher weiter«, grummelt Thorsten. »Jetzt müssa mir uns um Nicole kümmra. Des hot sich vorher net gut anghört am Telefon.« Er greift unter seine Kutte, befördert Arndts Handy zutage und überreicht es ihm. Der Seher glotzt das Display an, drückt auf Tasten herum, hält sich das Gerät an das Ohr, bis er begreift, dass er in diesem Gang, mehrere Meter unter dem Erdboden, keinen Empfang hat.

»Da war so ein Typ mit 'nem komischa Dialekt dran. Er will sei Geld, hot er gsagt, ond wenn er des net kriegt, dann wär des gar net guat. Ond i glaub, i hab Nicole ghört, wie sie irgendjemand anbrüllt hot, er soll seine schmierige Griffel bei sich lasse«, erklärt Thorsten und fügt fast entschuldigend hinzu: »Jetzt guck halt net so. Dei Telefon hat klingelt, dann bin i rangange. Reine Gewohnheit. Komm jetzt.«

Er eilt weiter, Arndt folgt ihm. Vor ihnen tauchen Stufen auf, die nach oben führen.

»Gar net schlecht, so a Abkürzung, gell?« Thorsten deutet auf die Treppe und sieht fast zufrieden aus. »Du gehsch in ein Haus nei und kommsch in einem anderen in der Parallelstraße wieder raus. Wenn mr woiß, dass die Keller miteinander verbunda send.«

Er kichert, dann schreitet er die Treppen hinauf.

Offenbarung

»Hey, hast du übermorgen Abend Zeit? Es ist wichtig.«

Ich versuchte, meine Nervosität zu unterdrücken und cool zu klingen, konnte jedoch nicht verhindern, dass meine Stimme zitterte. Es waren keine zehn Minuten vergangen, seit Natascha angerufen hatte, um mir mitzuteilen, dass der große Casinoabend der bedeutsamen Herren bevorstand.

»Da haben einige Herren mächtig Druck in der Hose«, hatte Lady Natalie erörtert, bevor sie mir die Koordinaten des Treffens durchgab.

Nicole, meine Gesprächspartnerin am anderen Ende der Leitung, seufzte: »Ach, Erasmus, ich hab Besinnlichkeitswochen und muss fast jeden Abend zu einer Veranstaltung.«

»Du hast was?«

»Besinnlichkeitswochen.« Sie lachte. »Na ja, so nenne ich das. In der Adventszeit führt jeder Chor, jeder Gesangsverein, jede Musikschule, jede Glaubensgemeinschaft etwas auf, um daran zu erinnern, dass Weihnachten keine Erfindung von *Karstadt* oder *Kaufhof* ist. Und darüber berichten wir.«

Ich versuchte, mir meine Enttäuschung nicht anmerken zu lassen. Da bahnte sich ein handfester Skandal an, und sie zog es vor, über Adventsgesänge zu berichten.

»Okay, das ist ja sehr löblich. Aber ich habe da etwas gehört … äh, in meinen Karten gesehen … etwas, was sehr bedeutsam für dich sein kann. Nein, nicht sein kann, sondern ist.«

»Ach, darf ich bald die Horoskope schreiben? Stimmt, unser Redakteur aus der Sportabteilung, der sonst dafür zuständig ist, ist schon seit Wochen krank …«

»Nicole, ich meine es ernst. Nimm dir übermorgen Abend frei. Ich muss dir etwas zeigen.«

Sie prustete los. »Was zeigst du mir denn? Deine Sammlung an Wahrsagerutensilien? Das Spätzlebrett des

Schicksals? Das Rostbraten-Pendel? Oder das getrocknete Kutteln-Kaleidoskop?«

Sie nahm mich nicht ernst. Nicht als Hellseher und, was mich noch mehr schmerzte, nicht als Persönlichkeit, geschweige denn als Mann.

»Gut, dann lass es eben«, antwortete ich beleidigt und wollte schon auflegen.

»Sei nicht sauer«, schob Nicole beschwichtigend nach. »Ich bin im Moment sehr im Stress und habe überhaupt keinen Kopf für kryptische Botschaften, die einem Kartenbild oder einer Flädlepfanne entspringen.« Sie machte eine Pause und ich hörte, wie sie tief Luft einsog.

»Aber ich würde dich gern wiedersehen.«

Mein Herz vollführte einen Sprung. Ich hatte gehofft, dass Nicole mir vertraute und mich ins Casino begleitete, um dort Trollingens Politprominenz dabei zu ertappen, wie sie sich an die Marionettenfäden der Hochpolitik anknüpfen ließ. Aber ihr Geständnis, dass sie mich wiedersehen wollte, und vor allem die Art, wie sie es gesagt hatte, war besser als jeder Aufklärungsversuch eines Skandals.

»Ich würde dich auch gern wiedersehen. Am liebsten sofort«, krächzte ich heiser. Mein Puls raste, meine Hände waren feucht, meine Wangen glühten. Ich fühlte mich wie ein Pubertierender, der seinem Schwarm soeben eine Liebesbotschaft per Krampenpost an den Hinterkopf geschossen hat und auf Antwort hofft.

Willst du mit mir gehen? Ja, nein, wohin?

Ein verschollen geglaubtes Glücksgefühl stieg in mir auf.

»Ich kann nicht weg«, flüsterte Nicole. »Hier ist im Moment die Hölle los und eine furchtbare Stimmung. Aber am Samstag habe ich frei. Den ganzen Tag. Wir könnten ins Kino gehen …«

Mein Hochgefühl schwand. »Samstag? Aber das ist erst in drei Tagen«, maulte ich enttäuscht. »Was soll ich denn bis dahin ohne dich machen?«

Nicole lachte: »Du kannst ja in der Zwischenzeit die Welt retten. Oder sie zumindest ein bisschen besser machen.«

Das mache ich auch, dachte ich und legte auf.

Als ich am Freitagabend das Spielcasino in Baden-Baden betrat, traute ich meinen Augen kaum. In den Gängen, an den Tischen, ja sogar im Restaurant stapelten sich die fein gekleideten Damen und Herren fast, um ihr Glück herauszufordern. Das Stimmengewirr glich dem Getöse von heranrauschenden Wellen, Sprachen purzelten durcheinander.

Die meisten von ihnen hinterließen jedoch nicht den Eindruck, dass sie auf das große Geld aus waren. Es machte eher den Anschein, als besäßen sie es bereits. Wahrscheinlich ging es ihnen wie mir – sie suchten den Kick: Die einen beim Roulette, die andern beim Black Jack und einige bei den Damen.

Ich hielt Ausschau nach Natascha, konnte sie aber nirgendwo entdecken. Ich durchstreifte alle Säle und Räume, fläzte mich, nach vergeblicher Suche, schließlich auf einen Barhocker und bestellte mir einen Drink. Eigentlich wusste ich nicht, was mir dieser Besuch im Casino bringen konnte. Was konnte mir das Wissen nützen, dass sich die Gemeinderäte von Trollingen erst hier und dann im Hotel vergnügten? Was bewies das? Ich kannte diese Leute nicht einmal, wie sollte ich sie erkennen?

Der Barkeeper stellte den doppelten Whiskey, den ich bestellt hatte, neben mir ab und schob den Beleg unter das Glas. 15 Euro. In dieser Spielstätte konnte man offenbar nur verlieren.

Gelächter brandete aus einem der Nebenräume heran und dann sah ich sie. Angeleitet von Landrat Kaufinger höchstpersönlich, schob sich ein gut gelaunter Tross in die Bar. Geschniegelte Männer in billigen Anzügen, schlecht gebügelten Hemden und grauenvollen Krawatten in Begleitung von weiblichen Schönheiten, die mit kunstvollen Frisuren, dezentem Make-up, teurem Schmuck und atemberaubender Robe den prunkvollen Kontrast setzten. Das mussten sie sein, Trollingens Gemeinderäte und ihre Gespielinnen für eine Nacht.

Ich griff in die Innentasche meiner Jacke und suchte vergeblich nach einem Stift und einem Stück Papier. Wenn ich irgendetwas beweisen wollte, musste ich die Teilnehmer der verschwörerischen Gemeinschaft zumindest beschreiben können. Ich winkte dem Kellner, ließ mir von ihm einen Kugelschreiber aushändigen und fertigte auf der Rückseite der Quittung meine Notizen an.

Mann, ca. 1,80 groß, breiter Kopf, Boxernase, dunkle Haare, randlose Brille, lacht wie ein Maulesel auf Droge.

Mann, maximal 1,65, Megawampe, dünnes Haar, versucht mit zur Seite gekämmten Strähnen Glatze zu verdecken, rotes Gesicht, sieht aus wie die Sumoringer-Version eines Gartenzwergs.

Junger Typ im Konfirmandenanzug, strubbelige Frisur, Freundschaftsband am Handgelenk, Typ Bio-Landei.

Obwohl ich mich bemühte, möglichst klein zu schreiben, würde der Beleg nicht ausreichen, um alle Typen, die zu der feinen Gesellschaft des Herrn Landrats gehörten, zu skizzieren. Ich war also gezwungen abzukürzen.

M, ca. 60, grauh., V.bart, spuckt b. Red., Typ Käptn Iglu

M, gr., schlk., Seit.scheit, best. Vers.kfm.

Es war fraglich, ob ich am nächsten Tag noch irgendetwas meiner chiffrierten Notizen dekodieren konnte. Außerdem schien mein außergewöhnliches Verhalten – ein Typ, der an der Bar hing und fluchend einen winzigen Zettel beschrieb – Aufmerksamkeit zu erregen. Als der Landrat nervös in meine Richtung blickte und einem Schrank von einem Kerl etwas ins Ohr flüsterte, steckte ich den Beleg in die Innentasche meines Jacketts, legte einen Zwanzig-Euro-Schein auf den Tresen und verließ das Casino.

Lange Zeit war ich davon überzeugt gewesen, dass mein Sinn für Gerechtigkeit nur dann auf den Plan trat, wenn mir selbst eine Ungerechtigkeit geschah. Doch dieses Mal war es anders.

Je länger ich darüber nachdachte, dass sich diese so genannten Volksvertreter für ein kleines bisschen Spaß ihre Meinung abkaufen ließen, desto größer wurde meine Wut. War am Ende jeder käuflich? Galten Werte wie Moral, Gerechtigkeit oder Verantwortung nichts mehr? Nicht, dass diese Begrifflichkeiten in meinem Leben eine große Rolle gespielt hätten, aber als Junge, der auf dem Kiez aufgewachsen war, taugte ich auch nicht unbedingt als moralisch einwandfreies Lebensmodell. Ich hatte Menschen zugesehen, die für ihren Lebensunterhalt, für die Gesundheit der Familie und in Ausnahmefällen auch für eine neue Identität ihre Seele und nicht selten ihre Körper verkauft hatten, aber diese Provinz-Prinzen gaben ihre Macht aus der Hand, nur weil ihnen jemand an das Zepter fasste. Wo war hier die Verhältnismäßigkeit? Hatten sie kein Gewissen?

Das war nicht hinzunehmen, nicht zu akzeptieren. Und auf der Rückfahrt nach Trollingen wurde es mir bewusst, dass ich das nicht hinnehmen, nicht akzeptieren wollte. Sicher, ich konnte nicht die Welt retten, wie es Nicole vorgeschlagen hatte, aber ich konnte zumindest versuchen, sie ein bisschen besser zu machen. Indem ich ein paar Politiker ärgerte. Aber dazu brauchte ich Verbündete.

Ich wählte Nicoles Mobiltelefon an. Ich musste ihr mitteilen, was ich in Erfahrung gebracht hatte. Das konnte ihre große Geschichte werden.

Nach dem fünften Klingeln meldete sich eine Männerstimme.

»Ja?«

Ich schluckte. Wer konnte das sein? Wieso ging dieser Typ an ihr Handy?

»Hallo. Ich möchte gern Nicole sprechen.«

Meine Stimme klang schwach. Ich räusperte mich.

»Das geht jetzt nicht. Wer sind Sie denn überhaupt?«, fragte der Unbekannte misstrauisch.

»Ein Freund. Und nun geben Sie mir bitte Nicole. Es ist wichtig.«

Sekundenlang hörte ich gar nichts, dann durchbrach ein Klirren und Scheppern die Stille.

»Hören Sie, das ist im Moment ganz schlecht. Nicole ist gerade im Bad«, wisperte er.

Als sei dies ihr Stichwort, hörte ich sie im Hintergrund »Redest du mit mir?« rufen.

Ich ließ den Hörer sinken und legte auf. Da war ein Typ in Nicoles Wohnung, sie war im Bad und mir hatte sie etwas von Adventsgesängen erzählt. In diesem Fall musste ich nicht allzu viel Fantasie aufbringen, um mir zusammenzureimen, was hier vor sich ging. Da war wohl jemand ganz vorweihnachtlich beschert worden, und wenn Gesänge stattgefunden hatten, waren die wohl ganz intimer Natur gewesen. Während ich Beweise gesammelt hatte, um Unheil von dem kleinen Städtchen abzuwenden und um einer Journalistin aus der Bedeutungslosigkeit herauszuhelfen, hinterging sie mich. Betrog mich mit einem anderen und ich hatte noch nicht einmal das Recht, es Betrug zu nennen, weil wir kein Paar waren, weil sie uns noch nicht einmal die Zeit gegeben hatte, zueinanderzufinden.

Meine Laune sank in den Keller und so führte mich mein Weg in die Schenke. Ich musste mit jemandem reden, mich von dem Frust dieses Abends befreien.

Gideon schmiss gerade eine Lokalrunde. Als er mich sah, stürmte er auf mich zu, umarmte mich herzlich und brüllte mir »Da bisch ja, i hab dich scho gsucht!« ins Ohr.

Er zog mich zum Tresen, orderte bei der Bedienung einen doppelten Ramazotti Sour für sich und einen Tresterschnaps für mich und strahlte mich an. Seltsam. Bis zu diesem Moment hatte ich ihn noch nie lachen sehen und seine Fröhlichkeit machte mich misstrauisch.

»Gibt es etwas zu feiern?«, brüllte ich gegen die Geräuschkulisse an. Im hinteren Teil des Raumes maßen einige Wikinger und Ritter im Tischfußball ihre Kräfte und offenbar gehörte wildes Geschrei und Wutgeheul zur Spielstrategie der Nordmänner dazu.

Die *Leisen Lauten* unterstützten das Stadionfeeling durch schrammelige Versionen von »You'll never walk alone« und »Seven nation army« von den White Stripes.

»Oooooh, oh oh oh, ooooh, oh« skandierten die Fans der jeweiligen Lager im Hintergrund.

Gideon nahm die Getränke in Empfang, überreichte mir mein Glas und stieß mit mir an. Ich nahm einen tiefen Schluck, schüttelte mich und stellte nochmals meine Frage, die im Tohuwabohu offensichtlich untergegangen war. »Worauf trinken wir?«

»Auf das Leben. Auf die Liebe. Und auf mich!«

Ich hatte schon schlechtere Gründe gehört, also nahm ich noch einen Schluck. Der Schnaps brannte meine Speiseröhre hinunter, erneut schüttelte ich mich.

Gideon schlug mir auf die Schulter, so als zolle er mir Respekt, dass ich mich so tapfer in der Trestervernichtung schlug. »Dass du des Zeug ronderkriegsch«, wunderte er sich.

Bevor ich klarstellen konnte, dass er es war, der mich immer wieder dazu verführte, mich durch die hochprozentige Plörre zu vergiften, fuhr er fort: »Es gibt gute Neuigkeita, mein Lieber. I hab einen neuen Job. Beim Fernseh, na ja, bei *Schwaben-TV*. Als Moderator.«

»Das ist ja …, also das ist …«, eigentlich wollte ich »der größte Blödsinn, den ich je gehört habe« anfügen, aber ich entschied mich für »… großartig. Gideon, ich freue mich für dich.«

Er grinste und leerte sein Glas in einem Zug.

»Nomol 's Gleiche«, ließ er die Bedienung wissen, bevor er sich wieder mir zuwandte. »Der Rudi hot a ganz neues Format im Programm. ›Frau gesucht – Schwäbin gefunden‹, so eine Art ›Bauer sucht Frau‹, mit dem Unterschied, dass die Typen koine Baura sen, sondern Badner.« Er lachte schmutzig. »Des isch doch sauglatt, oder? Des wird mein Durchbruch.«

Wahrscheinlich musste man aus dem Ländle kommen und die vermeintliche Hassliebe zwischen Badenern und Württembergern mit der Muttermilch in sich aufnehmen, um den satirischen Tiefgang der neuen Sendung nachvollziehen zu können. Für mich hörte es sich einfach nur nach einem faden Abklatsch an.

»Es isch natürlich alles bloß Fake. Die Männer und die Fraua sen alle gecastet. Des dät ja gar net anders ganga.«

»Ach, und wieso nicht?«

»Ha, koi Schwäbin dät freiwillig an Badner zom Mann nemma. Do könntet mir lang sucha.«

Er prustete und hielt sich den Bauch vor Lachen. Er beruhigte sich erst wieder, als sein Getränk kam.

»Auf das Laster! Auf den Zaster!«

Au weia. Wenn das Niveau seiner Trinksprüche proportional zum zunehmenden Alkoholpegel sank, dann waren wir schon bald im Keller angelangt, im düsteren Verlies, in dem die nicht jugendfreien Sprüche und Anzüglichkeiten hausten.

»Dann gehst du also weg vom Markt?«, fragte ich.

Gideon wurde ernst und legte mir einen Arm um die Schulter. Sein Blick verriet, dass er schon ziemlich hinüber war.

»Ja, i bin weg vom Markt sozusage. Aber für dich bin ich immer da«, erklärte er mir feierlich.

Ich zweifelte, ob es ein guter Zeitpunkt war, ihn einzuweihen. Aber aus irgendeinem Grund fühlte ich mich mit ihm seelenverwandt, er war der Einzige, dem ich mich anvertrauen konnte, nachdem ich auf Nicoles Loyalität nicht mehr bauen konnte. Und es musste geschehen, bevor sich Gideon vollständig ins Nirwana gesoffen hatte.

»Bevor du gehst, muss ich mit dir reden.«

Er sah mich schief an und stieß mich dann mit theatralischer Geste weg. »Bleib mir bloß vom Leib. I steh auf Fraua ond des bleibt au so.«

Ein großer Schluck Rama Sour verschwand in seinem Schlund.

»Späßle g'macht, selber g'lacht«, kommentierte er seinen Kalauer und grinste.

»Können wir irgendwo hingehen, wo es ein wenig ruhiger ist?«

Gideon drehte sich einmal im Kreis, als suchte er ausgerechnet in der Taverne, in der sich ungefähr zweihundert trinkfeste Kehlen ordentlich die Kante gaben, nach einem stillen Fleck. Er leerte sein Glas, knallte es auf den Tresen, schnappte mich am Ärmel und zog mich hinter sich her zum Ausgang zu.

»Ein Typ mit einer Visage, als sei oiner drübergfahre, ond mit einem Lacha, dass d' Milch im Kühlschrank sauer wird, des kann bloß der Heimerdinger von der CDU sei. Ond der Fettsack, der sein Schniedl bloß sieht, wenn er auf 'nem verspiegelta Boda stoht, des isch der Steinle von der SPD. Ond der Jonge, der aussieht, als hätt er seine Klamotta aus der Altkleidersammlung rausgezerrt, isch der Brockmann von de Grüne.«

Gideon bestätigte meine Vermutung. Bei den Herren, die ich gesehen hatte, handelte es sich um Vertreter des Gemeinderates von Trollingen.

»Und die waret alle zsamme im Puff?«

Ich stieß Gideon an. »Nein, im Casino. In Begleitung von Escort-Damen. Und der Kaufinger war auch dabei.«

Er fasste sich an das Kinn, strich durch seinen zottigen Bart und murmelte die Namen vor sich her, als seien sie Bestandteile einer mathematischen Formel, zwischen denen nur noch ein Bezug hergestellt werden musste.

»Ond in diesem Café hat sich die Rothfuß mit dem OB troffa?«

»Ja, sie haben Pläne angesehen, Berechnungen angestellt. Und ich bin mir sicher, dass zwischen den beiden etwas läuft.«

Der Neu-Moderator tippte sich gegen die Nase. »Okay, lass mich überlega. Angnomma, es geht um die Halle, so wie du vermutesch. Was hot der Landrat davon, wenn des Projekt nach Trollinga kommt? Ond warum lädt er den Gemeinderat in dr Puff ei?«

»Ins Casino«, stöhnte ich.

Gideon wischte meinen kleinlichen Einwand mit einer abwertenden Geste beiseite. »Des klingt nach einem sehr interessanten Fall. Da werd i glei mal meine Kontakte spiela lasse ond recherchiera.«

Er legte mir eine Hand auf den Unterarm und senkte die Stimme.

»Des sodd allerdings unser Geheimnis bleiba, bis i was woiß«, raunte er mir zu. »Es könnte nämlich sei, dass da Leute dahintersteckat, mit denne nicht zu spaße isch.«

Wie von selbst lüftete sich vor meinem inneren Auge ein Vorhang und Pjotr, flankiert von drei Finstermännern mit Maschinenpistolen im Anschlag, erschien. Ich schauderte. Mein Tarnmäntelchen bröckelte, ich musste die spärlichen Reste zusammenhalten, um mich nicht völlig zu entblößen. »Gut. Ich sage nichts. Unter einer Bedingung.«

»Und die wäre?«

»Du verrätst auch niemandem etwas davon.«

Gideon schnaubte, als hätte ich ihn darum gebeten, mich zu küssen.

Ich sah ihn eindringlich an. »Versprichst du's?«

Er lächelte, hob drei Finger zum Schwur in die Höhe. »So wahr ich Gideon heiß. Von mir erfährt koiner ebbes.«

Auch am nächsten Tag bildete sich vor meinem Wohnwagen eine lange Schlange, um einen Blick in die Zukunft zu riskieren. Unter den Wissbegierigen war einmal mehr Thorsten. Ich diagnostizierte ihm gerade, dass es einen kausalen Zusammenhang zwischen seinen Atembeschwerden und dem neuen Holzofen in seinem Zelt, der nicht richtig abzog, gab, als die Tür aufgerissen wurde.

Nicole stürmte herein. »Die ändern den Flächenbelegungsplan im Ortskern!«, platzte es aus ihr heraus, noch bevor ich sie des Raumes verweisen konnte.

Thorsten und ich blickten uns verwundert an.

»Wer?«, fragte ich.

»Wie?«, kam es von Thorsten.

»Was?«, schob ich nach.

»Wer? Wie? Was?«, äffte uns Nicole nach und zog eine Grimasse. »Übt ihr für die Sesamstraße, oder wie? Der Gemeinderat hat die Umnutzung der Fläche in der Ortsmitte bewilligt. Die machen aus einem Wohngebiet ein Mischgebiet. Mit großer Mehrheit wurde der Beschluss angenommen. Nur ein paar Frauen von den Freien Wählern und von den Grünen waren dagegen.«

Sie trat neben Thorsten, stützte sich am Tisch ab und beugte sich zu mir herüber. »Weißt du, was das bedeutet?«

Ihre Lippen bebten.

Ich schüttelte den Kopf. »Nein, weiß ich nicht. Es interessiert mich auch nicht.«

Ich wandte mich von ihr ab, wollte sie spüren lassen, dass sie für mich nicht mehr existierte.

»Die Halle!«, rief Thorsten entsetzt. »Die könnat die Halle hier baua.«

Er starrte mich an. »Wie du es vorhergsagt hosch.«

Nicole nickte und richtete sich wieder auf. »Genau. Wie du es vorhergesagt hast«, wiederholte sie leise.

»Ja, damit sind ja wohl alle Zweifel an meiner Glaubwürdigkeit ausgeräumt, nicht wahr? Was ja nicht für jeden in diesem Raum zutrifft.« Eine unbehagliche Stille senkte sich auf uns herab. Nicole runzelte die Stirn, Thorsten war geschockt ob seiner Erkenntnisse und mir schossen Gedanken durch den Kopf, die nicht so recht zusammenpassen wollten. Nur eines war klar: Das Polit-Puzzlespiel hatte sich wie von selbst zusammengefügt und zeigte nun sein grässliches Bild. Ich konnte Nicole und Thorsten nicht ansehen, deshalb glotzte ich in die Kristallkugel vor mir, in der sich das rötliche Deckenlicht spiegelte.

»Des isch unglaublich«, sagte Thorsten. Seine Gesichtsfarbe war grau, die Ringe unter seinen Augen noch dunkler als zuvor. »Die machet, was sie wollet. Ond i hab dacht, mir lebat in einer Demokratie.« Langsam erhob er sich von seinem Platz und verließ kopfschüttelnd den Wagen. Nicole ließ sich auf den Stuhl sinken.

»He, jetzt bin i aber dran«, meckerte ein Herr, der in die Türöffnung getreten war. »Die hot sich oifach vordrängelt …«

Sie hob eine Hand, um ihn zu beruhigen. »Lassen Sie uns bitte einen Augenblick allein. Wir sind gleich fertig.«

Maulend zog er sich zurück und knallte die Tür zu.

»Was steht da noch?«, flüsterte Nicole und wies mit dem Kinn auf den Stapel Karten vor mir.

Ich nahm das Spiel auf. »Na ja, da steht, man soll den Tag nicht vor dem Abend loben. Die Hoffnung stirbt zuletzt. Du sollst nicht begehren eines anderen Weib …«

»Hör auf!«, herrschte mich Nicole an. »Was sagen deine Karten, deine Flädle, deine komische Kugel über diese Halle in Trollingen? Was? Weißt? Du?«

Die ewige Zweiflerin kam ins Wanken. Als wolle sie ein Loch in das Kristall der Kugel bohren, starrte sie auf das Requisit, bereit, Bilder zu empfangen.

»Ich weiß, dass du ein falsches Spiel mit mir treibst. Du erzählst mir, du hättest keine Zeit, weil du Abendtermine wahrnehmen musst. Du sagst mir, dass du mich sehen willst. Und in Wirklichkeit triffst du dich mit irgendwelchen Typen, noch dazu in deiner Wohnung. Was soll das? Bin ich deine Reservebank? Danke schön, darauf kann ich verzichten. Und jetzt geh.«

Verdattert sah sie mich an. »Wer …? Wie …? Was …?«, stotterte sie.

»Ach, nun sind wir wohl auch der Sesamstraßen-Fraktion beigetreten«, konterte ich. »Ich habe dich gestern Abend angerufen, aber ich habe dich nicht erreicht. Weil du gerade im Bad warst, wie mir ein Herr erläutert hat. Und ich muss nicht in meine Kugel oder in die Karten blicken, um zu erfahren, was das zu bedeuten hat.«

Sie ließ den Kopf auf die Tischplatte sinken. »Helge, du Drecksack«, flüsterte sie und ließ es klingen wie das Zischen einer Schlange.

Die Tür wurde aufgerissen. »Ja, was isch denn jetzt? Wie lang soll i denn noch warte? Wird des heut no was mit meiner Zukunft?«

Der Herr, der eben schon seine Aufwartung gemacht hatte, sah Nicole feindselig an. Die erwachte aus ihrer Lethargie, warf ihm zornige Funkelblicke zurück, ballte eine Faust und schüttelte sie in seine Richtung, so dass er zurückwich.

»Wenn Sie noch einmal stören, dann hat sich Ihre Zukunft erledigt«, knurrte sie. Wieder krachte die Tür hart ins Schloss.

Mit einem Ruck richtete sie sich auf, kramte einen Notizblock und einen Stift aus ihrer Tasche, kritzelte etwas auf ein Blatt Papier, riss es ab und legte es mir hin. Es war ihre Adresse.

»Du liegst mit deinen Vermutungen ganz falsch. Und ich würde dir das gerne erklären. Aber nicht hier. Um acht bei mir, o.k.?«, sagte sie.

Ich zögerte. Was gab es da denn zu erklären? Sie und Helge-Drecksack hatten einen Abend zusammen verbracht. Ich ließ mich gegen die Rückenlehne meines Stuhls fallen, verschränkte die Arme und gab den bockigen Erasmus.

Nicole grinste. »Süß. Wenn du nun noch die Unterlippe vorschiebst, siehst du aus wie meine dreijährige Nichte.« Sie legte mir eine Hand auf die Wange. »Aber die Tante kauft dir kein Eis. Sie hat was viel Besseres für dich«, schnurrte sie. »Also, was ist? Kommst du?«

»Jetzt sag halt ja, damit mir hier weiterkommat«, polterte der Herr in der Tür, der es offenbar sehr eilig hatte, in die Zukunft zu schauen.

»Mal sehen«, antwortete ich. Das war wohl die unverbindlichste Variante, die ein Seher anbieten konnte.

»Dann bis heute Abend«, hauchte sie, drehte sich ab und ging.

Frisch gewaschen – ich hatte zwei Stunden im Badezuber zugebracht und mindestens neunzig Minuten davon Magdalena abgewehrt, die unbedingt zeitgleich baden musste und darauf bestand, mir nicht nur den Rücken einseifen zu dürfen – und neu eingekleidet, stand ich fünf Minuten vor acht vor Nicoles Wohnungstür und betätigte die Klingel. Ich hörte ihre Schritte, der Spion verdunkelte sich, eine Sicherungskette wurde zurückgeschoben. Dann stand sie vor mir. Sie trug ein eng anliegendes schwarzes, kurzes Kleid, schwarze Strümpfe und hochhackige Schuhe. Die Haare hatte sie zu einem vorwitzigen Pferdeschwanz, der ein wenig an den Stummel eines Pudels erinnerte, zurückgebunden, ihre Lippen glänzten lipglossbefeuchtet. Das konnte nicht ihr Outfit für einen gemütlichen Fernsehabend sein und wenn doch, dann wollte ich nur noch mit ihr in die Röhre schauen.

»Komm rein«, sagte sie sanft und trat einen Schritt zur Seite.

Ich schritt über die Schwelle und überreichte ihr mein Mitbringsel.

»Oh, ein vertrockneter Strauch. Wie nett«, säuselte sie.

»Es ist eine Rose von Jericho«, berichtigte ich. »Wenn du sie ins Wasser gibst, entfaltet sie ihre ganze Schönheit. Man sagt, dass sie heilende Kräfte besitzt.«

»Aha«, lautete Nicoles Kommentar, dann drehte sie sich ab und schritt den Gang entlang. Ihre Nylons raschelten verführerisch bei jedem Schritt und sekundenlang stand ich nur da, sah ihr nach und lauschte. Bei diesem Anblick war es schwer, die Rolle des gekränkten Zurückgewiesenen aufrechtzuerhalten, aber so leicht und vor allem ohne Erklärung wollte ich mich nicht umstimmen lassen.

Sie stieß die Tür zu ihrem Wohnraum auf, drehte sich um und wies hinein.

»Was ist?«, fragte sie mich, den gaffenden Ölgötzen.

Langsam, wie in Trance, folgte ich ihrer Aufforderung, schob mich an ihr vorbei. Wie zufällig berührten sich unsere Körper, einen winzigen Augenblick lang, der genügte, um die Atmosphäre elektrisch aufzuladen.

Die Wohnung war geschmackvoll und gemütlich eingerichtet, eher Rückzugsort als Prestigeobjekt. Eine Sofaecke mit einer wahrhaftigen Kissenburg lud zum Herumlümmeln ein, die Regalbretter bogen sich unter der Last von Büchern und CDs, in einer Ecke sorgte eine antike Nähmaschine für den spannungsreichen Kontrast zwischen Alt und Neu. Aus der Küche duftete es köstlich.

»Ich habe ein paar Kekse gebacken«, sagte Nicole und entschwand in die Küche, um kurz darauf mit einem Teller Weihnachtsgebäck wieder zu erscheinen. Sie stellte ihn auf den Wohnzimmertisch, ließ sich auf das Sofa sinken und wies auf den Platz neben sich.

»Schön hast du es hier. Gemütlich«, sagte ich, während ich mich in die Polster fallen ließ.

Sie nahm einen Keks und biss hinein. »Ja, eigentlich ist die Wohnung viel zu groß für mich allein. War ja auch anders geplant.«

Nachdenklich knabberte sie an dem Gebäckstück herum. Es sah so aus, als bereute sie die letzte Bemerkung.

»Wie war es denn geplant? Frag doch Helge-Drecksack, ob er einziehen will.«

Das klang schärfer als beabsichtigt. Sie starrte auf die Tischplatte, strich darüber und ich befürchtete schon, den Abend zerstört zu haben.

»Entschuldigung, geht mich ja nichts an«, sagte ich und griff nach einem Zimtstern, um weitere Gehässigkeiten aus meinem Munde zu ersticken. Wer Süßes im Munde führt, dem kann nichts Galliges entfleuchen.

Sie nahm meine unbekekste Hand zwischen ihre Hände und betrachtete sie, als wolle sie darin lesen.

»Helge und ich waren ein Jahr lang zusammen. Er war ein Kollege von mir. Wir haben uns super verstanden, in allen Belangen. Mit ihm konnte ich über alles reden, er war mein Freund, mein Rückhalt, mein Partner, ein phantastischer Liebhaber. Und wir haben uns optimal ergänzt: Was der eine nicht konnte, konnte eben der andere, wir waren ein perfektes Team.

Wir wollten uns eine gemeinsame Zukunft aufbauen, mit allem Drum und Dran: Hochzeit, Kinder, Haus auf dem Land. Es gab eigentlich nur ein Problem.«

Sie sah mir tief in die Augen und ich bemerkte, wie schwer es ihr fiel, darüber zu reden.

»Welches?«

»Er war nicht frei.« Nicole ließ meine Hand los. »Und eine charakterlose Pflaume obendrein, wie sich herausstellen sollte. Er war mit einer Freundin von mir zusammen, und obwohl er es mir immer wieder versprochen hat, konnte er sich nicht von ihr trennen. Vor zwei Monaten hat er sie geheiratet.«

Das Bild des Junggesellinnen-Abschieds tauchte vor meinem inneren Auge auf: die gut gelaunte Oberteufelin und die mürrische Nicole. Gab es einen quälenderen Moment als sehen zu müssen, wie die Liebe des Lebens eine andere heiratete? Dennoch war dies keine Erklärung dafür, warum er am Vortag an ihr Telefon gegangen war.

»Und trotzdem war er gestern bei dir«, hakte ich nach.

Sie nickte. »Er hatte immer noch Sachen von sich bei mir. Rasierzeug, Duschgel, Schlafanzüge, Bücher, Platten. Ich habe ihn darum gebeten, das Zeug abzuholen, bevor ich es in den Müll werfe. Er kam auch, hat mir vorgeheult, wie schrecklich alles sei. Dass er nur mich liebe, dass es ein Fehler gewesen sei zu heiraten, dass ich die einzige Frau sei, mit der er zusammenleben könne. Dieses ganze Gewäsch.«

»Und dann?«

»Dann habe ich seine Sachen zusammengesucht und komplett aus dem Fenster geworfen.«

Die Geräusche im Hintergrund, das Klirren und Scheppern, gewannen in diesem Zusammenhang eine ganz andere Bedeutung.

»Und während du seine Hinterlassenschaften entsorgt hast, geht der Typ an dein Telefon und erzählt mir seelenruhig, du wärst im Bad. Ich habe mir da etwas ganz anderes zusammengereimt. Was für ein Arsch.«

Sie nickte. »Oberarsch trifft es besser. Denn er hat offensichtlich auch deine Nummer aus der Anrufliste gelöscht. Daher war ich so erstaunt, als du mir heute Morgen erzählt hast, dass du mit mir telefonieren wolltest.«

Sie rückte näher an mich heran und legte mir beide Arme um den Hals. »Ich wollte dich nicht anlügen, aber ich wollte dich auch nicht mit dieser armseligen Geschichte belasten. Ich könnte mich ohrfeigen, dass es so weit gekommen ist.«

Ich streichelte ihre Wange.

»Dieser Helge muss ein ziemlicher Trottel sein«, flüsterte ich.

»Ja«, hauchte sie. »Das ist er. Und der größte Schlappschwanz, den die Welt je gesehen hat. Und ein aufgeblasener, eingebildeter ...«

Ich verschloss ihren Mund mit meinen Lippen. Sie ließ es geschehen. In inniger Umarmung sanken wir in die Waagerechte.

Vergessen waren meine Eifersucht, die Machenschaften der Stadtpolitiker, der vermeintliche Bau der Halle, die seltsamen Gestalten des Marktes. In diesem Moment zählten nur Nicole und ich. Und der Reißverschluss ihres Kleides, der sich heftigst dagegen wehrte, von mir geöffnet zu werden. Nicole schob mich von ihr weg und stand auf.

»Ich mach das mal besser allein, sonst ruinierst du mir noch das gute Stück«, sagte sie. Mit einer geschickten Handbewegung zog sie den Zipper nach unten, das Kleid fiel zu Boden und sie stand in schwarzer Unterwäsche und halterlosen Strümpfen vor mir. Ich streckte die Arme nach ihr aus und sie ließ sich neben mich fallen.

»Du siehst wunderschön aus«, wisperte ich und strich ihr über die Hüfte.

»Und du riechst gut. Nach Freiheit, Abenteuer und Stall.«

Ich stutzte. »Freiheit und Abenteuer kommt von der Eukalyptus-Pfirsich-Bademischung, der Stall wohl eher von meiner neuen Lederweste. Soll ich sie ausziehen?«

Anstatt mir eine Antwort zu geben, streifte sie mir das Kleidungsstück von den Armen. »Lederweste klingt nach Cowboy. Ich liebe Cowboys. Obwohl ich mich frage: Wo ist der Hellseher geblieben?«

Cowboy, Hellseher, Hunnenkönig, Astronaut – für diese Frau wäre ich in jede Rolle geschlüpft. Ich entschied mich für den »Liebhaber«.

»Wir brauchen eine Strategie«, murmelte Nicole verschlafen. Sie lag auf dem Bauch, den Kopf zu mir gewandt. Meine Fingerspitzen strichen ihren Rücken entlang, zeichneten die Schulterblätter nach, wanderten nach unten, umkreisten die fantastischen Rundungen ihres Pos, machten dort kurz Rast, bevor sie sich auf den Rückweg begaben, um im Nacken mit den aufgerichteten Härchen zu spielen. Sie schnurrte, müde und zufrieden, konnte sich jedoch nicht völlig der wohligen Entspannung hingeben. Die Journalistin war noch wach.

»Ich brauche Beweise, um etwas über diese Vorgänge in Trollingen schreiben zu können.«

Ich küsste mich den Weg hinunter, den zuvor meine Finger genommen hatten, war ganz und gar nicht in der Stimmung, um über Skandale, Beweise und Trollingen zu reden. Sie gab mir einen Klaps auf den Hinterkopf. »He, ich rede mit dir.«

»Ich besorge dir die Beweise«, antwortete ich und strich über ihre Schenkel. Ihre Haut war einfach unbeschreiblich sanft.

Sie richtete sich auf. »Und wie soll das gehen?«, knurrte sie. »Gehst du zum Oberbürgermeister, konfrontierst ihn mit deinem Flädle-Orakel und drohst ihm, damit an die Öffentlichkeit zu gehen, wenn er nicht sofort zugibt, dass der Bau dieser Mehrzweckhalle schon lange eine beschlossene Sache ist?«

Sie gab mir noch einen Klaps auf den Hinterkopf. Im Volksmund hieß es zwar, dass dies die Denkfähigkeit erhöhe, doch bei mir schien diese Anwendung nicht zu wirken. Konnte aber auch sein, dass ich von ihrem Körper zu sehr abgelenkt war.

»Wenn es diesen Bescheid zur Umnutzung der Ortsmitte gibt, dann gibt es bestimmt auch schon Pläne für die Halle. Die müssen wir finden.«

Ich hatte ihr nicht alles erzählt, im Grunde genommen waren es nicht mehr als vage Andeutungen gewesen, die sie auf die Spur gebracht hatten. Ich hatte in ihrer Anwesenheit die Karten befragt, die von einem bedeutenden Mann aus Trollingen zu berichten wussten, der ein Verhältnis mit einer jungen Frau habe, die wiederum in Beziehung zu einem noch wichtigeren Mann stehe und von diesen Verbindungen offensichtlich profitiere.

»Das kann eigentlich nur die Rothfuß sein«, kombinierte Nicole. »Einem Kollegen von mir ist es schon aufgefallen, dass in letzter Zeit alle kommunalen Aufträge an sie gegangen sind. Und sie wurde bei gesellschaftlichen Anlässen eigentlich immer in der Nähe wichtiger Männer gesehen. Da entstehen schnell Gerüchte.«

Ich bestätigte ihr, dass auch Thorsten diesen Verdacht geäußert hatte, deutete ihr auch an, dass ein Bekannter die Bauunternehmerin und den Oberbürgermeister in einem Café gesehen hatte.

Ich konnte ihr einfach nicht die komplette Wahrheit sagen – die Wahrheit über mich. Nicole hatte sich eben erst von einem Mann getrennt, der ihr eine Liebeslüge aufgetischt hatte. Und nun lag ich, die personifizierte Mogelpackung, neben ihr im Bett. Gegen ihre Überzeugung schenkte sie meinen Prophezeiungen Glauben. Hätte ich sie in diesem Moment enttäuschen können, indem ich ihr meine Geschichte erzählte? An welcher Stelle hätte ich beginnen sollen? Dass ich in Wahrheit ein Spieler war, der den Markt nur als Versteck benutzte? Dass ich andere Leute um ihr Geld und um ihr Schicksal betrog? Dass alle meine Prognosen auf Beobachtungen und Menschenkenntnis beruhten?

Und hatten nicht Natascha und Gideon davor gewarnt, andere einzuweihen? Hatten sie nicht von einer großen Gefahr gesprochen?

Ich entschied, dass es besser war, wenn Nicole noch nichts von den kriminellen Machenschaften der Politiker erfuhr. Ihr war es zuzutrauen, dass sie sich sofort auf eigene Faust in die Recherche warf und sich damit gefährdete.

Das konnte ich nicht zulassen. Vielleicht ergaben Gideons Kontakte neue Zusammenhänge in dem Fall. Das war dann der Zeitpunkt, sie ins Spiel zu bringen.

Das Problem dabei war, dass Nicole nicht warten wollte.

»Ich weiß, was wir machen!«, rief sie aufgeregt.

»Gut, ich bin dabei«, sagte ich und küsste ihren Bauchnabel. Wieder erhielt ich eine Kopfnuss. Wenn das so weiterging, entstand daraus noch ein pawlowscher Reflex.

»Nicht das, du Sexmonster. Wir brechen ins Büro der Rothfuß ein. Ich bin mir sicher, dass wir dort die Pläne für die Halle finden. Und dann informieren wir die Öffentlichkeit und organisieren eine Protestbewegung. Dagegen werden sich die Demonstrationen gegen Stuttgart 21 ausnehmen wie ein Kirchentag der protestantischen Jugend.« Sie schwang sich aus dem Bett, zerrte eine Jeans und einen Pulli aus dem Kleiderschrank und zog sich an. Enttäuscht sah ich ihr zu, wie sie ihre Haare zu dem kurzen Pferdestummel zusammenschob und ein Gummiband darum schlang.

Sie bemerkte meinen Blick und lächelte. »Komm jetzt. Die Welt wartet darauf, die Wahrheit zu erfahren. Das müsste dir doch am Herzen liegen.«

Ich streckte meine Arme nach ihr aus und winselte. »Mir liegt aber was ganz anderes auf dem Herzen.«

Sie feixte: »Um das, was du Herz nennst, kümmern wir uns später.«

Anspannung

Mit einigen kurzen, schnellen Bewegungen öffnet Thorsten das Vorhängeschloss. Die Kette, die das Tor zu einem Grundstück sicherte, rasselt zu Boden. Er stemmt sich mit aller Kraft dagegen, bis es seinem Druck nachgibt und sich mit einem metallenen Seufzen einen Spalt breit öffnet. Er zwängt sich hinein, deutet Arndt an, er möge sich beeilen, und stürmt auf eine kleine Hütte zu. Auch dort ist er nur Sekunden mit dem Schloss beschäftigt, stößt die Tür auf und leuchtet in einen mit allerhand Gerümpel vollgestellten Verschlag.

»Wo sind wir hier? Woher hast du die Schlüssel?«, fragt Arndt und sieht sich um. Im fahlen Licht der Taschenlampe erkennt er einen Schreibtisch unter einer uralten Bogenlampe, einen Bürostuhl, der gegen alle Regeln der Orthopädie verstößt, Regale gefüllt mit Ordnern, einen abgewetzten Polstersessel.

»Des isch mei Vergangenheit«, antwortet Thorsten und zwingt sich zu einem Lächeln. »Hier hab i mei Leba lang gschafft.«

Der Anblick seiner verlassenen ehemaligen Arbeitsstätte stimmt ihn traurig. Er wandert herum, beleuchtet die Wandbehänge: einen Kalender mit Aquarellen von Trollingens schönsten Stadtansichten, einen Druck von Kandinsky und eine Urkunde, die Thorsten Schlienz als Diplomingenieur des Bauwesens ausweist.

Arndt betrachtet seinen Retter und wird von Mitgefühl übermannt. Es muss schwer sein für ihn, an diesen Ort zurückzukehren, an dem die Erinnerungen so lebendig sind. Doch er versteht nicht, warum sich Thorsten so quält.

»Warum sind wir hier?«, erkundigt er sich.

»Hier bisch du in Sicherheit. Im Moment gibt es keinen Menschen in Trollingen, der dich nicht sucht. Für die bisch du derjenige, der das Feuer auf dem Markt gelegt hat.«

Arndt will widersprechen, alles abstreiten, sein Alibi angeben, lässt es aber bleiben, weil es sich so jämmerlich und feige anhört.

»Wenn die dich erwischat, dann kriegsch du die Gosch voll. Mindestens. Und dann bringat die dich nach Stammheim. Oder glei nach Winnenda.«

»Was ist denn in Winnenden?«

»Nervaheilanstalt. Genau 's Richtige für Leut wie dich.«

Der Seher will schon anfügen, dass ihm ein paar mehr Namen einfallen, die sich als Patienten eignen würden, doch ein Geräusch hinter ihm lässt ihn zusammenzucken. Seine Nervenbahnen stehen unter Strom, unter diesem Gesichtspunkt wäre ein Aufenthalt in einer Heilanstalt vielleicht wirklich kein Fehler, denkt Arndt.

Der Lichtstrahl aus Thorstens Taschenlampe erfasst Magdalena, die in ihrem sehr freizügigen und der Witterung überhaupt nicht angemessenen Kostüm zur Tür hereingleitet.

»Um Gottes willa! Zieh dir was an! Du holsch dir noch den Tod. Oder wenn's ganz bled lauft, a Grippe«, flüstert Thorsten aufgeregt, schlingt sich aus seinem Umhang und wirft ihn der Tänzerin zu.

Sie fängt das Kleidungsstück und hüllt sich bibbernd ein.

»W-w-war g-g-gar n-n-net so l-l-leicht die abzuhänga«, bringt sie hervor. »Z-z-zum G-g-glück k-k-kann der K-k-kleine net so schnell l-l-laufa.«

»Bisch sicher, dass sie dir net gfolgt sen?«, fragt Thorsten besorgt, löscht den Lichtschein der Lampe und sieht durch das Fenster hinaus auf den Hof, auf dem einige Baumaschinen der Verschrottung entgegenrosten. Magdalena streicht energisch die Haare zurück.

»Um a Wildkatz zu fanga, musch mindestens an Kater sei«, gibt sie selbstsicher zurück.

Nur das Klappern ihrer Zähne passt nicht so recht zu ihrer Aussage.

»Und was machen wir jetzt?« Arndt lässt sich in den Sessel fallen und spürt, wie sich eine Sprungfeder in seinen Allerwertesten bohrt.

»Mir wartet. Bis der Typ sich meldet, der Nicole in seiner Gewalt hat.«

Magdalena sinkt erschöpft auf den Bürostuhl. Sie starrt auf die Tischplatte vor sich, ihre gesamte Energie scheint aus ihr zu weichen. Ihre Lippen beben, sie beginnt zu weinen.

»Des isch alles nur meine Schuld«, schluchzt sie. Sie vergräbt ihr Gesicht in ihrer Armbeuge und wird von heftigen Krämpfen geschüttelt. Thorsten tritt hinter sie, legt ihr den Arm um die Schulter und drückt sie an sich.

»I war so eifersüchtig«, presst Magdalena stockend hervor. »Und so wütend, weil du gar net mit mir auf die Insel fahre wolltesch, sondern mit ihr.«

Sie sieht auf, schwarze Kajalschlieren zeichnen den Weg ihrer Tränen nach, so viel zum Thema wasserfestes Make-up.

»Die Männer haben alle auf dem Markt nach dir gefragt. Ich hab ihne den Tipp geba, dich bei ihr zu sucha.« Ihre Stimme wird heiser. »I wollt mich net ungestraft schon wieder von einem Mann bscheißa lasse. Aber i hab ja net gwusst, dass die vor gar nix zurückschreckat.«

Sie fängt wieder an zu schluchzen und schnäuzt sich geräuschvoll in den Ärmel von Thorstens Jacke. Der betrachtet dies mit leicht angewidertem Gesichtsausdruck, sagt aber nichts.

Arndts Magen schnürt sich zusammen bei dem Gedanken, zu welchen Taten Pjotr fähig ist. Er wischt die Schreckensbilder, die sich ungewollt vor seine Augen schieben, beiseite. Nicole darf nichts passieren, sie ist unschuldig in den Strudel der Ereignisse geraten, nein, er, Arndt Petersen, hat sie hineingestoßen. Er muss sich Pjotr stellen und Nicoles Freigabe erzwingen. Vielleicht konnte er seine Schulden abarbeiten. Vielleicht konnte er den Verrat zu einem Missverständnis degradieren. »Weißt du, Pjotr. Eigentlich wollte ich meinen Vater anrufen und ihm deine tolle Location für seinen nächsten Auftritt vorschlagen und plötzlich hatte ich die Polizei dran und da war ich so erschrocken, dass mir das mit dem Glücksspiel im Hinterzimmer so rausgerutscht ist.«

Arndt erkennt, wie aussichtslos seine Lage ist. Und er weiß, dass er dieses Mal die Rechnung allein bezahlen muss.

In diesem Moment der Erkenntnis vibriert das Mobiltelefon in seiner Hosentasche. Mit zitternden Händen zieht er es hervor, starrt auf das Display. Nicole ruft an.

Langsam startet er den Countdown.

3 ... 2 ... 1.

Er drückt den Annahmeknopf.

Showdown

»Da drüben in dem Gebäude, da muss es sein.«

Nicoles Stimme zitterte vor Aufregung, doch selbst bei den spärlichen Beleuchtungsverhältnissen konnte ich das Funkeln der Entschlossenheit in ihren Augen sehen.

Wir hatten uns an das Grundstück herangeschlichen, das durch einen Stahlzaun gesichert war, hockten im Schatten eines mondbeschienenen Baumes und beobachteten das starre Standbild des unbelebten Geländes. In der Ferne bellte ein Hund, zu weit weg, um eine Bedrohung darzustellen, und dennoch verharrten wir, um sicherzugehen, nicht von patrouillierenden Sicherheitskräften entdeckt zu werden.

»Ich glaube, die Luft ist rein. Wir können rüber«, flüsterte Nicole und erhob sich. »Los, mach mir eine Räuberleiter.«

Ich legte die Hände vor mir übereinander, sie stieg mit einem Fuß hinein, stieß sich ab und krallte sich am oberen Rand des Zaunes fest. Ich wollte ihr helfen, schob mit beiden Händen nach und unterließ es, als mir von ihr ein plumper Annäherungsversuch unterstellt wurde.

»Ich glaube es nicht«, zeterte es von oben. »Ich müh mich hier ab und er hat nichts anderes zu tun, als mir an den Hintern zu fassen.«

»Was soll ich denn machen?«, verteidigte ich mich. »Hier ist überall nur dein …

»Sei jetzt besser still!« Sie ächzte und keuchte, schwang energisch ein Bein über den Zaun, verlor das Gleichgewicht und landete unsanft auf der anderen Seite.

»Alles okay bei dir?«, rief ich besorgt. Ich erhielt keine Antwort. Von Angst und Sorge erfüllt hangelte ich mich nach oben. Ich war nie ein großer Turner gewesen, um Reck und Ringe hatte ich in der Schule immer einen großen Bogen gemacht. Und wenn es nach meinen Leistungen gegangen wäre, hätte man den Schwebebalken in Donnerbalken umbenennen müssen, so oft bin ich runtergedonnert.

Aber Angst verleiht ungeahnte Kräfte. In Sekundenschnelle hatte ich das Hindernis überwunden und stand neben Nicole, die regungslos am Boden lag und stöhnte. Ich tätschelte ihre Wange. »Nicole, Liebling, was ist mit dir?«

»Mindestens drei geprellte Rippen, ein verstauchter Knöchel, Schürfwunden an Ellbogen und Knie. Näheres kann ich erst nach der Obduktion sagen.«

Ihren Sarkasmus hatte sie noch nicht verloren, demnach konnte es nicht allzu schlimm um sie stehen. Sie richtete sich mühsam auf, legte einen Arm um meine Schulter und gemeinsam humpelten wir zu dem Gebäude, in dem wir das Büro der Bauunternehmerin vermuteten. Die Außentür war verschlossen, ebenso wie die Fenster.

»Und jetzt?«, fragte ich.

»Wenn du nur ein bisschen etwas von Houdini hättest, dann wäre so ein Schloss für dich ja wohl kein Hindernis.«

Nicole sah mich herausfordernd an.

»Tut mir leid, dass ich so eine Enttäuschung für dich bin«, gab ich beleidigt zurück.

Sie grinste, küsste mich auf die Wange, verschwand in der Dunkelheit und kam kurz darauf zurück.

»Hier hilft kein Zauber, sondern nur die magische Kraft eines Pflastersteins«, sagte sie und schleuderte ihr Wurfgeschoss gegen die Scheibe, die klirrend zu Bruch ging. Scherben fielen zu Boden und verursachten ein Spektakel, das bestimmt noch kilometerweit zu hören war. Das Hundegebell in der Ferne schwoll an. Ehe ich mich versah, hatte Nicole das Fenster geöffnet und war in das Innere des Gebäudes geklettert. Ich folgte ihr.

Unsere Suche verlief ergebnislos, sieht man einmal davon ab, dass sich Nicole bei dem Versuch, eine verschlossene Schublade zu öffnen, einen Fingernagel abbrach. Kein Plan, keine Aufzeichnung, kein Modell über eine Mehrzweckhalle war zu finden.

Wo würde jemand wie die Bauunternehmerin Rothfuß brisante Dokumente verstecken? Im Aktenschrank ganz bestimmt nicht. Im Schreibtisch? Negativ. Doch dann machte ich eine interessante Entdeckung. Unter der Tischplatte war ein Karton mit Paketband befestigt.

»Hier ist etwas!«, rief ich und fast augenblicklich kniete Nicole neben mir. Ihr Atem ging schwer, als ich das Klebeband löste, den Karton öffnete und Fotografien von Barbara Rothfuß mit OB Tritschler herauszog. Sie waren durch eine Fensterscheibe aufgenommen worden und zeigten die beiden beim Austausch von Zärtlichkeiten.

Nicole stieß einen leisen Pfiff aus. »Sieh mal einer an. Da bereitet wohl jemand eine kleine Erpressung vor.«

Neben den Fotos enthielt der Umschlag eine CD, allerdings ohne nähere Bezeichnung. Es war keine Zeit, um sie in den Computer einzulegen. Ein Geräusch und der Schein einer Taschenlampe, der rastlos durch das Zimmer wanderte, unterbrach unser Tun.

»Da kommt jemand«, zischte ich. »Wir müssen weg.«

Nicole knipste ihre Lampe aus.

»Hallo? Sicherheitsdienst. Ist da jemand?«, dröhnte eine männliche Stimme durch die Nacht. Wir kauerten unter dem Schreibtisch und folgten dem Lichtschein, der suchend durch das Zimmer strich.

»Jessas noi, au des no«, war von draußen zu hören. Wahrscheinlich hatte der Sicherheitsmann das zerschlagene Fenster gesehen. Wir hörten, wie er die Polizei verständigte.

»Kommet Se schnell. Zum Baugelände der Firma Rothfuaß. Hier isch eibrocha worda … Was woiß denn i, ob was fehlt. I hab des doch grad erschd entdeckt.« Seine Stimme entfernte sich.

»Wir müssen hier raus«, flüsterte ich Nicole zu.

»Schade, ich habe gerade noch gedacht, wie gemütlich es hier ist. Vielleicht können wir hier unseren ersten gemeinsamen Urlaub verbringen.«

Ohne mich um ihre spitze Bemerkung zu kümmern, kroch ich aus dem Versteck und wagte einen Blick durch das Fenster. Der Wachmann stand mit dem Rücken zu mir und sprach in sein Handy.

»A zerbrochenes Fenster, ja. Mehr woiß i no net. Weil i draußa ben ond net drenna … Wenn i neigang, bin i drenna, aber dann isch draußa koiner meh …«

Dieses Gespräch schien sich hinziehen zu wollen.

Nicole erschien neben mir, mit dem magischen Pflasterstein in der Hand. »Er hat uns geholfen hereinzukommen. Und vielleicht bringt er uns auch wieder hinaus.«

Sie holte aus, doch ich hielt ihren Arm fest.

»Du wirst doch nicht …«

»Lass los!«

Sie warf ihn, entgegen meiner Vermutung, nicht in Richtung des Wachmannes, sondern in die Dunkelheit. Der Wächter schoss herum, ohne das Telefon vom Ohr zu nehmen.

»Da war ebbes … Noi, net drenna, draußa. A Geräusch … Ja, was woiß denn i, was des war. I soll nachgucka? Ja spennat ihr? Nochher isch da no oiner, der mir oins uffs Maul gibt. I gang jetzt nei. Oder soll i draußa bleiba, bis ihr kommat? ... Was soll des hoißa, ihr guckat Fußball? … Ah so, der VfB. Wie stoht's denn? Ond wer hat des Tor gschossa? Der Cacau? Der wird immer besser … Ond wie lang goht's no? A Viertelstond … Ha ja, do kommt's jetzt au nemme drauf an. Gut, dann gang i jetzt nei.«

Er setzte sich brummelnd in Bewegung und verschwand aus unserem Sichtfeld.

»Los, jetzt schnell.« Nicole stopfte die Fotos und die CD in den Karton zurück, schob ihn in ihre Jacke, krabbelte aus unserem Versteck hervor und hastete zum Fenster. Katzengleich schwang sie sich aus der Öffnung. Ich folgte ihr, blieb jedoch im Rahmen hängen. Eine Scherbe hatte sich in das Futter meiner Lederweste gebohrt und hielt mich fest. Hinter mir hörte ich, wie der Schlüssel im Türschloss gedreht wurde.

»Komm schon«, raunte mich Nicole an.

»Würde ich ja gern. Aber ich hänge fest«, gab ich zurück.

Die Tür wurde langsam geöffnet, der Schein der Taschenlampe schwebte herein. Ich zerrte an meiner Weste, hörte das Reißen einer Naht, konnte mich jedoch nicht endgültig befreien. Durch den Türspalt schob sich eine Hand, tappte an der Wand entlang auf der Suche nach einem Lichtschalter. Hektisch wickelte ich mich aus der Gefangenschaft meines Oberteils und noch bevor das Deckenlicht den Raum erhellte, landete ich neben Nicole im Kies. Wir spurteten los.

Nach fünfzig Metern wagte ich einen Blick zurück. Im Fenster erblickt ich das verdutzte Gesicht des Wachmannes, der meine Weste betrachtete, als handele es sich um ein Requisit aus einer anderen Welt. Was sie ja irgendwie auch war, zumal es sich um das Topmodell aus der neuen Kollektion von Hannes und Maurizio handelte. Und dessen verräterisches Etikett ich noch nicht abgetrennt hatte.

»Er hat meine Weste. Die werden uns finden«, bibberte ich.

Nicole, die mit großen Schritten zum Zaun eilte, schwieg.

»Wenn die damit zur Polizei gehen, bin ich dran. Einbruch, Diebstahl …«

Nicole zeigte sich unbeeindruckt, blieb erwartungsvoll vor dem Zaun stehen. Unaufgefordert bot ich ihr die Kletterhilfe dar, beobachtete, wie sie sich in Freiheit schwang. Durch die Gitterstäbe des Zaunes sah ich sie an. Vielleicht war es gut, sich schon jetzt an diese Perspektive zu gewöhnen.

»Sei unbesorgt. Ich werde dich nicht verraten. Schlafentzug, Folter, wochenlange Isolation können mich nicht beugen. Meine Lippen bleiben verschlossen.«

»Meine Güte, geht es auch mit ein bisschen weniger Drama«, unterbrach sie mich streng. »Schwing jetzt deinen Hintern hier rüber und mach dir mal nicht ins Hemd. Das Wichtige ist, dass wir jetzt schnell handeln.«

In den nächsten Tagen lebte ich wie ein Gehetzter. Ich traute mich kaum noch auf die Straße. Ständig blickte ich aus dem

Fenster meines Wagens, bei jedem blauen Kleidungsstück, bei jeder Schirmmütze, bei jedem noch so entfernten Sirenengeheul zuckte ich zusammen. Ich schlief schlecht, konnte mich kaum noch auf meine Arbeit konzentrieren. Ich ließ meine Prophezeiungs-Flädle anbrennen, die Karten fielen mir beim Mischen aus der Hand und meine Prognosen gewannen immer mehr Ähnlichkeit mit dem Schwachsinn, den man auf den Zetteln in Glückskeksen beim Chinesen vorfand. Sätze wie »Wen das Leben zu sehr anlächelt, dem offenbart es auch seine Zahnlücken« oder »Steter Tropfen höhlt die Leber« purzelten aus mir heraus, hinterließen mich ebenso ratlos wie meine Kunden.

Im Grunde genommen war ich es leid, den Hilflosen, die jeden Mist glaubten, jeden Tag aufs Neue Schwachsinn aufzutischen. Also sprach ich die Wahrheit, unabhängig vom Kartenbild. Ich riet einer jungen Frau, die mich bereits mehrfach aufgesucht hatte, zur sofortigen Trennung von ihrem untreuen Freund, einen Arbeitslosen herrschte ich an, er möge sich aus seiner Lethargie befreien und endlich einen der Jobs annehmen, die ihm sein Berater anbot, auch wenn sie nicht seinen wahren Neigungen entsprachen, die er im Skulpturenbau aus Schafsexkrementen sah. Ich vereitelte waghalsige finanzielle Transaktionen und machte auch dem Paar mit Kinderwunsch wenig Hoffnung. Diese traurigen Gestalten mussten endlich lernen, sich mit ihrem Schicksal zu arrangieren.

Selbst Geraldine blieb es nicht verborgen, dass mit mir etwas nicht stimmte. »Was ist los mit dir?«, lallte sie. »Elvis hat gesagt, dir geht es im Moment nicht so gut. Er hat den Eindruck, du willst mich verlassen.«

Ich staunte. Meine Lehrmeisterin hatte entweder eine sehr sensible Antenne für meine Gefühlsregungen oder sie konnte tatsächlich mit Geistern kommunizieren. In der Tat hatte ich in den letzten Tagen oft daran gedacht, Trollingen den Rücken zu kehren. Ich hatte noch den Schmuck von Thorstens Großmutter, ein Pfandleiher wäre schnell ausfindig gemacht, von dem

Ertrag hätte ich sicher eine Weile sorgenfrei leben können. Warum also brach ich nicht einfach meine Zelte ab?

Es gab nur einen Grund: Nicole. In meinen trüben Gedanken war sie der helle Schein. Wenn ich an sie dachte, verlor ich für einen Moment meine Angst. Sie wollte sich etwas einfallen lassen und ihr würde etwas einfallen, da war ich mir sicher. Vielleicht ging die Sache gut für uns aus, so dass wir in Frieden zusammenleben konnten. Hier in Trollingen oder an einem anderen Ort, das war mir inzwischen ziemlich egal.

»Elvis spinnt. Zu viel hormonverseuchte Brathähnchen, zu viele Drogen. Was weiß so einer schon vom wahren Leben?«, antwortete ich Geraldine.

Sie zog die Brauen in die Höhe, dass sie in nahezu rechten Winkeln in die Stirn ragten. »Mehr als du denkst, mein Lieber«, sagte sie und stimmte »Jailhouse Rock« an. Damit ließ sie es bewenden.

Nicoles rettende Idee ließ auf sich warten und meine Nervosität wollte sich nicht legen. Und auch die regelmäßigen Besuche von Thorsten hatten wenig Beruhigendes. Er kam bei Magdalena nicht zum Zug, seine eingebildeten Krankheiten mehrten sich wieder und mittlerweile suchten auch viele Beschicker das Weite, wenn er sich ihnen näherte. Seine Lamentiererei war das Letzte, was ich brauchen konnte.

»Wer ein Schwertfisch sein will, muss auch mal zu sägen beginnen«, hörte ich mich sagen und sah in sein verdutztes Gesicht.

»Und was hoißt des?«

»Wer den Kopf in den Sand steckt, sieht nichts, und wer anderen keine Grube gräbt, braucht auch keine Schaufel.«

»Also manchmal glaub i wirklich, du hosch se nemme alle.«

Ich rüttelte ihn an den Schultern, um ihm die Ohnmacht aus dem Körper zu schütteln. »Träume sind schön, aber nur wer aufwacht, kann sie erfüllen. Mann, Thorsten, hör auf zu jammern. Geh los und zeige Magdalena, dass du ein Mann bist. Wie das geht, wirst du doch nicht vergessen haben. Schließlich hast du zwei Kinder in die Welt gesetzt.«

Er lächelte, offenbar setzte die Erinnerung ein.

»Und was deine Schmerzen angeht, die existieren nur in deinem Kopf.«

Ich tippte ihm mit dem Knöchel meines Zeigefingers gegen die Stirn.

»Das ist dein Schrei nach Aufmerksamkeit. Das funktioniert bei Kindern, aber bei Erwachsenen nicht. Damit nervst du nur.«

Er verzog schmerzerfüllt das Gesicht und rieb sich die Stelle, die ich bearbeitet hatte. Er erhob sich mühsam.

»Du warsch au scho besser in Form«, murmelte er beleidigt. »Na ja, jeder hot mol an schlechta Tag. I guck mal naus. Vielleicht gibt es ja irgendjemand da draußa, der mich verstoht.«

Da war er wieder, der unsensible Thorsten, wehleidig, mimosenhaft und völlig egozentrisch. Beratungsresistent bis in die Zehenspitzen.

»Keiner versteht dich da draußen, Thorsten. Du gehst mit deiner Art allen auf die Nerven, merkst du das denn nicht?«

Meine unüberlegten Worte trafen ihn ins Mark. Seine Gesichtszüge entgleisten ihm, einen Moment sah es so aus, als wollten seine Beine den Dienst quittieren, er stützte sich am Tisch ab.

»Des isch nicht wahr«, keuchte er. »I bin immer für andere da und die Leut wissat des au zu schätza.«

Über so viel Borniertheit und mangelhafte Selbsteinschätzung konnte ich nur den Kopf schütteln. Und wäre ich in einer besseren Verfassung gewesen, hätte ich die Diplomatie nicht in die Ferien geschickt, hätte ich es auch dabei belassen. Aber sein Verhalten reizte mich und ich konnte meinen Ärger nicht mehr zurückhalten.

»Die Leute da draußen …«, trat ich nach, »… schätzen dich nur, wenn sie dich von hinten sehen. Du weißt alles besser, du mischst dich in Dinge ein, die dich nichts angehen, und hast das Feingefühl eines Elefanten.«

»Elefanta sen sehr sensible Tiere …«

»Und du musst immer das letzte Wort haben. Lass die Leute in Ruhe und kümmere dich um deine Angelegenheiten. Ich kann nichts mehr für dich tun. Ich habe dir geholfen abzuheben, fliegen musst du allein.«

Er sah zu Boden. Seine Lippen zitterten, die Augenlider flackerten. Ein Bild des Elends und ich konnte es nicht mehr ertragen.

»Geh jetzt, bitte. Ich bin müde«, sagte ich.

Enttäuscht drehte er ab. Bevor er den Wagen verließ, wandte er sich noch einmal um. »I hab dacht, du bisch mein Freund. Und Freunde helfat sich halt, wenn's ihne schlecht geht. Aber da hab i mi mal wieder getäuscht.«

Er schlug die Tür zu und mit dem Knall weckte er mein schlechtes Gewissen. Ich hatte keinen Grund, Thorsten und die Menschen, die meinen Rat brauchten, schlecht zu behandeln. Ich hatte mich selbst in eine schwierige Situation manövriert, und nur ich konnte mich daraus befreien.

Ich begann noch am Abend damit, als mich Magdalena aufsuchte. Sie schwebte gut gelaunt in den Wagen, sprang mir an den Hals und riss mich zu Boden. »Mir habet's gschafft«, sagte sie und bedeckte mein Gesicht mit gierigen Küssen.

Ich musste meine gesamten Kräfte sammeln, um sie von mir herunterzuschieben. »Was haben wir geschafft?«, fragte ich gereizt.

Sie hielt eine Hand in die Höhe und drehte sie so, dass ich den Diamantring, den sie trug, nicht übersehen konnte. »Den hat mir Thorsten gschenkt. Er will mich heirate«, sagte sie.

Ich zwang mich zu einem Lächeln. »Glückwunsch. Dann kommt ja doch noch zusammen, was zusammengehört.«

Sie rollte sich wieder über mich, schob mir einen Schenkel zwischen meine Beine. »Ja, mir beide kommat jetzt zusammen.«

»Was?«

»Ha, der Ring isch mindestens 3000 Euro wert. Den verkaufa mir und zusamme mit meinem Ersparten können wir auf unser Insel fahre. Und da leben wir in einer kleinen Hütte, ernähren uns von Obst und Fischen und lieben uns jeden Tag am Strand.«

Wie ein Blutegel saugte sie sich an meinem Hals fest. Wieder schob ich sie von mir weg, unsanfter, als ich es geplant hatte. Sie rollte von mir herunter und stieß sich an einem Tischbein den Kopf.

»Aua, was bisch denn so grob?« Mürrisch sah sie mich an.

»Wir fahren auf keine Insel. Es ist aus.«

Es war, als würde mir Ballast von der Seele fallen, als ich es ausgesprochen hatte. Es fühlte sich richtig an.

Magdalena schnappte nach Luft wie ein gestrandeter Fisch. Ich richtete mich auf, strich über meine Kleidung und bot ihr die Hand. Sie schlug sie aus und blieb liegen. Ihre Miene verfinsterte sich, Schatten der Boshaftigkeit zuckten um ihre Augen, sie verwandelte sich in eine Dämonin.

»Du hasch eine andere, stimmt's? Ich bin dir nimmer gut genug.«

Sie spie die Worte aus und mit ihnen die Verachtung, die sie für mich empfand. Ich setzte mich neben sie.

»Schau, wir hatten eine gute Zeit. Aber ich liebe dich nicht. Du bist mehr so eine Art Schwester für mich«, fing ich an.

Auch das war eine Lüge, denn meine Gefühle für Magdalena waren rein physischer Natur, hormonelle Reflexe auf ihr aufreizendes Gebaren.

»Ich war also nur a Püpple für di? So a Art Schachfigur, die man dann und wann flachlegen kann?«

Es klang anklagend, verletzt und zugleich schwang in der Frage die Hoffnung mit, dass die Antwort »Nein« lauten könnte. Aber letztlich brachte sie es mit diesem Vergleich auf den Punkt, auch wenn wohl eher ICH derjenige gewesen war, der von IHR flachgelegt worden war. Ich senkte beschämt den Blick.

»Die ganze Zeit soll ich dem Schwachkopf da draußa schöne Auga mache, damit er sei Geld rausrückt und jetzt, wo es so weit isch, läsch du mich falle?«

»Ich will dich einfach nicht weiter belügen. Und Thorsten auch nicht. Überhaupt: Woher hat er so viel Geld, um den Ring zu kaufen?«

»Des isch mir doch scheißegal!«, brüllte Magdalena, streifte den Ring vom Finger und warf ihn mir gegen die Stirn. »I brauch den Ring net und so einen wie dich brauch i au net.«

Sie sprang auf, versetzte mir einen Tritt und hechtete zur Tür.

Als sie den Verschlag öffnete, lief sie Nicole direkt in die Arme. Sie warf ihr einen böse funkelnden Blick zu.

»Ah, die nächste Inselanwärterin wartet schon. Na, lang macht die des net. Die sieht ja jetzt scho verhungert aus.«

Sie stieß Nicole beiseite und verschwand.

»Was war das denn? Die war ja mächtig wütend.«

»Tja, bei ihr hat sich soeben das Schicksal gegen sie gewendet«, gab ich kleinlaut von mir.

»So, so«, antwortete Nicole argwöhnisch und betrachtete den Diamantring, der neben mir am Boden lag. »Und deine Prophezeiung hat sie derartig durchgerüttelt, dass sie ihren Ring verloren hat. Oder ist das deiner?«

Wortlos nahm ich das wertvolle Teil an mich und schob es in meine Tasche.

»Muss ihr runtergefallen sein«, murmelte ich und trat auf Nicole zu. Widerwillig ließ sie sich von mir umarmen und erwiderte meinen Kuss nur flüchtig.

»Es gibt eine gute und eine schlechte Neuigkeit«, sagte sie.

Ich schloss die Augen. »Okay, die gute zuerst.«

»Es ist noch keine Anzeige zu unserem Einbruch bei der Polizei eingegangen.«

»Ach ja? Und woher weißt du das?«

»Wir bekommen immer die neuesten Meldungen in unsere Redaktion und bisher war noch nichts dabei.«

Ich atmete geräuschvoll aus. Das hörte sich zunächst gut an. Aber war das wirklich eine beruhigende Nachricht? Unser Diebstahl musste doch inzwischen entdeckt worden sein. Warum wurde er nicht angezeigt? Offensichtlich war die Bauunternehmerin nicht daran interessiert, die Sache öffentlich zu machen. Vielleicht weil dadurch Licht in eine Angelegenheit käme, die nur im Schatten gedeihen konnte.

»Konntest du schon herausfinden, was auf der CD drauf ist?«, fragte ich.

»Nein, die hab ich natürlich sofort durch den Schredder gejagt.« Wieder gab es einen Klaps auf den Hinterkopf für mich. Nicole lächelte spöttisch »Das war natürlich meine erste Tat, als ich zuhause war. Ich habe sie sofort in den Computer geschoben.«

»Und?«

»Eine Kalkulation war drauf. Allerdings ohne Objektbezeichnung. Lediglich die Höhe der Summe weist auf den Bau eines großen Projektes hin.«

»Als Beweis taugt unser Diebesgut also nicht. War das die schlechte Nachricht?«

Nicole schüttelte den Kopf. »Nein. Beziehungsweise nicht ganz. Ich habe meinem Chef von unserem Verdacht erzählt. Dass die Halle hier gebaut werden soll, dass die Rothfuß in dieser Sache drinhängt, dass es eine Verbindung zum Oberbürgermeister und zum Landrat gibt. Und dass alle eine Art Stillhalteabkommen geschlossen haben.«

»Und?«

»Er hat mir schon wieder einen Maulkorb erteilt. Er hat gesagt, wenn ich mich weiter mit dieser Räuberpistole beschäftige, dann versetzt er mich ins Archiv.« Nicole verzog das Gesicht. »Man munkelt, da unten sollen die untoten Geister strafversetzter Kollegen umgehen.«

Sie schüttelte sich, lächelte müde und ließ sich auf einen Stuhl fallen. Sie betrachtete die Kristallkugel auf dem Tisch, strich mit den Fingerspitzen über die Halbrundung. »Was sind das denn für Drähte da drin?«

Ich nahm das Requisit an mich und verbarg es hinter meinem Rücken. Wir hatten wichtigere Dinge zu besprechen als die kleinen Schummeleien, mit denen Geraldine und ich die Menschen, die zu uns kamen, unterhielten.

»Dein Chef verhält sich so, als wollte er irgendetwas vertuschen. Vielleicht weiß er etwas.«

»Daran habe ich auch schon gedacht«, erwiderte Nicole. »Und wenn es so wäre, was können wir dann tun? Die Geschichte muss an die Öffentlichkeit.«

Sie schlug mit der flachen Hand auf den Tisch, sprang auf und begann unruhig auf- und abzugehen. Sie war fest entschlossen, Licht ins Dunkel zu bringen. Das war spürbar und genau das verursachte mir Unwohlsein. Ich hielt sie fest und zog sie an mich. »Lass uns abhauen. Irgendwohin. Bevor jemand spitzkriegt, dass wir in das Büro der Rothfuß eingebrochen sind. Was können wir schon ausrichten?«

Nicole versteifte sich und stieß mich weg. »Willst du kneifen? Das geht nicht, mein lieber Erasmus. Du und ich, wir sind der Wahrheit verpflichtet. Und Trollingen hat ein Recht darauf, sie zu erfahren. Wir stehen vor einem Ameisenhaufen und müssen nur hineinstechen, um zu sehen, wer am schnellsten rennt. Ich weiß nur noch nicht wie.«

Ich betrachtete die Kugel in meinen Händen und sah darin Nicole und mich als glückliches Paar vereint. Blitze zuckten über unseren Köpfen, die Gesichter von Thorsten, Magdalena, des Oberbürgermeisters, des Landrats erschienen und verblassten, doch unser Bild blieb klar, deutlich und unzerstörbar. Solange wir zusammenhielten, konnte uns niemand etwas anhaben. Und ich spürte etwas, was ich für noch keine Frau vor ihr empfunden hatte. Wenn sie es befahl, durften mich die Gebrüder Grothe durch den brennenden Reif schleudern, eimerweise würde ich für sie Kastanienauflauf hinunterschlingen, und ja, ich würde sogar meiner Spielerei abschwören. »Also gut, stechen wir in den Ameisenhaufen«, sagte ich.

Es sollte die größte Mittelalter-Show werden, die Trollingen je gesehen hatte, und alle Schausteller hatten meiner Idee sofort zugestimmt. Die *Leisen Lauten* hatten ein Medley an epochalen Werken einstudiert. »Gone to Earth« von Barcley James Harvest, »Music« von John Miles und eine sehr eigenwillige Interpretation von »O Fortuna« aus den Carmina Burana, bei der auch eine singende Säge zum Instrumentarium gehörte, standen auf ihrer Setlist. Hagen und Gunter Grothe hatten sich eine Schwertkampf-Choreografie dazu ausgedacht, während Siegfried einen wilden Derwischtanz aufführen wollte.

Feuerspucker, Jongleure, Artisten, Tänzerinnen – alle außer Thorsten und Magdalena konnte ich davon überzeugen, bei dem Spektakel ihren Beitrag zu leisten. Den Höhepunkt wollte ich mit einer Massen-Seance setzen. Was meine Kollegen nicht wussten, war, dass ich dem Publikum die unausgesprochenen Pläne der Stadtoberen offenbaren wollte.

Ich fühlte mich wie ein Regisseur, wie ein Choreograph, wie ein Thomas Gottschalk des Schicksals. Nach der großen Show konnte ich natürlich nicht mehr in Trollingen bleiben. Unsere Widersacher würden sich wehren und ich wollte mir nicht ausmalen, zu welchen Mitteln sie griffen. Ich musste verschwinden und Nicole sollte mitkommen.

»Könntest du dir ein Leben mit mir vorstellen? An einem ruhigen, beschaulichen Ort, an dem es das ganze Jahr warm ist?«, fragte ich sie, als ich von den Proben und dem anschließenden Liebesspiel erschöpft neben ihr im Bett lag.

»Ich soll mit dir nach Freiburg ziehen? Ich weiß nicht so recht«, murmelte sie schlaftrunken. Dann drehte sie sich zur Seite und ihre gleichmäßigen tiefen Atemzüge verrieten mir, dass in diesem Punkt noch keine Einigung erzielt werden konnte.

Als ich am Morgen des großen Tages aufwachte, lag Nicole nicht mehr neben mir. Aber es sollte nur wenige Minuten dauern, bis ich sie wiedersah. Sie stürmte in den Wagen, ihr Gesicht war zu einer Fratze verzogen.

»DU ELENDIGER VERRÄTER!«, brüllte sie. »DU HINTERHÄLTIGER KOLLABORATEUR!«

Ich richtete mich auf und bildete damit ein vortreffliches Ziel für das Wurfgeschoss, das mir ins Gesicht klatschte. Es war eine Ausgabe der »LUPE«, einer Tageszeitung, die durch große Überschriften, halbgare Nachrichten und ziemlich unbekleidete Damen auf Seite drei ihre Leserschaft in den Bann zog. Mit der Wahrheit nahmen es die Redakteure dieses blutrünstigen Blattes nicht ganz so genau. Und so wurde mir auch bei der Überschrift, die fast die ganze erste Seite einnahm, heiß und kalt.

»SEX und SPIELE – So wird in Trollingen Politik gemacht«
von unserem Mitarbeiter Wolfram Strickle.

Als ich den Namen las, standen meine Haare am ganzen Körper Spalier. Gideon. Der Aufklärer. Der Wahrheitsapostel. Der Mistkerl. Offensichtlich finanzierte er sich mit dieser Geschichte den Eintritt in sein neues Leben. Ich las den Text:

Nun ist die Standortfrage wohl geklärt: Die neue Mehrzweckhalle des Landkreises wird mit großer Sicherheit in Trollingen gebaut. Mit der Änderung des Flächennutzungsplans, die im Gemeinderat mehrheitlich beschlossen wurde, ist dies möglich. Skandalös dabei ist, wie die Stimmen für das Millionenprojekt erkauft wurden. Wie wir aus vertraulicher Quelle erfahren haben, wurde der Großteil der Politiker am Tag vor der Abstimmung im Spielcasino Baden-Baden gesehen. Pikant: Sie waren nicht allein, sondern in Begleitung von Damen, die für einen renommierten Escort-Service arbeiten. Eleonore H. (Name von der Redaktion geändert), eine der Begleitpersonen, bestätigt den Verdacht, dass in Trollingen mit Sex und Spielen Politik gemacht wird. »Uns wurde mitgeteilt, dass es um eine sehr große Sache geht und dass es wichtig sei, auf alle Wünsche unserer Kunden einzugehen. Aber als mein Begleiter in diesem Peniskostüm vor mir stand und ›Gefällt mir, gefällt mir‹ gerufen hat, habe ich mich angezogen und bin gegangen.«

Recherchen zufolge besteht seit Monaten eine Absprache zwischen OB Tritschler, Landrat Kaufinger und dem Großinvestor

Jan-Ole Richardson. Das Trio ist an einer raschen Umsetzung des Projekts interessiert, um Subventionsmittel aus europäischen Förderungstöpfen abzuschöpfen. Landrat Kaufinger und die Geschäftsleitung der Richardson AG schweigen sich zu diesem Vorgang bislang noch aus, auch im Rathaus von Trollingen wollte man diesen Vorfall nicht kommentieren.

Gebaut wird das Mammutprojekt übrigens von der Unternehmerin Rothfuß, die wieder einmal einen Auftrag aus Trollingen erhielt, ohne an einer Ausschreibung teilnehmen zu müssen. Insider munkeln, dass die attraktive Geschäftsführerin nicht davor zurückschrecke, ihre Reize bei dem Stadtobersten einzusetzen.

»Peniskostüm. Der Typ scheint das gleiche Theaterstück gesehen zu haben wie wir. Pervers …« Weiter kam ich nicht mit meinem Versuch die Sache herunterzuspielen.

»WOHER WEIß DER DAS?«, schrie mich Nicole an. Ihre Stimme überschlug sich fast. »BIST DU DIESE VERTRAULICHE QUELLE? DIESER INSIDER?«

In meinem ganzen Leben hatte ich noch keinen Menschen gesehen, der so wütend war. Gedanken schossen in meinem Kopf hin und her, aber es ließ sich keiner fassen, geschweige denn in Worte kleiden. Ich fühlte mich nun wirklich wie der Betrüger, für den mich viele hielten und den ich so lange versteckt gehalten hatte. Gleichzeitig war ich ohnmächtig vor Zorn auf Gideon, der sein Wissen selbstsüchtig ausgenutzt und meine Freundschaft damit verraten hatte.

Ich versuchte den Kloß im Hals hinunterzuwürgen.

»Es ist nicht so, wie du denkst …«, begann ich zögerlich, wohl wissend, dass dieser Satz, egal in welcher Situation ausgesprochen, immer eine Art Schuldeingeständnis ist.

»Was denke ich denn?«, unterbrach mich Nicole und stieß mich gegen die Brust. »Soll ich dir sagen, was ich denke? Ich denke, dass du eine Menge Geld für diese Geschichte kassiert hast. Und dass du mich mit deiner großen Show geblendet hast, um mich weiter ins Bett zu kriegen.«

Sie lief aufgeregt auf und ab, trat gegen die Gegenstände, die sich ihr in den Weg stellten. Sie schlug gegen die Schranktür, die ich offenbar nicht richtig verschlossen hatte. Mit einem knarzenden Laut öffnete sie sich und gab den Blick auf meine halb gepackte Reisetasche frei.

»Du willst abhauen«, sagte Nicole tonlos und ließ sich auf den Stuhl am Tisch sinken.

Ich stand auf, ging zu ihr und legte ihr eine Hand auf die Schulter. »Nicole, ich … wir müssen weg von hier. «

Sie rammte mir den Ellenbogen in die Leiste und ich zuckte zusammen.

»Ihr Männer seid so … so … mies«, brachte sie hervor. »Ihr versprecht uns das Blaue vom Himmel, bis ihr uns im Bett habt. Und wenn ihr dann am Ziel seid, legt ihr die Maskerade ab. Und dahinter verbirgt sich meist ein egoistisches Schwein.«

Sie schob meine Wahrsagerkugel gedankenverloren von links nach rechts. Ihr Blick blieb an der rechten Tischkante haften. Ein Zettel lugte unter einem der achtlos hingeworfenen Tücher hervor, die als Dekoration dienen sollten. Die Aufschrift Casino Baden-Baden auf der Quittung war deutlich zu lesen. Sie zog das Papier hervor und studierte es wie einen seltenen Fund aus einem Keltengrab. Ich versuchte, ihr den Beleg zu entwenden, doch sie drehte sich ab und stieß noch einmal mit dem Ellenbogen nach mir. Ihre Lippen bewegten sich tonlos, als sie die Notizen las, die ich über die beobachteten Personen angefertigt hatte.

»Ich kann dir das erklären.«

Noch so ein Satz, der bestens dazu geeignet ist, ein Schuldeingeständnis einzuleiten. Und nun, nachdem ich die Ouvertüre fast schon geschafft hatte, war ich bereit, ihr auch den Rest der Geschichte zu erzählen.

»Ja, ich war in diesem Casino, als sich die Herren Stadträte dort vergnügt haben. Ich habe einen Tipp bekommen, von einer Freundin. Es gehe um eine große Sache, hat sie gesagt, um ein Millionenprojekt. Das hat mich interessiert. Und da ich eins und eins zusammenzählen kann, habe ich geahnt, dass es mit dem Bau dieser Halle zu tun haben könnte. Es hörte sich nach einer spannenden Geschichte an …«

Nicoles Hand klatschte mir auf die rechte Wange und brachte mich zum Schweigen. Ich war zu geschockt, um den Schmerz gleich zu spüren.

»Die war dafür, dass du den großen Wahrsager markierst und Leute nach Strich und Faden veräppelst. Und die …«

Sie holte erneut aus, doch ich hielt ihren Arm fest. Sie versuchte, sich aus meinem Griff zu entwinden, und als ihr das nicht gelang, trat sie mir gegen das Schienbein.

»Das ist für den Verrat an mir und meinen Gefühlen.«

Ich wich ihrem nächsten Tritt aus, konnte jedoch nicht verhindern, dass sie mich in den Arm biss. Ich schrie auf und ließ sie los. Der Abdruck ihrer Zähne war auf meiner Haut zu erkennen, es sah aus, als sei er eintätowiert.

»Wenn du mit deiner Domina-Nummer fertig bist, könnte ich dir vielleicht erklären, dass ich das alles nur getan habe …«

»Um zu Geld zu kommen. Um abhauen zu können«, unterbrach sie mich.

»Nein, damit du zu deiner Geschichte kommst. Einer echten, richtigen. Aber dazu musste ich noch ein paar Details herausfinden. Und dabei wollte mir Gideon, also dieser Strickle, helfen. Ich konnte doch nicht wissen, dass er …«

»Du bist so gemein.« Sie sah mich durchdringend an und in diesem Blick lag so viel Trauer und Wut, dass ich ihm nicht standhalten konnte.

»Nicole, ich liebe dich doch«, flüsterte ich. »Ich wollte dich nicht in Gefahr bringen. Dieser Richardson ist ein einflussreicher Mensch, der Kontakte in die Unterwelt hat. Und da gibt es jemanden, der eine Rechnung mit mir offen hat. Wenn der hier auftaucht, dann bin ich dran. Fischfutter sozusagen.«

»Du bist ein Lügner und Betrüger. Du bist … das Allerletzte«, schluchzte sie und rauschte davon.

Unbehagen

Arndt schwitzt. Er kann den kleinen Telefonapparat kaum am Ohr halten, so glitschig ist seine Hand. »Pjotr? Bist du das?«

Ein hämisches Lachen folgt zur Antwort, ein Schmerzenslaut, ein Fluch. »Wenn du mich noch einmal trittst, dann schneide ich dir die Zehen einzeln ab. Los, fesselt sie.«

Das Ächzen wird lauter, Schreie, Poltern. Arndt kann Nicoles Stimme hören und das versetzt ihm einen Stich ins Herz.

»Und jetzt zu dir, Sabaka.« Pjotrs Atem rasselt. »Ich habe hier jemanden, der große Sehnsucht nach dir hat. Und ich habe auch große Sehnsucht nach dir. Weil du mir noch etwas schuldest. Erinnerst du dich? Und du solltest dich beeilen. Weil es ist sehr feucht hier und es wird immer feuchter.«

Er ruft jemandem etwas auf Russisch zu, ein Rauschen setzt ein, dann ist er wieder klar und deutlich zu hören.

»Du hast eine Stunde Zeit. Wir treffen uns an der Brücke am Fluss und ich hoffe für dich und dieses schöne Mädchen, dass du 70 000 Euro dabei hast.«

»70 000? Aber ich schulde dir nur 50 000 Euro«, haspelt Arndt.

»Oh nein, ich hatte einige Auslagen, weil du die Bullen ins Spiel gebracht hast. Das hat mich einiges gekostet, um das aus der Welt zu schaffen.« Pjotr lachte heiser. »Verlier nicht so viel Zeit, mein Freund. Deine Kleine bekommt schon nasse Füße.«

Das Rauschen nimmt zu. Es hört sich an, als stünde der Unterweltchef inmitten eines riesigen Wasserfalls. Oder vor einer gigantischen Wanne, die sich langsam füllt.

»Lass Nicole in Ruhe. Das ist eine Sache zwischen dir und mir«, bringt Arndt zögernd hervor.

Pjotrs Lachen dröhnt so laut aus dem kleinen Telefon, dass Thorsten neben den Seher tritt und »Du läsch des Mädle jetzt frei, sonst setzt es was!« in den Hörer brüllt. Tuten, Pjotr hat aufgelegt.

»Wo isch Nicole?« Magdalena tritt aus der Dunkelheit und legt Arndt besorgt einen Arm auf die Schulter.

Er zuckt bei ihrer Berührung zusammen, als sei er aus einem Traum gerissen worden. Seine Augen sind gerötet, sein Blick leer.

»Ich weiß es nicht«, antwortet er leise. »Da war so ein Rauschen. Als ob Wasser in eine Wanne fließt.«

»Ha no, der wird doch net mit dr Nicole bade wolle.«

Magdalena stößt Thorsten an, der verlegen zu Boden sieht.

»Mr woiß ja nie, was denne Verbrecher so alles eifällt«, murmelt er.

Arndt geht zum Fenster und starrt hinaus. Acht Wochen weilt er nun schon im Süden, er kann auf die ereignisreichsten zwei Monate seines Lebens zurückblicken. Zwei Monate, in denen er das Schicksal von vielen Menschen geleitet hat und die nun womöglich zu seinem eigenen Schicksal werden. Was als Eulenspiegelei begann, könnte hier und heute noch in die Katastrophe führen. Er fühlt, wie eine lähmende Angst in ihm hochkriecht, gepaart mit Selbstmitleid und Schuld.

»Ond? Wie geht es jetzt weiter? Der Typ muss doch gsagt han, was er will«, bohrt Magdalena nach.

Arndt nickt. »Er will, dass ich ihm in einer Stunde 70 000 Euro übergebe. Die schulde ich ihm. 50 000 Euro habe ich beim Pokern verloren, der Rest ist eine Art Strafgebühr, weil ich der Polizei einen Tipp gegeben habe, wo seine Spielstätte zu finden ist. Sie war illegal.«

Magdalena und Thorsten atmen geräuschvoll ein. Beim Ausatmen entlässt Thorsten einen kleinen Pfiff durch die Zähne.

»Ja, und wo bringsch des Geld her?«

»Keine Ahnung.« Arndt greift in die Tasche, zieht einen Scheck, den Diamantring, den Schmuck von Thorstens Großmutter hervor. Seine Mittel, die er für seine Flucht einsetzen wollte. Zu wenig, um Nicole auszulösen, aber vielleicht würde sich Pjotr auf einen Deal einlassen. Der Seher verwirft den Gedanken wieder, mit Pjotr lässt sich nicht verhandeln.

Thorsten betrachtet den Scheck, die Gegenstände.

»Des isch doch dein Ring«, sagt er an Magdalena gewandt. »Und der Schmuck sollte doch für dei Mutter sei«, richtet er das Wort an Arndt.

»Und wo hosch du den Scheck her? Was stoht da druff? I han mei Lesebrille jetzt net dabei.«

»25 000 Euro. Ich erkläre euch das alles später. Es fehlen noch zirka 40 000 Euro und wir haben noch genau 55 Minuten Zeit, um sie zu beschaffen.«

Schweigen.

»Gibt es ein Spielcasino in der Nähe?«

Arndt sieht die beiden erwartungsvoll an. Es ist die einzige Möglichkeit, die noch fehlende Summe schnell und unbürokratisch zu beschaffen, selbst wenn die Chancen nicht besonders hoch sind. Hopp oder topp, alles oder nichts, Leben oder Tod lautet das Motto der verbleibenden Zeit.

»Noi, mit deiner Spielerei hasch du scho gnuag Ärger angrichtet«, unterbricht Thorsten scharf. »Ich helf dir. Ein letztes Mal. Und ich tu es nur für Nicole.«

Thorsten sieht Arndt und Magdalena scharf an.

»Ihr bleibat hier und wartet auf mich. I bin sofort wieder da.«

Entschlossenheit

»He, wo wollat Sie denn hin?«

Der Pförtner am Eingang des Gebäudes in der Hauptstätter Straße schoss aus seinem Glaskasten, als ich an ihm grußlos vorbeirauschte, um den *Schwaben-TV*-Studios einen Besuch abzustatten. Dort wähnte ich Gideon, den großen Verräter, den ich unbedingt zur Rede stellen wollte, bevor ich meine große Séance am Abend abzog und dann für immer verschwand.

»Ich habe eine wichtige Unterredung mit den Machern von *Schwaben-TV*«, rief ich dem Alten zu, ohne mich umzudrehen. Er folgte mir keuchend einige Meter, dann sah er ein, dass er mich weder einholen noch aufhalten konnte und blieb stehen.

»'s nächste Mal müssat Sie sich aber bei mir anmelda«, schnaubte er mir hinterher.

Ich winkte ab. »Keine Sorge, es wird kein nächstes Mal geben.«

Das Studio war in einem Zustand, der mit dem Begriff Chaos nur unzureichend beschrieben werden konnte. Es sah aus, als wäre es einmal angehoben, durchgeschüttelt und dann wieder abgesetzt worden. Eine Art Schneekugeleffekt, wie man ihn eigentlich nur von Kinderzimmern kennt. Berge von Kartons, Folien und Papier versperrten den Weg, überall lauerten Stolperfallen, weil sich Gegenstände aus den Regalen verselbstständigt hatten, um unbescholtene Studiobesucher zu Fall zu bringen. Ein Gabelstapler zog dazwischen seine Bahnen, überfuhr hin und wieder ein Stofftier oder krachte gegen Styroporwände, die knirschend nachgaben.

Nur ein leuchtender gelber Fleck bot in diesem Kaleidoskop an Unorganisiertheit Orientierung: Rudis kanariengelbes Hemd. Er war dabei, Pfannen übereinanderzuschichten, und raunte dem Kameramann Regieanweisungen zu. Neben ihm stand Wolfram Strickle alias Gideon und bereitete sich auf seine

Moderation vor. Seinem manierlichen Haarschnitt zufolge war er beim Friseur gewesen, den Bart hatte er sich auch abnehmen lassen. Er sah wesentlich jünger aus und hätte er einen Anzug in seiner Größe getragen und nicht einen, der selbst Ottfried Fischer zu weit gewesen wäre, dann hätte er richtig seriös gewirkt. Als er kurz von seinem Manuskript in seiner Hand aufsah und mich erblickte, huschte ein Lächeln über sein Gesicht. Er stieß Rudi an, der winkte mir fröhlich zu und gemeinsam bahnten sie sich einen Weg zu mir, um mich zu begrüßen.

»Erasmus, alte Kegelbahn, wie goht's au immer?«, rief Gideon und schritt mit ausgebreiteten Armen auf mich zu. Ich entzog mich seiner Umarmung. Vertrautheit war das Letzte, was er von mir erwarten durfte.

»Bleib mir bloß vom Leib, du Verräter.«

Gideon stutzte und auch Rudi zog ein überraschtes Gesicht.

»Du hast meine Geschichte an die Zeitung verkauft. Ohne mich zu fragen. Ohne auch nur einen Moment daran zu denken, was das für Konsequenzen haben könnte. Für mich, für die Leute vom Markt, für Trollingen.«

Einen Augenblick herrschte Stille, dann grinste Strickle selbstsicher. »Des isch investigativer Journalismus. So läuft des halt. Du kannsch kein Kucha backa, ohne Oier zu zerschlaga.«

»Doch, des goht. Mit der Backmischung von *Blech*. Back mit *Blech*, hoißt denne ihr Spruch. Die stella mir heut Abend um 18 Uhr vor …«

Rudi verstummte, als er Gideons eiskalten Blick sah.

»Du kannsch so eine Geschichte net halb erzähla. Diese Sauerei im Casino isch nur ein Teil der Wahrheit. Gemeinderäte lasset sich von einem Investor kaufa. Gut und schön. Sollet die au mol ihren Spaß han. Aber es geht doch no weiter. Politiker nutzen ihre Macht und beschließen ein Projekt, des koiner braucht ond koiner will. Ohne der Bevölkerung ebbes zom sage. Als hättet mir koi Demokratie. Ond des isch noch nicht einmal das Schlimmste.«

Er sah mich lange an, ohne etwas zu sagen.

»Und was ist das Schlimmste?«, hakte ich nach.

»Dass sie den Leuten erzählat, es ging um die Schaffung von Arbeitsplätze, um die Sicherung der Zukunft von nachfolgende Generationa. Um Einnahma, die m'r in die Infrastruktur stecke kann. Um Schula, Kindergärta zu baua, um das kulturelle Leba zu fördern. Doch darum geht's denne net, mein Lieber.«

Er sah Rudi dabei zu, der geräuschvoll in einem Kistenstapel wühlte und erschreckt durch die plötzlich einsetzende Stille mit hochrotem Kopf auftauchte. Er lächelte verlegen. »I glaub, mir hen zu wenig Orakel-Pfanna bstellt. Die sind seit deim Auftritt der Renner. Die Sendung läuft seit Wocha in stetiger Wiederholung. Mir planet, au a Buch mit Flädle-Rezepte rauszubringa. An Verlag in Tübinga hat scho Interesse zeigt.«

Ein Seitenblick von Strickle genügte, um ihn erneut zum Schweigen zu bringen.

»Worum geht es ihnen denn?«, forderte ich Gideon auf, damit er seine Ausführungen fortsetzte.

»Um Geld und Macht, Wohlstand und Karriere geht es denen. Zum einen wird des Projekt durch Subventiona gfördert und der Herr Landrat woiß des. Und der gute Herr Kaufinger handelt au net selbstlos, weil er sich nämlich von einem solchen Coup verspricht, dass man auf ihn aufmerksam wird. Die nächste Wahle kommet bestimmt und vielleicht wird ein Pöstle in der Regierung frei.«

Er grinste feist.

»Es isch au koin Zufall, dass die Frau Bauunternehmerin Rothfuß diesen Auftrag ganz ohne Ausschreibung bekommt. Zum einen verdreht sie OB Tritschler den ausgehöhlten Schädel und dann isch sie die Einzige, die mit dem Betonwerk Kiessling zusammenarbeitet. Die sen besonders billig, weil die minderwertigen Beton herstellat. Und zu wem gehört das Betonwerk? Zum Konzern unseres Investors. Und da schließt sich der Kreis.«

Er vollzog mit beiden Armen einen weiten Bogen und stieß dabei Rudi einige Pfannen aus dem Arm. Vor sich hinschimpfend klaubte der die Kochgeräte auf und verschwand in den Filmkulissen.

»Ach, und du weißt das alles. Der große Gideon erklärt die Welt. Eben noch drittklassiger Moderator auf einem Mittelaltermarkt, jetzt schon der große Aufklärer. Und natürlich geht es dir nicht um den persönlichen Wohlstand, als du die Geschichte der Zeitung verkauft hast. Oder vielleicht doch?«

Er ballte die Fäuste und sah mich wütend an.

»Mir geht es net ums Geld. Ich will, dass die Leut aufwachet ond darüber nachdenkat, was gut für sie isch und was net. Sie sollet selber drüber bestimma. Ond damit sie zu einer Entscheidung komma könnat, müssat sie die Wahrheit erfahre. So oifach isch des.«

Er griff in die Innentasche seines Jacketts, zog ein Scheckbuch und einen Füller hervor und begann etwas auf das oberste Papier zu kritzeln. Er hielt es mir hin. 25 000 Euro hatte er eingetragen.

»Des isch die Hälfte von der Summe, die ich bekomma hab. Den Rest brauch ich für unser neues TV-Format. ›Spätzle-König für einen Tag.‹«

»Ja, des isch der Kracher!«, rief Rudi aus dem Hintergrund. »Vier Prominente müssat gegeneinander Spätzle schabe und dabei Fragen zu Land und Leuten beantworten. Wer die meiste Fraga beantworten kann und die beste Spätzle gmacht hat, isch Spätzle-König. Gut, gell?«

»Originell«, murmelte ich. Ich sah den Scheck in meinen Händen an. 25 000 Euro. So viel Geld hatte ich noch nie besessen. Das war eine Summe, die mir ein Leben außerhalb von Mittelaltermärkten garantierte. Es war meine Fahrkarte in die Freiheit.

»Okay, ich nehme den Scheck an«, sagte ich zu Gideon und versuchte es beiläufig klingen zu lassen. »Als Schmerzensgeld. Für die Leute auf dem Markt und für die Leidtragenden in Trollingen.«

Gideon lachte laut auf. »Besser wär's, du würdesch den Scheck für dich nemma. Man muss kein Wahrsager sei, um zu wissa, dass die nächste Zeit für dich und mich sehr ungemütlich wird.«

Er hatte Recht. Schon am Nachmittag kündigte ein Anruf von Natascha an, dass der Stich in den Ameisenhaufen mehr Menschen in Aufregung versetzt hatte als geahnt.

»Sag, bist nicht recht bei Trost? Ist dir deine Kristallkugel auf den Kopf gefallen? Bist am Ende lebensmüde?«

Sie war aufgeregt, atmete schnell, ihre Worte purzelten hastig aus ihr heraus. »Oder willst uns alle umbringen?«

»Wieso? Was ist denn passiert?«, fragte ich. Meine Stimme hörte sich schwach und brüchig an.

»Was passiert ist? No, ich sag dir, was passiert ist! Sie haben Zeitung gelesen und gefragt, woher die das alles wissen. Sie haben meine Mädels verhört. Und mich auch. Und Cornelius. Und der hat ihnen den Tipp gegeben, dass du hinter der Sache steckst. Jetzt suchen sie dich. Du solltest verschwinden.«

»Wer sind denn die?«

Natascha lachte heiser. »Oi, das ist gut. Bist du so ein Schwachkopf oder tust nur so? Du störst die Geschäfte eines mächtigen Manns, der so tief in der Unterwelt steckt, dass der Teufel über ihm wohnt. Dazu bescheißt du einen der gefährlichsten Mafiosi auf dem Kiez, hetzt ihm die Polizei auf den Hals. Pjotr hat eine Kopfprämie auf dich ausgesetzt. 10 000 Euro. Es gibt wenige, die nicht nach dir suchen.«

Das hörte sich nicht gut an. In Gedanken sah ich Horden von schwer bewaffneten Anzugträgern durch die engen Gassen von Trollingen rennen, Türen eintretend, Salven abfeuernd. Auf der Spur der Vernichtung schritt Pjotr daher und murmelte mit Grabesstimme: »Bringt mir den Kopf von Arndt dem Verräter.«

Ein Zischlaut im Hörer holte mich in die Realität zurück.

»No, was is. Bist eingenickt? Du solltest keine Zeit verlieren und untertauchen. Ich bin dann auch mal weg. Mach's gut, Jüngelchen. Würd mich freu'n, dich noch mal zu treffen. Wenn's geht, lebendig. Und am Stück.«

Ich zitterte so sehr, dass ich Mühe hatte, das Mobiltelefon auf den Tisch zu legen. Es war eine Frage der Zeit, bis mich Pjotrs Leute fanden. Ich hatte mich viel zu weit aus meiner Deckung herausgewagt, war im Fernsehen aufgetreten, war in Trollingen zu einer Art Berühmtheit herangereift. Ich hatte mit den Leuchtkugeln der Eitelkeit auf mich aufmerksam gemacht und Pjotrs Leute mussten blind sein, wenn sie diese Spuren übersahen. Mir blieb keine Zeit mehr. Ich raffte meine Kleidung, meine Habseligkeiten, den Schmuck von Thorstens Großmutter und Magdalenas Ring zusammen und stopfte die Dinge in meine halbgefüllte Reisetasche. Wie ein Einbrecher, der reiche Beute gemacht hat, kam ich mir vor. Und irgendwie war ich das ja auch: Ich war in die Leben anderer Menschen eingebrochen, hatte mich an ihnen bereichert. Am Vertrauen der Menschen, an Thorstens Freundschaft und an seinen Habseligkeiten, an Magdalenas Wunsch nach körperlicher Nähe, an Nicoles Liebe. All das hatte ich unrechtmäßig erworben, hatte ich meinen Opfern gestohlen. Und die mussten damit zurechtkommen, dass ich sie belogen und betrogen hatte. Ich fühlte mich so schäbig wie noch nie zuvor.

Als ich zu Ende gepackt hatte, trat Geraldine aus ihrer Schlafkoje heraus und blinzelte gegen das Licht.

»Du gehst?«, fragte sie mich.

Ich nickte, nahm ihre Hand und küsste sie.

»Ich muss weg. Erasmus der Seher hat seine Tarnkappe verloren und ist nun wieder Arndt die kleine Ratte. Und die wird von vielen gejagt.«

Sie sah mich durchdringend an und wirkte so nüchtern wie schon lange nicht mehr. Ihre Finger krallten sich um die meinen, wollten mich nicht loslassen.

»Du kannst noch nicht weg«, flüsterte sie. »Es gibt Dinge, die muss man zu Ende führen, wenn man sie anstößt. Das ist wie beim Domino. Du musst warten, bis alle Steine umgefallen sind. Wenn die Kette stockt, musst du sie erneut anschubsen.«

Ich entzog ihr meine Hand. »Ich kann nicht warten, bis alle Steine gefallen sind. Denn ich laufe Gefahr, dass sie mir alle gegen den Kopf hämmern, mir sogar das Genick brechen. Ich werde gesucht. Von den übelsten Gesellen, die man sich nur vorstellen kann. Außerdem kann ich hier nichts mehr tun.«

Offensichtlich konnte ich ihr meine Situation nicht begreifbar machen, vielleicht hatte der viele Alkohol auch schon ihr Einfühlungsvermögen weggespült. Sie packte mich am Kragen, zog mich an sich, bis sich unsere Gesichter fast berührten. Ich roch ihren Atem, leicht säuerlich mit einem Hauch von Minze, wollte mich befreien, doch je mehr ich mich wand und drehte, desto fester packte sie zu.

»Hast du denn nichts von dem verstanden, was ich dir beigebracht habe?«

Sie schüttelte mich, ihr Blick bohrte sich direkt in mein Gehirn.

»Was denn? Dass ich Leuten viel Geld aus der Tasche ziehen kann, wenn ich ihnen Unsinn erzähle? Dass die Menschen sich durch Taschenspielertricks manipulieren lassen und so leichtgläubig sind, dass man ihnen die Erde auch wieder als Scheibe verkaufen könnte?«, fuhr ich sie an.

Sie stieß mich weg. Ihr blaues Silhouetten-Glimmen füllte den Raum. Diesen Trick hatte sie mir noch nicht erklärt und es war auch nicht der geeignete Zeitpunkt, um sie zu fragen, wie sie das bewerkstelligte. Ihre ernste Miene hielt mich davon ab, mich einfach umzudrehen und zu verschwinden.

»Ich habe dir vor ein paar Wochen gesagt, dass du die Gabe hast, den Menschen Zuversicht zu schenken, erinnerst du dich? Und das hast du getan. Mit jeder deiner Prophezeiungen hast du ihnen einen Grund gegeben, ihr Leben positiv zu betrachten. Aber nun geht es um mehr.« Sie sprach langsam und mit viel Bedacht. Es war ein bisschen so, als zitiere sie eine magische Formel, mit der sie mich hypnotisierte. Und tatsächlich verlor ich jegliche Energie. Eine ungeheure Müdigkeit ergriff mich, ich hatte den dringenden Wunsch, mich zu setzen.

»Die Menschen haben die Hoffnung, dass ihnen endlich einer die Wahrheit sagt«, fuhr sie fort. »Und das bist nun mal du. Du bist der Wahrsager, jetzt ist der Zeitpunkt gekommen, um ihre Hoffnung zu erfüllen. Und wenn du das nicht tust, dann bist du wirklich ein Betrüger. Ein ziemlich feiger noch dazu.«

Sie schlug mit der flachen Hand auf den Tisch, so dass die blauen Blitze durch die Kristallkugel zuckten. Ihre Augen waren nur noch enge Schlitze, die Stirn wie aus Wellblech geformt. So energisch hatte ich sie noch nie erlebt. Womöglich hatte sie zuletzt ein Meeting mit Klaus Kinski gehabt und wenn dem so war, dann stand mir der unangenehmere Teil noch bevor. Dies wollte ich keinesfalls abwarten. Ich mobilisierte meine restliche Energie, küsste sie flüchtig auf die Wange, warf mir die Tasche über die Schulter, murmelte »Es tut mir leid« und stürzte aus dem Wagen.

Auf meinem Weg zum Bahnhof bemühte ich mich, niemandem zu begegnen. Ich nahm Umwege in Kauf, schlich unbelebte Gassen entlang, huschte von einer Ecke zur anderen. Verdächtiger als ich konnte sich niemand benehmen, und ich konnte nur hoffen, dass ich nicht beobachtet wurde. Allein die Art, wie ich mich bewegte, hätte für einen Haftbefehl ausgereicht.

Als ich die Fußgängerzone überqueren wollte und mich dicht an ein Schaufenster schmiegte, tauchte neben mir ein Gesicht auf. Um genau zu sein, erschien es genau sechsmal. In der Auslage eines Hi-Fi-Fachgeschäftes flimmerte das Antlitz des Bürgermeisters von Trollingen über Hightech-Bildschirme. Eine Reporterin hielt ihm ein Mikrofon unter die Nase und ich hörte, wie er Schlagworte in die Kamera hineinfistelte. »Sicherung von Arbeitskräften«, »verbesserte Infrastruktur«, »Mittel zur Förderung von sozialen, kulturellen Einrichtungen …«

Es war, als würden ihm Seifenblasen aus dem Mund quellen, die sofort platzten, sobald sie ausgesprochen waren. Hinter ihm stand ein zufrieden dreinblickender Landrat, der hin und wieder selbstsicher in die Kamera schaute, und eine aufgebrezelte Bauunternehmerin Rothfuß, die versuchte sinnlich zu erscheinen, was ihr sichtlich misslang und einen Hauch von Debilität ins Antlitz zauberte.

Da waren sie: Die Herrscher von Trollingen, auf dem Bildschirm vereint. Ungehindert konnten sie ihr vermeintliches Gutmenschentum über die Sender schicken und hatten sogar die Gelegenheit, die mühsam erworbenen Erkenntnisse als »Denunzierung«, »Lügen« und »kriminelle Machenschaften« hinzustellen. Selbst der Einbruch im Baubüro der Rothfuß kam zur Sprache, wurde als ein Akt von autonomer Gewalt bezeichnet, vermutlich begangen von Terroristen aus dem Umfeld des Mittelaltermarktes.

Ich schlug mit der Faust gegen die Schaufensterscheibe. Wieder und immer wieder, prügelte mich in einen Rausch, bis mir die Hände schmerzten. Geraldine hatte Recht: Es gab nur eine Wahrheit und irgendjemand musste den Bürgerinnen und Bürgern von Trollingen reinen Wein einschenken, bevor sie anfingen, dem Geschwätz von Politikern zu glauben. Und mir war klar: Dieser Jemand konnte nur ich sein.

Der Marktplatz war gut gefüllt. Menschen blieben stehen, um dem Bühnenspektakel beizuwohnen, nicht ahnend, dass es mehr war als eine gute Show, die ihnen geboten werden würde. Ich stand hinter dem Vorhang, der die Bühne von dem Backstagebereich trennte. Hinter mir wärmten sich die Jongleure und die Tänzerinnen auf, die Musiker stimmten ihre Instrumente. Durch einen Schlitz beobachtete ich, wie die Grothe-Riesen mit mächtigen Schwertern aufeinander eindroschen. Funken stoben, wenn sich die Metallklingen trafen, und die tiefen Grunzlaute der beiden Krieger verliehen dem Kampf etwas Animalisches. Siegfried wirbelte währenddessen vor den beiden herum, schlug Purzelbäume, drehte sich wie ein Kreisel und spie Schmähungen aus.

»Was machen die denn da?«, fragte ich einen der *Leisen Lauten*, der »Dancing Queen« von ABBA vor sich hinklimperte.

»Sie stellen die Schlacht um Bayern nach«, antwortete er und summte leise die Melodie.

»Und welche Rolle hat Siegfried dabei?«

Die Laute verstummte und der Musikant sah mich an, als hätte ich mich nach der Farbe seiner Unterwäsche erkundigt. »Na, er ist Pippin der Kurze. Wen könnte er denn sonst spielen?«, lautete seine Antwort. Er ging weiter und nahm das Geklimpere wieder auf. Hörte sich nach dem Eingangsriff von »Satisfaction« an, hätte aber auch »Es tanzt ein Bi-Ba-Butzemann« sein können. War ja auch nicht so wichtig. Ich musste mich auf meinen Auftritt konzentrieren, der nach den Gebrüdern Grothe stattfinden sollte.

»Das Große Erasmus-Flädle-Orakel« war angekündigt, zu diesem Zweck waren eine riesige Pfanne und Unmengen von Teig herangeschafft worden. Ich hatte mir »Also sprach Zarathustra« als Begleitmusik ausgewählt, die in einer Lautstärke erschallen sollte, die Trollingen in seinen Grundfesten erschüttern konnte. Jeder musste es mitbekommen, wenn ich meine Prophezeiung verkündete.

Die Grothes setzten zum Finale an. Mit einem brachialen Schrei ging Hagen zu Boden, das Schwert des Bruders zwischen Arm und Körper geklemmt, so dass es so aussah, als habe Gunter ihn durchbohrt. Kunstblut quoll aus seiner vermeintlichen Wunde. Siegfried tanzte vor den beiden auf und ab und kreischte: »Ich bin der Kaiser von Bayern.«

»Gar net wohr. Des isch immer no dr Beckenbauer«, erwiderte ein Herr in der ersten Reihe und die Umstehenden lachten. Siegfried lief rot an, verbeugte sich und unter frenetischem Applaus gingen die Brüder ab.

Mein großer Moment war gekommen. Ich hüllte mich in meinen Umhang, zog die Kapuze über den Kopf und wartete, bis die ersten Töne der Strauss'schen Komposition erklangen. Blauzuckendes Licht setzte einen stimmungsvollen Akzent, als die Pfanne herangetragen und auf dem Kochfeld abgestellt wurde. Zwei Tänzerinnen schleppten eine Schale mit dem Teig auf die Bühne, platzierten sie neben der Pfanne und blieben in Präsentationspose stehen. Dann betrat ich die Szenerie. Jubel, Pfiffe, Johlen begleiteten meinen Auftritt. Ich verneigte mich demutsvoll vor dem Publikum, streifte die Kapuze ab, löste den Knopf meines Umhangs, der geräuschlos zu Boden glitt. Ich breitete die Arme aus, den Blick gen Himmel gerichtet, schritt langsam auf die Schüssel mit Teig zu, nahm eine Kelle, tauchte sie in die Masse, schritt zur Pfanne, ließ die Flüssigkeit mit einer kreisenden Bewegung hineingleiten, betrachtete den Fladen, der langsam an Form gewann, und gebot dem Techniker, die Musik zu stoppen. Stille.

»Bürgerinnen und Bürger von Trollingen«, hob ich an. »Dies ist der letzte Fladen, den ich für euch backe.«

Gemurmel setzte ein, Unmutslaute. Die Tänzerinnen sahen sich unsicher an und ihr Mienenspiel verriet, dass sie nicht wussten, wie sie auf meine Änderung des Regieplans reagieren sollten.

»Meine Zeit ist um. Erasmus das Orakel muss gehen. Doch bevor ich diesen Ort verlasse, vernehmet meine letzte Prophezeiung. Sie geht euch alle an, sie wird euer Leben bestimmen.«

Es war so still auf dem Marktplatz, man hätte ein Flöckchen Leinsamenschrot fallen hören können. Mit bedächtigen Bewegungen schritt ich hin und her und spürte die Augenpaare, die mir folgten. Ich sah in die Menge, in die geröteten Gesichter, die immer noch darauf warteten, dass ich zur Pfanne schritt, um dort aus der vor sich hinkokelnden Masse eine Vision zu lesen. In einer der hinteren Reihen entdeckte ich Nicole, die Hände in den Manteltaschen vergraben, das blonde Haar unter einer Strickmütze versteckt. Sie sah mich nicht an, sie sah durch mich hindurch, so, als gäbe es mich gar nicht, und womöglich war es genau das, was sie sich am meisten wünschte. Es schmerzte, sie so zu sehen. Zögerlich fuhr ich fort.

»Ich stehe hier, weil ich euch von eurer Blindheit befreien möchte. Ich war nicht unbeteiligt daran, war einer derjenigen, die eure Augen mit dem Tuch des Betrugs bedeckt haben. Ich habe ein Geschäft mit der Wahrheit betrieben und darum bitte ich euch um Verzeihung.«

Gemurmel im Publikum schwoll an.

»Hör doch mit dem Gequatsche uff. Was isch denn jetzt mit dem Flädle?«, rief ein Herr und sprach damit offensichtlich aus, was viele dachten. Ich senkte den Blick zu dem Fladen, der sich langsam in eine Art Flachbrikett verwandelte, nahm einen Pfannenwender und warf ihn auf die andere Seite.

Einer im Publikum schrie: »Der sieht ja aus wie die Flädle bei meiner Frau. Total verbrennt.«

»Kohle soll ja gut gegen Durchfall sei.«

Gelächter. Sage noch einer, die Schwaben hätten keinen Humor. Ich musste mich mit meinem Vortrag sputen, bevor dies noch zu einer Bierzelt-Unterhaltungsnummer wurde.

»Aber ich bin nicht der Einzige, der ein Geschäft mit der Wahrheit gemacht hat. So schwarz wie dieses Flädle wird nämlich auch eure Zukunft sein, wenn ihr alles glaubt, was euch derzeit aufgetischt wird.«

Ruhe kehrte auf dem Platz ein, die erwartungsvolle Ernsthaftigkeit war wieder hergestellt. Ich ging in die Hocke und beobachtete die Menschen, wie sie, kleine Wölkchen aushauchend, an meinen Lippen hingen.

»Die Stadtoberen haben beschlossen, eine Halle in eurem Ort zu bauen. So viel ist bekannt. Der Weg, der zu diesem Beschluss führte, war alles andere als rechtens. Meinungen wurden gekauft, euch wird vorgegaukelt, es geschähe alles zu eurem Wohl. Dabei haben die Menschen, die über euren Kopf entschieden haben, dieses Projekt hier zu bauen, nur ihr eigenes Wohl im Sinn. Es geht um Macht, um Einflussnahme und viel Geld. Und niemand sagt euch, was wirklich geschieht.«

»Genau. Florian Silbereisen und Hansi Hinterseer kommat nach Trollingen.«

Da wollte wohl jemand besonders witzig sein. Der Unbekannte begann zu nerven. Ich suchte ihn in der Masse der Namenlosen, konnte ihn aber nicht entdecken.

»Und wenn's ganz bled lauft, feiern Jürgen Drews, Micky Krause und Gottlieb Wendehals hier eine Ballermann-Party.«

»Um Gottes willa. Des wär ja grauenvoll!«, rief ein anderer. »Womöglich kommt jede Woch an anderer Radaubruder hierher.«

»Genau«, hakte ich ein. »Doch nicht nur das. Diese Halle wird das Ortsbild zerstören. Ihr werdet die Gemütlichkeit dieses schönen Fleckchens aufgeben müssen, Lärm und Verkehr werden zunehmen, Grünflächen werden vernichtet, der Lebensraum für Pflanzen und Tiere zerstört. Die Kindertagesstätte wird abgerissen, die Plätze für die Kinder werden womöglich nicht ersetzt. Auch dieser Markt kann hier nicht mehr gastieren, weil es keinen Ort mehr für die Aussteller gibt.«

»Ha, dann hat die Halle ja doch was Gutes.«

Dieses Mal erntete der Zwischenrufer keine Lacher, sondern nur verständnisloses Grummeln.

»Ha no, des wär aber scho schlecht.«

»Wo doch der Markt so schee isch.«

»Ond der Kindergarte au.«

»Die Halle darf nicht komma.«

»O-ben blei-ben, o-ben blei-ben.«

»Halt dei Gosch. Du bisch auf der falschen Veranstaltung.«

Der Volkszorn rührte sich, doch die Wut war noch nicht groß genug, es galt noch ein paar Scheite nachzulegen.

»Trollingen wird seine Identität als mittelalterliches Städtchen verlieren. Es wird zu einer Spaßmetropole. Zu Hunderten werden Alkoholisierte durch die Gassen ziehen, an der Spur von Unrat, Verwüstung und Ausscheidungen werdet ihr sie erkennen.«

»Also ändert sich gar nix. Des isch ja heut scho so.«

Der Kommentar wurde dieses Mal von Schmerzenslauten begleitet.

»Aua, was isch denn? Des stemmt doch.«

»Halt dei freche Lapp, sonsch kriegsch noch oine.«

In der Mitte des Pulks entstand ein Gemenge. Und dann sah ich ihn: Gideon, der unbekannte Rufer, war gerade dabei, eine Tracht Prügel zu beziehen. Mein Mitleid hielt sich in Grenzen, denn es war sein Freund Rudi, der ihm die Schläge versetzte und dabei darauf achtete, ihn nicht zu sehr zu verletzen. Und während der Pause, die ich setzte, um die nötige Ruhe einkehren zu lassen, verstand ich, was die beiden da vor der Bühne trieben. Sie heizten die Stimmung an. Der eine, Gideon, spielte den Bad Guy, der von dem anderen, Rudi, gemäßigt wurde. Sie inszenierten im Kleinen, was sich auf die breite Masse übertragen sollte: Die Stimme des Volkes erhob sich gegen die Arroganz der Obrigkeit.

Ich fuhr fort.

»Weitere bauliche Einschnitte werden folgen. Eine Halle von diesem Ausmaß benötigt Parkplätze. Weitere Grünflächen und Gebäude werden also weichen müssen. Neue Straßen werden gebaut für die vielen tausend Besucher. Vielbefahrene Straßen, ein Sicherheitsrisiko für euch und eure Kinder. Und nichts von alledem geschieht, weil sich die Politiker um euch sorgen. Es geschieht, weil sie sich aus Geltungssucht und aus eigenen finanziellen Interessen hier ein Denkmal setzen wollen. Ein Denkmal, das ihr und eure Kinder teuer bezahlen müsst. Denn die Versprechungen von Arbeitsplätzen und Investitionen in die Infrastruktur sind nur ein Teil der Wahrheit. Gänzlich ungeklärt ist, wie diese Halle genutzt werden soll. Unklar auch, ob die Region eine solche Halle braucht. Und ganz und gar unklar ist, ob sich jemand darum kümmert, wie sie ausgelastet wird. Was ist denn, wenn sich der Betrieb nicht rechnet? Wenn erneut eine Umnutzung stattfinden muss. Ich sage euch, ich sehe in diesem Flädle …«, ich hob die schwarz verbrannte Masse aus der Pfanne, »… einen großen dunklen Klotz, der niemandem nützt und niemandem schmeckt. Noch ist es an der Zeit, euch zu wehren, Bürgerinnen und Bürger von Trollingen. Und ich gebe euch eine letzte Weisheit mit auf den Weg, bevor ich der Wahrsagerei für immer abschwöre. Bleibt kritisch, seid auf der

Hut und hört auf, alles zu glauben. Vor allem, wenn jemand versucht, aus einem Pfannkuchen das Schicksal herauszulesen. Tut mir leid.«

Ich sah noch einmal zu dem Fleck, an dem Nicole gestanden hatte, doch sie war verschwunden. Grußlos ging ich ab, schob mich durch den Vorhang und rannte Siegfried fast um, der mir mit missbilligender Geste einen Briefumschlag hinhielt.

»Den soll ich dir von deinem Freund Thorsten geben«, sagte er. »Und bevor du verschwindest, will ich dir eines sagen. Lass dich hier nie wieder blicken. Inzwischen wissen wir alle, dass du nichts weiter als ein Hochstapler bist.«

»Kann man ja von dir nicht gerade sagen«, erwiderte ich.

Er bebte vor Wut, spuckte vor mir aus und ging davon.

Ich drehte den Brief in den Händen, unentschlossen, ob ich ihn sofort öffnen und lesen sollte. Schließlich steckte ich ihn ein, schlich zum Hinterausgang hinaus und eilte zum Bahnhof.

Bangen

Zwanzig Minuten sind vergangen, seit Thorsten Arndt und Magdalena allein gelassen hat. Zwanzig Minuten, angefüllt mit Schweigen, denn es scheint, als hätten sich die beiden nichts mehr zu sagen. Die Geständnisse haben Wunden gerissen und die wenige Zeit, die vergangen ist, konnte noch keine heilende Wirkung entfalten.

Zudem sind es andere Dinge, die Arndt beschäftigen.

»Wo ist Thorsten denn hingegangen? Was macht er dort und warum braucht er so lang?«

Nervös geht der einstige Seher auf und ab, blickt aus dem Fenster in den Hof hinaus, in der Hoffnung, eine Bewegung auszumachen, die Thorstens Ankunft ankündigt.

»Ich wär gern mit dir auf die Insel gfahre«, durchbricht Magdalena die Stille. »Aber i hab halt koi Glück mit Männer.«

Sie lächelt schwach und zupft an den Nähten des Umhangs. Arndt bleibt stehen, geht einen Schritt auf sie zu, stockt. Jede Vertraulichkeit, jede Berührung würde wieder Hoffnung bei der Tänzerin nähren. Doch damit soll nun Schluss sein. Es gilt, eine klare Position zu beziehen.

»Die Insel ist doch nur ein Synonym für die Flucht aus der Realität«, sagt er. »Aber du kannst dich der Wirklichkeit nicht entziehen, denn du nimmst den Verursacher aller deiner Probleme immer mit. Und weißt du, wer das ist?«

Magdalena schaut nicht auf. Sie kennt die Antwort.

»Jeder Mensch bereitet sich seine Schwierigkeiten ein Stück weit selbst. Jeder weiß das und trotzdem verschließt jeder die Augen vor dieser simplen Erkenntnis. Solange du nicht an den Lösungen arbeitest, sondern immer nur verschwindest, wenn es bedrohlich wird, kannst du nicht glücklich werden.«

Große Worte für einen, der nicht dafür bekannt ist, sich seinen Problemen zu stellen, der vor ein paar Stunden noch selbst davonlaufen wollte. Aber es soll ja schon Fälle von Läuterung gegeben haben. Womöglich erlebt Arndt in dem Moment der höchsten Anspannung so etwas wie eine Katharsis. Und offenbar färbt diese auch auf Magdalena ab.

»Der Thorsten isch ja eigentlich ganz nett«, sagt sie und lächelt sanft.

»Als ich dich vorher angrufa hab und er war dran, war ich scho überrascht. Aber er isch sofort zu mir komma. Ond des, obwohl ich ihn verletzt hab.«

Ihre Lippen zittern, ihre Augen füllen sich mit Tränen.

»Aber ich hab ihm doch sage müssa, dass du mich bloß benutzt hasch, um an sein Geld zu komma. Dass ich ihn gar net mag ond au net vorhab, ihn zu heirate.«

Arndt sieht die Tänzerin mitleidig an und fühlt sich schuldig. Er hat sie zur Komplizin gemacht, ohne sich über mögliche Folgen klar zu sein.

Ein schabendes Geräusch schreckt ihn auf, die Tür zur Bauhütte wird aufgestoßen, Thorsten füllt den Rahmen. In der einen Hand hält er eine Taschenlampe, die nur trübe leuchtet, und einen unförmigen Plastikbeutel. Mit der anderen stützt er eine Teppichrolle auf seiner Schulter.

»So«, keucht er. »Da bin i wieder. Des isch alles, was i auf die Schnelle gfunda hab.«

»Eine Tüte und einen Teppich?« Arndt kann sein Entsetzen nicht verbergen. Insgeheim hatte er gehofft, dass es Thorsten gelingt, den fehlenden Betrag in bar aufzutreiben.

»In der Gugg sind Geld und Wertgegenstände. Ond der Teppich isch ein orientalischer Läufer. Den hab i aus der Türkei mitbrocht. Echt wertvoll, hot der Typ auf dem Basar gsagt.«

Arndt schüttelt den Kopf und baut sich vor dem Gabenbringer auf. »Mann, Thorsten, selbst wenn es ein fliegender Teppich wäre – damit lässt sich Pjotr ganz bestimmt nicht abspeisen. Der macht uns kalt.«

Thorsten lässt die Schultern sinken und fast wäre ihm der »echte orientalische Läufer«, der in Wahrheit ein billiges Imitat ist, von der Schulter gerutscht. Er sieht seine Mühe, wieder einmal alles richtig machen zu wollen, nicht honoriert. Ein kleines Lob hätte ihm schon gereicht.

»Was ist in der Tüte drin?«, fragt Arndt und deutet auf den Plastiksack. Thorsten öffnet den Beutel, späht hinein. »An Zinnbecher, aus dem scho der Herzog von Württemberg gsoffa hot, eine Versteinerung, die ich im Schiefersteinbruch in Holzmade ausbuddelt hab, eine Original-Schallplatte von *PUR*, eine goldene Krawattennadel, Manschettenknöpf mit Äffle und Pferdle druff ...«

Magdalena lässt langsam den Kopf auf die angewinkelten Knie sinken und bleibt regungslos sitzen. Auch sie erkennt die Ausweglosigkeit der Lage.

»Wir sind verloren«, sagt Arndt schwach.

»... und 27 245 Euro in bar«, endet Thorstens Aufzählung.

Magdalena hebt ihren Kopf, sieht Thorsten ungläubig an, blickt dann zu Arndt, der wiederum Thorsten anstarrt, als habe er ihm eröffnet, dass Weihnachten fortan im Juni gefeiert wird.

»Wie viel ... also was ... wo hast du das Geld her?«, stottert Arndt.

Selbst bei der schwachen Beleuchtung ist zu erkennen, dass Thorsten errötet. Er tritt verlegen von einem Bein auf das andere, windet sich.

Durch die ungewöhnliche und fast wahllos wirkende Zusammenstellung der Beute wächst in Arndt ein Verdacht.

»Thorsten, du bist doch nicht etwa irgendwo eingebrochen?«

»Des würd ich nie mache«, weist Thorsten entsetzt zurück und verstummt so schnell, wie er reagiert hat.

»Wie bist du an das Geld und an die Sachen gekommen?«, hakt Arndt nach. Natürlich weiß er, dass die Zeit drängt, und eigentlich könnte ihm die Beschaffung ziemlich egal sein, zumal die Summe sowieso nicht ausreicht, um Pjotrs Forderungen zu erfüllen. Aber es ist auch an der Zeit, mit krummen Touren aufzuhören.

»Tja, es isch so, dass ich euch au net die ganze Wahrheit gsagt hab«, fängt Thorsten an.

»Heißt das, du bist gar nicht pleite, von Frau und Kind verlassen, von den Nachbarn und deinen Angestellten geächtet?«

»Des mit meiner Frau und de Kender, des stemmt. Aber die sind scho lang weg. Und des Bauunternehma hab i aufgeba müssa, des stemmt au. Des isch au scho a Weile her. Aber das Grundstück hier hab ich erst neulich verkauft. Und des isch der Teil ...«, er hielt die Tüte in die Höhe, »... der irgendwie net über mei Konto gflossa isch.«

Er räuspert sich. »Na ja, sonst hätt i meiner Frau ebbes davon abgeba müssa. Der Rest isch natürlich auf der Bank.«

Arndt starrt Thorsten mit offenem Mund an, gewinnt jedoch schnell die Fassung wieder. »Und was sollte diese Selbstmördernummer auf der Brücke?«

Thorsten seufzt. Aber nun, nachdem er bereits einen wichtigen Teil seiner Geschichte offenbart hat, kann er sie auch ganz erzählen.

»I hab halt denkt, wenn mich jemand in so einer Situation rettet, dann kann des mein Freund werda. Der hot doch dann a Verpflichtung, der muss sich dann doch kümmra. Wobei i sage muss, a Frau als Retterin wär mir lieber gwesa. Deshalb war mir des gar net so recht, als du komma bisch.«

Magdalena steht auf, geht zu ihm, schlingt ihre Arme um seinen Hals und bettet den Kopf an seine Brust. »Ach, Thorsten, wenn ich des gwusst hätt, ich wär dich retten gekommen.«

Ja, die Aussicht auf ein Leben in Saus und Braus ist dem Keim der Durchtriebenheit ein guter Dung. Zumindest interpretiert Arndt den Sinneswandel der Tänzerin so. Es wäre ja auch nicht das erste Mal, dass ein prall gefüllter Geldbeutel die Tür zu einem Herzen öffnet. Arndt spürt, wie es sich anfühlt, der Betrogene zu sein.

Er ist Thorsten auf den Leim gegangen, der genauso selbstlos agiert hat wie er selbst. Das kommt ihm sehr komisch vor und wäre nicht eine gewisse Eile geboten, dann hätte er sich bestimmt vor dem Paar auf den Boden geschmissen und gelacht bis zum Zwerchfellriss.

»Gut«, sagt Arndt, »vielleicht haben wir später Gelegenheit, darüber zu reden. Gib mir die Tüte. Ich muss los. Ihr wartet hier auf mich.«

Thorsten lässt sich den Plastiksack vom Handgelenk streifen und den Läufer von der Schulter nehmen, ohne sich aus Magdalenas Umarmung zu lösen.

»Viel Glück«, murmelt er ihr in den Nacken hinein, und Arndt ist sich nicht sicher, ob es eine Zustandsbeschreibung seiner Lage oder ein an ihn gerichteter Wunsch ist. Hektisch stolpert er aus dem Baubüro.

Arndt hastet den Pfad entlang, der zur Brücke führt. Eine dichte Nebelwand behindert seine Sicht, hängt sich zäh über die Landschaft und gibt nur widerwillig Schemen und Schatten frei: Da ein Baum, ein Gebüsch, das Klettergerüst des Spielplatzes. In der Ferne glänzen die Lichter der Bundesstraße, milchig verwaschen, als würden sie durch eine schlecht geputzte Fensterscheibe betrachtet. Außer Arndts schnellen Schritten und seinen rasselnden Atemzügen ist nichts zu hören. Vor ihm gewinnt aus bedrohlich konturenloser Schwärze die Brücke an Gestalt. Von Pjotr und seinen Mannen ist nichts zu sehen. Kleine Wellen küssen schmatzend das Ufer, atmen fischige Fäulnis aus. Nur schwer kämpft Arndt den Würgereiz nieder. Er wirft den Läufer zu Boden, stellt die Plastiktüte daneben und wartet, die Hände auf die Knie gestützt, den Oberkörper vornübergebeugt. Sein Herz schlägt schmerzvoll in seiner Brust, seine Bronchien pfeifen das Lied der Überanstrengung. Für den New-York-Marathon reicht es noch nicht, denkt Arndt.

Und dann steht er plötzlich neben dem Seher, als sei er aus dem Boden gewachsen: Pjotr. Hinter ihm drei dunkle, gesichtslose Gestalten, die sich breitbeinig aufstellen, als gelte es eine Mauer zu errichten, um ihren Anführer zu schützen.

»Da bist du ja«, sagt Pjotr und versetzt Arndt einen geräuschvollen Schlag auf den Rücken, so dass dieser stöhnend in die Knie sinkt.

»Ich habe schon gedacht, du kommst nicht mehr. Hast du mir was Schönes mitgebracht?«

Arndt richtet sich mühevoll auf und weist auf die Gegenstände, die am Boden liegen. »Das ... das ist alles, was ich auf die Schnelle auftreiben konnte«, röchelt er.

Pjotr betrachtet den orientalischen Läufer und die Plastiktüte, es ist ihm deutlich anzusehen, dass er im Moment nicht weiß, welcher Gefühlsregung er sich hingeben soll. Da wäre zum einen die Überraschung über Arndts Unverfrorenheit, dass er es wagt, eine Menge Krempel anzuschleppen, statt, wie vereinbart, Geld mitzubringen. Zum anderen ist es die Wut, denn Pjotr fühlt, dass er drauf und dran ist, sich von diesem kleinen Ganoven erneut an der Nase herumführen zu lassen. Er tritt nach dem Plastiksack, der fällt um und ergießt seinen Inhalt über den Läufer. Die Wut gewinnt.

»Was soll das?«, brüllt Pjotr angesichts der Dinge, die vor ihm liegen. »Soll ich einen Stand auf dem Flohmarkt eröffnen?«

Er greift sich die Äffle- und Pferdle-Manschettenknöpfe heraus, betrachtet sie lange, wie ein Juwelier, der den Wert eines besonderen Schmuckstückes schätzt, murmelt: »Was ist das nur für ein Land«, und lässt sie sinken.

Inzwischen haben zwei Bodyguards den Seher zwischen sich gespannt, es wirkt, als würden sie ihn zum Trocknen in den Wind hängen. Arndt ächzt, die schweren Jungs halten ihn fest umklammert.

Pjotr nähert sich, zieht einen Revolver aus dem Halfter unter seiner Jacke und hält Arndt den Lauf in die Nase. Arndt kann den Pulverschmauch am Gaumen schmecken und versucht seine Panik zu unterdrücken.

»Eff iff doch auch Geld in der Tüte. Über fümfzichtausend.«

Pjotr hält den Sack in die Höhe und lässt ihn über Arndts Kopf hin- und herbaumeln. »Das ist aber nicht genug. Du schuldest mir mehr. Viel mehr. Schade. Um dich und um die schöne Frau.«

Arndt versucht, sich aus den schraubstockartigen Klauen zu befreien, doch mehr als ein hilfloses Ruckeln und Zappeln bekommt er nicht zustande. Mit physischer Kraft kann er nichts ausrichten.

Pjotr bellt einen Befehl, die zwei Bodyguards schleppen ihn weg, in Richtung des Flusses. Man muss kein Flädle befragen, um zu wissen, was jetzt kommt. Auch wenn es nur der Neckar ist und nicht die Elbe, bleibt sich Pjotr in der Art der Beseitigung von Widersachern treu. Nur wenn kein Fluss in der Nähe ist, beweist der Kiez-Boss mehr Kreativität. Da kann es schon mal sein, dass ein Gegner in einer Baustelle verschwindet oder Teil eines neu zu errichtenden Gebäudes wird. Festgemauert in der Erde, um es frei nach Schiller auszudrücken. Aber dazu hätte Pjotr nach Stuttgart fahren müssen, das ja einige Großbaustellen aufweist. Was der Bandenchef zum Glück nicht weiß.

»Pjotr, bitte. Ich beschaffe dir den Rest«, keucht Arndt, während ihn die Riesen hinter sich herschleifen. »Morgen. Du bekommst das Geld. Und alles andere kannst du auch behalten.«

Der Kiez-Boss besieht sich gerade die Schallplatte von *PUR* und Arndt meint, ein Interesse des Russen zu erkennen. Er lässt die Vinylscheibe aus der Hülle gleiten, dreht sie in den Händen, holt aus und lässt sie wie ein Frisbee davonsausen. Was ein bisschen etwas über Pjotrs Kunstsachverstand aussagt: Denn das ist sicherlich die despektierlichste Art mit dem Werk umzugehen.

Die Entfernung wird größer, Arndt hört, wie sich das Murmeln des Flusses zu seinem Requiem auswächst.

»Wie wäre es mit einem Spielchen?«, lautet sein nächster Versuch, den Kopf aus der Schlinge zu ziehen. »Eine Partie Poker. Alles oder nichts.«

Es ist ein dämlicher Vorschlag und Arndt bereut ihn schon im nächsten Moment. Welchen Vorteil könnte Pjotr aus einem solchen Spiel ziehen? Keinen. Für Arndt geht es bereits jetzt schon um alles. Für den Kiez-Boss um nichts. Der Wahrsager wird zu Boden geworfen, einer seiner Peiniger dreht ihm die

Arme auf den Rücken, schlingt ein Seil um die Hände, während der andere eine schwere Eisenkette aus einem Gebüsch hervorzieht und beginnt, sie um Arndts Körper zu wickeln. Gierig leckt der Fluss nach dem Gesicht des Sehers, nur wenige Zentimeter trennen ihn von dem feuchten Kuss des Todes.

»Von wem hast du eigentlich erfahren, dass ich hier bin?«

Ein letzter Verzweiflungsakt.

»Wer hat dir den Tipp gegeben?«

Pjotr antwortet nicht. Er dreht den Zinnbecher des Herzogs von Württemberg in der Hand, der in Wirklichkeit ein Weihnachtsgeschenk der örtlichen Kreissparkasse an seine Premiumkunden war.

»War es einer von Richardsons Leuten?«

Die Eisenkette schnürt ihm fast die Luft ab, raubt ihm den Atem. Arndt plustert sich auf, spreizt die Arme ein Stück vom Körper ab, weil er das einmal in der Biographie eines Entfesslungskünstlers gelesen hat. Auch wenn eine Befreiung eher in den Bereich reiner Theorie fällt, will er zumindest nichts unversucht lassen.

»Wenn es einer von Richardsons Leuten war: Woher weißt du, dass es kein Trick war, um dich herzulocken? Vielleicht bekommen deine Läden in Hamburg gerade Besuch? Will er nicht schon lange die Alleinherrschaft auf dem Kiez?«

Ein Geistesblitz, mehr nicht. Eine Vermutung, ohne jeglichen Hintergrund. Und doch nicht ganz unwahrscheinlich.

»Wir wären so weit, Boss«, sagt einer der Bodyguards.

Pjotr überlegt einen kurzen Moment, dann nickt er und Arndt spürt, wie er angehoben wird. Die beiden Leibwächter ächzen.

»Mal sehen, wie weit wir den hier werfen können. Vielleicht gibt es einen neuen Rekord«, sagt der eine und der andere lacht.

Sie schwingen sich ein.

»Und vielleicht haben sie der Polizei bereits einen Tipp gegeben, wo du zu finden bist. Jetzt, da du dich außerhalb deines

Schutzraums befindest. Denk doch mal nach, Pjotr. Ist da vielleicht noch eine alte Rechnung offen?«

»Eins ...« Schwung nach hinten.

»Zwei ...« Schwung nach vorn.

Polizeisirenen kreischen, blaue Lichtblitze durchschneiden die Nacht. Autotüren schlagen, Schritte.

»Die Bullen! Wir müssen weg!«, kreischt Pjotr.

In die Fleischberge kommt Bewegung. Sie lassen Arndt fallen, der schlägt hart auf dem Boden auf, die Ketten klirren. Er spürt ein Stechen in der Brust, kurz droht ihm der Verlust des Bewusstseins.

Eine Stimme, über ein Megafon verstärkt, fordert Pjotr und seine Mannen auf, stehen zu bleiben. Die Dunkelmänner sprinten in unterschiedliche Richtungen davon, werden verfolgt, eine Hetzjagd beginnt.

Arndt will um Hilfe schreien, doch es löst sich kein Ton aus seiner Kehle. Auch will es ihm nicht gelingen, das Kettenkorsett abzustreifen. Er zieht den Bauch ein, presst die Arme eng an den Körper, doch seine Stahlfessel macht jede Bewegung mit, fast so, als sei sie mit ihm verwachsen.

Schritte hinter der Nebelwand, Hundegebell, die Lichtkegel von Taschenlampen, die am feuchtgrauen Vorhang abprallen.

Kampfgeräusche. Schreie. Flüche. Auf Deutsch. Auf Russisch.

»Hierher!«, klagt Arndt und rollt sich vom Ufer weg. »Helft mir!«

Der Nebel spuckt zwei Gestalten aus. Thorsten und Magdalena. Sie haben Mühe, den Seher zu entdecken, doch schließlich erspähen sie ihn. Sie stürzen auf ihn zu und zerren an seinen Stahlfesseln.

»Mir brauchet an Bolzaschneider«, sagt Thorsten und sieht Magdalena an.

»Des tut mir leid. Den hab i jetzt gar net dabei«, erwidert sie und versetzt Thorsten einen kleinen freundschaftlichen Stoß. Statt schweres Gerät zu bemühen, greift sie sich in die Haare, löst eine Klammer und besieht sich das Schloss, mit dem die Kette gesichert ist.

Mit einem leisen Klick löst sich der Bügel aus seiner Verankerung und Magdalena lächelt siegesbewusst.

»Guck dir des an. Was die alles kann«, reimt Thorsten ungewollt und dennoch voller Anerkennung.

»Einer meiner früheren Verehrer hat mir mol einen Keuschheitsgürtel verpasst«, erwidert Magdalena. »Und Not macht halt erfinderisch.« Sie lächelt geheimnisvoll.

Arndt windet sich aus der eisernen Ummantelung, deutet Thorsten an, ihm die Fesseln zu lösen. »Wir müssen Nicole finden. Sie schwebt immer noch in Lebensgefahr«, stößt er hektisch hervor.

»Moment mol. Du hasch doch gsagt, im Hintergrund hat es geklunge, als ob Wasser in eine Wanne einglasse wird. Vielleicht isch sie an der Schleuse.«

Thorsten springt auf, zieht Arndt und Magdalena in die Höhe.

»Kommt, mir müssat uns beeila. Der stoht bestimmt schon das Wasser bis zum Hals.«

Mit diesen Worten eilt er davon und legt für seine gedrungene Gestalt ein nicht für möglich gehaltenes Tempo vor. Arndt hat Mühe, mit ihm Schritt zu halten. Seine Brust schmerzt, es fühlt sich an, als befände er sich in einem Schraubstock. Magdalena scheint es ähnlich zu gehen. Sie keucht, ihr Atem rasselt mit den Pailletten an ihrem Kostüm um die Wette.

Thorstens Schritt verlangsamt sich, die Schleuse ist nur noch wenige Meter entfernt. Das Rauschen des einströmenden Wassers wird lauter, überdeckt das Geklimper der Tänzerin. Doch in dem tonalen Durcheinander ist noch etwas anderes auszumachen. Leise, fast nicht zu vernehmen, erklingt eine Stimme, ein Hilferuf. Thorsten hebt eine Hand in die Höhe, um Arndt und Magdalena Einhalt zu gebieten. Die beiden stoppen so abrupt, dass die Pailletten der Tänzerin geräuschvoll nachschwingen.

»Herrgottnochmol, hör doch mit dem Gebimmle auf!«, fährt Thorsten sie an und legt sogleich einen Finger auf die Lippen. Die leise Stimme erhebt sich erneut, gefolgt von Husten und Gegurgel.

»Nicole!«, ruft Arndt laut und will ihr zu Hilfe eilen, doch Magdalena hält ihn fest. Sie weist auf das kleine Häuschen oberhalb der Schleuse, in der ein Lichtschein einer Taschenlampe aufflammt und suchend durch die Gegend irrt.

»Mir müssat vorsichtig sei«, flüstert Magdalena und schleicht sich geduckt weiter. Die Männer folgen ihr. Am Beckenrand angekommen, entdecken sie Nicole. Sie hängt an der gegenüberliegenden Wand, die Arme über ihrem Kopf festgekettet, das Wasser strömt unablässig in das Becken, steht ihr bereits bis zum Kinn. Immer wieder sackt sie aus Entkräftung zusammen, gerät dabei unter die Wasseroberfläche, taucht prustend und sprotzend auf.

»Sie ist schon sehr schwach. Lange kann sie das nicht mehr durchhalten«, flüstert Arndt und blickt sorgenvoll auf Nicole, die um ihr Leben kämpft.

»Mir müssat des Wasser abstelle«, raunt Thorsten.

»Aber dazu müssen wir in den Kontrollraum und der ist bewacht.«

Magdalena nickt und macht sich auf den Weg. Aufrecht und völlig ohne Eile schlendert sie Hüften schwingend auf die Kontrollstation der Schleuse zu. Der Lichtstrahl der Taschenlampe erfasst sie, heftet sich an ihr fest, bereitwillig lässt sie sich zur Quelle hinziehen. Ein Mann bellt etwas in einer fremden Sprache in die Nacht. Dem Tonfall nach könnte es sich um eine Drohung handeln, doch die Tänzerin lässt sich nicht abhalten, verfolgt ihren Weg, streift die Jacke ab, ihr verführerisches Bustier reflektiert das Licht, dann verschwindet sie in der Tür des Häuschens. Es ist das Zeichen, das Arndt und Thorsten aus der Erstarrung weckt. Im Schutz der Dunkelheit schleichen sie ebenfalls auf den Kontrollraum zu und sehen durch die Fenster. Drinnen gibt Magdalena, schummrig beleuchtet, eine Privatshow, die von einem Riesen mit einer Mischung aus Misstrauen und Geilheit betrachtet wird. Er steht links von der Tür, mit dem Rücken zu den Männern, von deren Existenz er nichts ahnt. Und obwohl er das Gesicht nicht erkennen kann, weiß Arndt, dass es sich um Gregor handelt, der hier als Schleusenwärter eingesetzt ist. Und natürlich kennt er die Unverwüstlichkeit, die Pjotrs härtester Kampfmaschine anhaftet. Bar jeder Waffe ist die Wahrscheinlichkeit, den Koloss zu erledigen, gleich Null.

Magdalena schiebt sich an den Gorilla heran, der seine Pranken nach ihr ausstreckt, sie aber nicht zu fassen bekommt. Stattdessen zwickt sie ihn mit den Zimbeln in die Nase, lacht und schwingt sich an ihm vorbei. Gregor grunzt und setzt ihr nach. Die Tänzerin pirscht sich wieder an, nahe, ganz nahe, weicht den gierigen Händen nicht aus, lässt sich begrabschen und nimmt ihm die schwere Taschenlampe ab. Sofort verbündet sich seine frei gewordene Hand mit der anderen, um den Verschluss des Bustiers zu öffnen. Arndt reagiert sofort.

»He Gregor, das ist ja eine Überraschung. Du hier? Und nicht im Boxring der Ritze?«

Der Riese fährt herum, starrt Arndt an, benötigt drei Sekunden, um die neue Information zu verarbeiten, und das ist genau eine Sekunde zu viel, denn als er eben zu seiner Waffe greifen will, trifft ihn Magdalenas Schlag mit der Taschenlampe am Hinterkopf. Der ist zwar mit einer gesunden Wucht ausgeführt, reicht jedoch nicht, um den Bullen in Morpheus' Arme zu schicken. Stattdessen wirbelt er herum, glotzt die Tänzerin an, taumelt auf sie zu. Sie knallt ihm die Taschenlampe nochmals gegen die Schläfe, Gregors Kopf wird in Schlagrichtung katapultiert, dort steht Thorsten, der ihm einem gezielten Kinnhaken verpasst, der selbst die Klitschko-Brüder vor Neid hätte erblassen lassen. Gregor grunzt noch einmal, dann verdreht er die Augen und bricht zusammen.

»Des war knapp«, kommentiert Magdalena, dreht sich zu Thorsten und deutet ihm an, er möge ihr halb geöffnetes Bustier wieder schließen. Doch ein Blick in das Becken zeigt, dass es ein sehr viel dringlicheres Problem gibt. Nicoles Arme hängen schlaff in den Fesseln, ihr Gesicht ist nicht mehr zu sehen.

»Das Wasser! Stell es ab!«, kreischt Arndt und stürzt aus dem Kontrollraum. Ohne weiter Zeit zu verlieren, streift er sich seinen Kapuzenpulli und die Hose ab, springt in das eiskalte Nass, krault zu Nicole, bekommt sie zu fassen und hebt sie über die Wasseroberfläche. Leblos hängt sie in seinen Armen.

»Nicole«, krächzt Arndt. »Wach auf. Bitte. Wach auf.«

Das Rauschen wird leiser, die einströmenden Wassermassen lassen nach, versiegen schließlich ganz. Arndt versucht, sich einen Stand zu verschaffen, fasst Tritt an einem Vorsprung und zieht Nicole mit sich. Sie stöhnt leise, ihre Augenlider flackern, für einen Moment sieht sie Arndt an, haucht: »Sieh mal einer an, der Seher«, und fällt wieder in Ohnmacht. Arndt weint und lacht zugleich, lässt seinen Tränen der Erleichterung freien Lauf, schreit: »Sie lebt! Sie lebt!« in die Nacht, küsst ihre Wange und hält sie ganz fest, will sie nie wieder loslassen, immer bei ihr bleiben, egal, was passiert, selbst als die herbeigerufenen Helfer die beiden aus dem Wasser ziehen, will er sich aus dieser Umarmung nicht lösen. Er möchte mit ihr in Decken gehüllt werden, mit ihr die Liege im Rettungswagen teilen. Überhaupt will er nie wieder von ihr getrennt sein. Denn in dieser Nacht hat das Schicksal gesprochen. Sie sind füreinander bestimmt, da ist sich der Seher sicher. Und auch als ihm die Handschellen angelegt werden und er abgeführt wird, will ihm das Grinsen aus dem Gesicht nicht weichen. Er hört nicht, was die Polizisten zu ihm sagen, er kümmert sich nicht um die Marktbeschicker, die Gaukler und Jongleure, die seiner Verhaftung beiwohnen, ihn mit wenig Wohlwollen betrachten, ihn beschimpfen, die Fäuste gegen ihn schütteln. Er spürt keinen Schmerz, nur Leichtigkeit und die Gewissheit, dass alles gut werden kann. Weil eines feststeht: Nicole und er gehören zusammen. Komme, was da wolle.

»Thorsten, lass des. Mir sen doch hier net alloi«, gurrt Magdalena. »Da, guck, er kommt zu sich.«

Arndt blinzelt gegen die Helligkeit an, die ihn umgibt. Seine Pupillen wandern umher, ohne einen Halt zu finden, dann schieben sich zwei bekannte Gesichter in sein Wahrnehmungsfeld, er erkennt Magdalena und Thorsten, die sich über ihn beugen und die Lippen bewegen. Wie durch Watte gefiltert hören sich ihre Stimmen an, langsam lässt die Dämpfung nach, Bild und Ton vereinigen sich.

»Mensch Kerle, du kannsch oin ja erschrecka«, sagt Thorsten. Magdalena nickt und eine Träne bahnt sich ihren Weg hinunter zum Kinn.

»Wo bin ich?« Arndt versucht, sich aufzurichten. Seine Glieder schmerzen, jeder Atemzug sticht, seine Handgelenke weisen die Spuren der nächtlichen Tortur auf. Rote Striemen zeichnen den Verlauf seiner Fesseln nach. »Was ist passiert?«

Es ist keine Frage, die einer Antwort bedarf, schnell setzt die Erinnerung ein.

»Wo ist Nicole?«

Er versucht, sich aus dem Bett zu schwingen, doch der rasende Schmerz in seiner Brust zwingt ihn, die Bewegung aufzugeben. Stöhnend sinkt er zurück in die Kissen, vorsichtig betastet er seine Rippen, spürt den Verband, drückt ein wenig fester und zuckt zusammen. Gebrochen, ohne Zweifel.

»Nicole geht's gut«, beschwichtigt Magdalena.

»Na ja, den Umständ' entsprechend«, schiebt Thorsten nach. »Sie isch völlig unterkühlt und ziemlich schwach. Aber des wird scho wieder, hat der Doktor gsagt.«

Unklare Bilder ziehen vor Arndts innerem Auge auf. Pjotr, die Schleuse, Wasser, Gregor, Magdalena, Thorsten, die ohnmächtige Nicole, Sanitäter, Polizisten.

In diesem Moment erkennt er, dass noch eine dritte Person im Zimmer ist. Ein Uniformierter steht an der Tür, bewacht den Ausgang.

»Was will der denn hier?«

Die Mienen seiner Freunde verdunkeln sich. Schweigen.

»Kann mir bitte jemand sagen, was los ist?«

»Die saget, dass du den Brand auf dem Markt glegt hasch.« Thorsten streicht sich nachdenklich über das Kinn. »Die hen dei Weste gfonda, neben den Kanistern mit Benzin.«

»Aber die habe ich doch ... verloren.«

Arndt richtet sich mühsam auf, will den Uniformierten zu sich winken, unterlässt es dann jedoch. Um erklären zu können, wie sein Kleidungsstück an den Brandort gekommen sein könnte, müsste er zugeben, ins Büro der Rothfuß eingebrochen zu sein. Zudem müsste der Nachtwächter bezeugen, die Weste gefunden zu haben. Nicole könnte dies bestätigen. Und würde sich damit zu einer Mitschuld bekennen. Keine gute Idee. Kraftlos lässt sich der Seher wieder in die Kissen fallen.

»Was ist das denn für eine Beweisführung?«, fragt er schwach. »Erst zünde ich den Markt an und weil es so warm ist, ziehe ich meine Weste aus und lege sie neben den Kanistern ab. Für wie blöd halten die mich denn? Das glaubt doch kein Mensch.«

»Für an Haftbefehl hat's glangt. Aber no koi Sorg. I kenn an guta Anwalt.«

Thorstens Fürsorge rührt Arndt. Er ergreift seine Hand und drückt sie. »Danke, du bist ein echter Freund«, sagt er und dann, schnell zu Magdalena gewandt: »Und du eine gute Freundin.«

Thorsten und Magdalena lächeln sich an.

Es klopft an der Tür und ohne ein Wort abzuwarten, tritt ein schlecht gekämmter, älterer Herr im Trenchcoat an das Fußende des Betts.

»Ah, offensichtlich sind Sie jetzt vernehmungsfähig«, sagt er und kneift ein Auge zusammen. »Mein Name ist Kriminalhauptkommissar Falk. Falk wie der Vogel ohne ›e‹. Ich hätte da ein paar Fragen an Sie.«

Nicole schläft. Ihr Gesicht wirkt wie aus Wachs modelliert. Weiße Haut, blasse Lippen, die Wimpern und die Augenbrauen wie gezeichnete Linien auf Pergament. Ihr Brustkorb hebt und senkt sich in langen tiefen Atemzügen.

So will ich sie immer betrachten können, ihren Schlaf bewachen, denkt Arndt. Er würde sie gern berühren, ihre Wange streicheln, doch er wagt es nicht. Es käme ihm vor, als dringe er in ihren Traum ein und das kann er nicht mehr, nachdem er ihr Leben in einen wahrhaftigen Albtraum verwandelt hat.

Also bleibt er auf dem Stuhl vor ihrem Bett sitzen und sieht ihr beim Schlafen zu. Vielleicht ist es besser, wenn sie nicht alles mitbekommt. Die Ermittlungen und Befragungen des Kommissars Falk, die Untersuchungen, die erbrachten, dass Pjotrs Männer zwar mit dem Einbruch in Nicoles Wohnung, aber nichts mit dem Brand zu tun hatten.

Die verheerenden Bilder am Platz der Zerstörung. Neben Geraldines Schindelwagen sind weitere vier Stände den Flammen zum Opfer gefallen, darunter die kleine Bude der Kräuterfrau, deren Inhalt bewusstseinserweiternde Dämpfe freisetzte, was zur Folge hatte, dass die Feuerwehrmänner und die umstehenden Helfer viel Spaß bei den Löscharbeiten hatten.

Inzwischen haben viele Beschicker ihre Zelte abgebrochen, sind weitergereist. Der Mittelaltermarkt von Trollingen ist Geschichte, er hat sich durch den Brand auf ewig in die Annalen des Städtchens eingetragen.

Doch nicht nur die Polizei hat nachgeforscht. Hungrige Journalistenwölfe witterten ihre Chance, eine exklusive Geschichte zu erbeuten, und nahmen die Fährte auf. Mit spitzen Federn stachen sie in den Ameisenhaufen aus Korruption, Betrug und Klüngelei, kein Tag verging ohne die Enthüllung einer neuen empörenden Nachricht aus dem Sumpf der Machtbesessenen und Geldgierigen. Und je tiefer sie gruben, desto deutlicher wurde der Gestank der Unverfrorenheit, die manche an den Tag legten, um einen eigenen Vorteil zu ergattern, den die Allgemeinheit zu bezahlen hatte. Längst ging es nicht mehr um eine Mehrzweckhalle, die keiner so richtig wollte oder brauchte. Es ging um Geld aus öffentlichen Töpfen, das in dunklen Kanälen versickerte, um dort eine Branche zu nähren, die das Licht scheut. Es ging um den rasanten Aufstieg einiger Politiker, die unter Mithilfe einiger einflussreicher Leute versuchten, einige Sprossen der Karriereleiter zu überspringen oder sich über unüberwindbare Gräben tragen ließen. Der Landrat wollte in die Bundespolitik, der Oberbürgermeister wiederum in die Landespolitik, der Rothfuß ging es um das große Geld, dem Investor um die Herrschaft in der Unterwelt. Und hätten sie zusammengehalten und sich nicht bei der ersten Gelegenheit gegenseitig die Schuld zugeschoben, dann wären einige Akteure vielleicht ohne Gesichtsverlust davongekommen. Aber allein die Tatsache, dass die Bauunternehmerin einen Detektiv beauftragt hatte, um von ihrem Treffen mit dem Oberbürgermeister Bilder anfertigen zu lassen, um ihn zu gegebener Zeit erpressen zu können, sprach Bände.

Ich hätte dir diese Geschichte so sehr gegönnt, denkt Arndt und streicht Nicole eine Haarsträhne aus der Stirn. Ja, das wäre gerecht gewesen, schließlich waren die beiden die Ersten gewesen, die sich auf die Spurensuche gemacht haben. Und nun ist es, wie so oft im Leben, dass andere ernten, was die Pioniere gesät haben.

Dennoch sieht es so aus, als ob die Gerechtigkeit siegen soll. Die Bürger Trollingens, aufgerüttelt von den mahnenden Posaunen der Medien, stehen auf. Sie belagern das Rathaus, fordern Erklärungen des Bürgermeisters, drohen mit Aufruhr, sollte es ein Bagger wagen, in die Nähe der Kindertagesstätte zu rollen. Mahnwachen werden abgehalten, Initiativen werden gebildet, ein Ort schützt sich selbst.

Nicole stöhnt leise, bewegt ihre Lippen, die Lider flattern. Ein böser Traum. Ja, vielleicht kann sie das so empfinden, wenn sie erwacht.

Als Trugbild, dem sie während des Schlafs erlag. Es ist ein Gedanke, der Arndt schmerzt, denn er weiß, dass er zu dieser Fantasie dazugehört, dass es besser wäre, sich aufzulösen, bevor ihre Erinnerung einsetzt. Und tatsächlich würde ihm das Verschwinden, dieses Abtauchen ins Nichts, viele Unannehmlichkeiten ersparen. Die Gerichtsverhandlung wegen des Einbruchs bei der Bauunternehmerin Rothfuß, wegen übler Nachrede und Betrugs. Zudem muss er Sanktionen von Pjotr erwarten, der entkommen konnte und mit Sicherheit auf die Zahlung der noch ausstehenden Schuld besteht. Und er kann sich nicht sicher sein, ob er nicht auch die Rache des Landrats, des Oberbürgermeisters oder der Bauunternehmerin fürchten muss, die ebenfalls auf die Anklagebank gerieten. Denn inzwischen war aufgedeckt worden, dass einige Vasallen dieses Trios den Brand gelegt hatten, um den Verdacht auf die Mittelaltermarkt-Beschicker zu lenken, um sie somit ein für alle Mal der Stadt verweisen zu können.

Das sorgenfreie Leben, so er denn je eines besaß, ist für Arndt Peterson vorbei, doch in diesem Moment, hier an Nicoles Krankenbett, ist ihm das einerlei.

Sie schlägt die Augen auf, blinzelt sich in die Realität zurück, erkennt ihn und ein Hauch von Lächeln umspielt ihre Lippen.

»Ich habe von dir geträumt«, flüstert sie. »Wir waren auf einer Insel. Nur du und ich. Das war schön.«

Er küsst sie auf die heiße Stirn, murmelt »Verzeih mir«, sie schließt die Augen, nickt und lächelt.

»Du bist ein Held, Arndt Peterson«, sagt sie und schläft wieder ein.

Leer gähnt der Marktplatz seine Tristesse in den trübgrauen Winterabend. Arndt schlendert über das Kopfsteinpflaster und erneut kommt es ihm so vor, als ob er aus der Zeit gefallen sei. Nichts deutet darauf hin, dass hier vor wenigen Tagen noch Buden standen. Hier das Badehaus, dort die Werkstatt des Schmieds, da der Stand des Kerzenziehers. Lediglich tiefschwarze Streifen am Boden bezeugen den Brand, der vor einigen Tagen hier gewütet hat.

Arme Geraldine, denkt Arndt. Bestimmt hatte sie lange auf den Schindelwagen gespart. Doch die mystische Alte ließ sich schnell vom Tavernenwirt trösten, der ihr Kost, Logis und interessante Begegnungen mit seinen Weingeistern versprochen hatte. Sie hatte sich nicht lange bitten lassen, ist mit dem Kneipier weitergezogen.

Thorsten hatte ihm das erzählt, bei seinem letzten Besuch im Krankenhaus. Es war ein trauriger Abend gewesen, denn auch Thorsten hatte Abschied genommen.

»Magdalena macht a Tanzschul in Sindelfinga auf. Da gibt es a richtige Szene für orientalischen Bauchtanz«, sagte er. »Ond i gang mit. Irgendjemand muss ja a bissle aufpassa, dass alles mit rechte Dinge zugoht.«

Als er Arndt umarmte, hatte Thorsten Tränen in den Augen.

»I dank dir für alles«, stammelte er mit erstickter Stimme.

»Nein, ich habe dir zu danken«, erwiderte Arndt. »Wenn du nicht gewesen wärst, wäre ich vielleicht doch noch zu einer großen Ratte geworden.«

Thorsten sah ihn verständnislos an, doch als Arndt abwinkte, unterließ er es nachzuhaken.

»Komm uns doch mal bsucha. Und bring Nicole mit«, schlug er stattdessen vor und Arndt hatte nur genickt.

Und nun schleicht er durch die Gassen des kleinen Städtchens, lauscht seinen Schritten nach. Stille, so hört sie sich also an. Kein Schrei, kein Ton, kein Lachen, es ist, als habe Trollingen mit den Gauklern auch das Leben verloren. Arndt weiß nicht, wohin mit sich, also kehrt er in die Stadtschänke ein, die ebenso verlassen ist wie die gesamte Stadt. Ein einziger Gast sitzt am Ende des langen Tresens, spricht mit der Wirtin, die mit einem Geschirrtuch Gläser trocken reibt, hin und wieder nickt. Sie sieht kurz hoch, als Arndt das Lokal betritt, sagt etwas zu ihrem Gesprächspartner, der sieht sich um und der Seher will schon umdrehen, als sich Wolfram Strickle vom Barhocker löst und auf ihn zuwankt.

»Erasmus, mein Freund!«, krakeelt er und breitet die Arme aus. »Was für eine große Freude, dich zu sehen.«

»Das kann ich nicht behaupten, Wolfram«, antwortet Arndt bissig.

»Du bist der Letzte, den ich hätte treffen wollen.«

Der einst so bärtige und nun geschorene Gideon bleibt stehen. »Warum so gehässig?«, lallt er. »Darf ich dich auf 'nen Trester einlade? Den hasch du doch so gern.«

»Nein, ich will keinen Trester! Ich hasse dieses Zeugs! Und dich hasse ich auch!«, schreit Arndt.

Er zittert vor Wut und Gideon Strickle kann von Glück sagen, dass sich der Seher lediglich auf Bewährung auf freiem Fuß befindet und es sich nicht leisten kann, auch noch wegen Körperverletzung verurteilt zu werden.

»Du hasch gar keinen Grund dich aufzurega. Seit dem Skandal hier verkauft sich des Buch mit denne Orakel-Flädle wie gschnitta Brot. Der Rudi verdient damit so viel Geld wie noch nie, und er hat au schon drüber nachgedacht, dir eine eigene Sendung anzubieta.«

»Ihr spinnt doch komplett.« Arndt schüttelt den Kopf, deutet der Wirtin an, sie möge ihm ein Bier zapfen, wartet, bis sie es neben ihm abstellt, und nimmt einen großen Schluck. Ermattet lässt er sich auf einen Barhocker fallen und starrt vor sich hin.

»Sei doch net so bled«, sagt Gideon, der neben ihn getreten ist und ihm vorsichtig eine Hand auf die Schulter legt. »Des isch doch die Chance, die mer nur olmal im Leba kriegt.«

»Lass mich mit euren Hirngespinsten in Frieden«, knurrt Arndt, streift Gideons Hand ab, trinkt aus, legt einen kleinen Schein auf den Tresen, dreht sich, ohne die Herausgabe des Restgelds abzuwarten, zur Tür.

Zwei Euro Trinkgeld? An Schwob wird der nie, denkt die Wirtin und ordnet den Schein in ihren Geldbeutel ein.

»Wo willsch denn hin?«, ruft Gideon und eilt dem Seher hinterher.

»Weiß ich noch nicht. Ich muss erst den Prozess abwarten und dann mal sehen ...«

Arndt drückt die Klinke, zieht die Tür zu sich heran, will hinausgleiten, doch Gideon hält ihn fest. »Und was wird aus dir und der kleinen Journalistin?«

Arndt stockt, zuckt mit den Schultern. Zu viele Gedanken konnte er sich darüber noch nicht machen. Nicole soll erst in zwei Tagen entlassen werden. Unklar, ob sie nach den Ereignissen noch etwas mit ihm zu tun haben will. Ja, gut, sie hatte ihn im Fieberwahn einen Helden genannt. Doch wie ernst konnte man die Aussage einer aus der Ohnmacht Erwachten nehmen? Freilich war er ein Held, schließlich hatte er sie aus einer lebensbedrohlichen Situation befreit. Aber war er nicht gleichzeitig der Unhold, der sie in diese Situation gebracht hatte? Wie schwer lag sein Betrug auf dem zarten Pflänzchen der Zuneigung? Hatte es eine Chance, die Vergangenheit abzuschütteln?

Ein Neuanfang konnte die Lösung sein. Ein Leben auf der Insel, so, wie es Nicole geträumt hatte. Und so, wie es Arndt ein Leben lang erträumt hatte. Reset, alles auf null. So könnte es gehen.

Arndt schließt die Tür und packt Gideon am Kragen.

»Pass auf, du Halunke. Ich denke, du und Rudi, ihr schuldet mir etwas und ich habe da eine großartige Idee ...«

Entschädigung

»Hallo, Rudi? Ja, hier ist Nicole. Du, wir haben den Film über diesen schwäbischen Winzer in Neuseeland im Kasten. Ja, er schickt dir ein paar Kisten Wein. Nein, ein Trollinger ist nicht dabei ... Wir versuchen jetzt auf eine Insel zu kommen, die aussieht wie eine Brezel. Pingelap heißt sie, ganz klein ist die und hat nur 250 Einwohner. Keine Ahnung, ob es da Strom gibt. Ich denke eher nicht. Unglaublich ist auch, dass ungefähr ein Viertel der Bevölkerung an Farbenblindheit leidet. Arndt will ihnen das Pokern beibringen und rechnet sich große Chancen aus. Na ja, viel wird da nicht zu holen sein.

Wie kam eigentlich die Sendung über diese Insel an, auf der alle nackt herumliefen außer diesem einen, der einen Anzug von Hugo Boss trug? Gut? Habe ich mir gedacht. Wie jetzt? Quotensteigerung von 100 Prozent? Cool. Na, dann können wir die Sendereihe ja unbedenklich fortsetzen.

Ja, das ist schon erstaunlich, wo man überall auf Schwaben und schwäbische Einflüsse trifft. Schwaben sind rund um den Globus zu finden. Da kann gar kein Heimweh aufkommen. Und wenn doch, macht uns Arndt seine Flädle. Die sind unübertroffen, wirklich. Und vor allem geht ihm nie der Lesestoff aus.

Gut, Rudi, ich muss Schluss machen. Arndt kommt gleich. Er hatte heute Nachmittag ein Meeting mit einem Einheimischen, der ihm beibringen will, wie man durch Voodoo und Opferdarbringungen Krankheiten heilt. Keine Angst, dem Kameramann geht es gut. Noch. War nur ein Scherz.

Ich melde mich, wenn wir wieder irgendwo einen Telefonanschluss haben, okay? Ja, bis dann.«

Eilmeldung

Schwaben-TV stellt Sendung ein

Die beliebte Sendung »Drhoim isch, wo mir Schwoba sen« muss eingestellt werden. Wie Wolfgang Strickle, Sprecher des Senders *Schwaben-TV*, heute mitteilte, wird die Journalistin Nicole Schmider mitsamt dem Kamerateam seit Wochen vermisst. »Das letzte Lebenszeichen erhielten wir aus Neuseeland. Seitdem herrscht Funkstille«, erklärt Strickle. Die Crew hatte vor, Bilder von der Insel Pingelap zu senden, die aufgrund ihrer Form an ein typisch schwäbisches Backwerk erinnert. Ob die Reporterin mit ihrem Team dort angekommen ist, weiß niemand. »Hoffentlich ist ihnen nichts Schlimmes passiert«, bangt auch *Schwaben-TV*-Programmdirektor Rudi Österle. »Die haben schließlich eine Ausrüstung von mehreren tausend Euro dabei.«

Der frei gewordene Programmplatz wird durch das neue Format »Learning English from the profis« ausgefüllt. Moderiert wird die unterhaltsame Show von Günther Oettinger.

Danksagung

Um alle Missverständnisse von vornherein auszuräumen: Diese Geschichte, die Handlung und alle darin vorkommenden Personen sind frei erfunden. Die aufgeweckten Leserinnen und Leser erkennen dies daran, dass in diesem Roman von Politikern und Gemeinderatsmitgliedern die Rede ist, die sich von Unternehmen für deren Gewinnmaximierungsabsichten einspannen lassen. Eine solche Konstellation ist hierzulande derart unrealistisch, dass sie nur dem Bereich der Fiktion zugeordnet werden kann.

Dennoch: Auch eine erfundene Geschichte braucht realistische Details und Fakten. Darum sei allen Dank ausgesprochen, denen ich das Leben durch stetige Fragerei ein bisschen schwerer gemacht habe. Vielen Dank an Monika Rosendahl, Sabine Gärtig, Christina Horvath und Matthias Schweizer für die Unterstützung bei meiner Recherche.

Vielen Dank an die Erstleser Nina Blazon, Susanne Rauchhaus, Jochen Weeber und Matthias Bückle, die durch ihren konstruktiv-kritischen Umgang mit dem Text, durch Ideen und Anregungen das Lesevergnügen gesteigert haben.

Kerstin Jaworski vom Silberburg-Verlag hat das Buch mit professionellem Blick für die kleinen und die mittelschweren Schnitzer und mit Liebe zum Detail lektoriert und die Geschichte mit so viel Fingerspitzengefühl redigiert, dass ich mich zuweilen fragen musste, warum ich es nicht gleich so geschrieben habe. Vielen Dank an alle Silberburg-Mitarbeiter, die mit ihrer herzlichen Art und ihrem Engagement die Zusammenarbeit so angenehm gestalten.

Und vielen Dank an Regina, für ihre Motivation, ihre Inspiration und die Fähigkeit, mir sämtliche Störeinflüsse vom Leib zu halten, während ich auf meinen Schreibinseln weilte.

Olaf Nägele

... mehr von Olaf Nägele

In Ihrer Buchhandlung

Julie Leuze, Olaf Nägele

Gsälz auf unserer Haut

Roman

Julie Leuze und Olaf Nägele erzählen diesen launigen Liebesroman, der im Großraum Stuttgart spielt, aus zwei Perspektiven, und verleihen ihren Hauptfiguren einen jeweils ganz eigenen Ton. Der perfekte Roman für alle, die schon immer einmal wissen wollten, was das andere Geschlecht denkt.

276 Seiten. ISBN 978-3-87407-983-9

Olaf Nägele

Ha noi Express

Heitere Ausflüge in den schwäbischen Alltag

144 Seiten.
ISBN 978-3-87407-806-1

Maultaschi Goreng

Muntere Ausflüge in den schwäbischen Alltag

144 Seiten.
ISBN 978-3-87407-743-9

Olaf Nägele gerät bei seinen Ausflügen in die Abgründe des täglichen Lebens. Ein Lesespaß der ganz besonderen Art!

Silberburg-Verlag

www.silberburg.de